張愛玲

# 傾城之戀

短篇小說集一
一九四三年

# 主編的話

在文學的長河裡，張愛玲的文字是璀璨的金沙，歷經歲月的淘洗而越發耀眼，而張愛玲的身影也在無數讀者心中留下無可取代的印記。

為紀念張愛玲百歲誕辰及逝世二十五週年，「張愛玲典藏」特別重新改版，此次以張愛玲親筆手繪插圖及手寫字重新設計封面，期盼能帶給讀者全新的感受，並增加收藏的意義。

「張愛玲典藏」根據文類和作品發表年代編纂而成，包括張愛玲各時期的長篇小說、短篇小說、散文和譯作等，共十八冊，其中散文集《悵然記》、《對照記》本次改版並將增訂收錄近年新發掘出土的文章。

一樣的悸動，一樣的懷想，就讓我們透過全新面貌的「張愛玲典藏」，珍藏心底最永恆的文學傳奇。

# 目錄

# 第一爐香

請您尋出家傳的霉綠斑斕的銅香爐，點上一爐沉香屑，聽我說一支戰前香港的故事，您這一爐沉香屑點完了，我的故事也該完了。

在故事的開端，葛薇龍，一個極普通的上海女孩子，站在半山裏一座大住宅的走廊上，向花園裏遠遠望過去。薇龍到香港來了兩年了，但是對於香港山頭華貴的住宅區還是相當的生疏。這是第一次，她到姑母家裏來。姑母家裏的花園不過是一個長方形的草坪，四周繞著矮矮的白石卍字闌干，闌干外就是一片荒山。這園子彷彿是亂山中憑空擎出的一隻金漆托盤。園子裏也有一排修剪得齊齊整整的長青樹，疎疎落落兩個花床，種著纖麗的英國玫瑰，都是佈置謹嚴，一絲不亂，就像漆盤上淡淡的工筆彩繪。草坪的一角，栽了一棵小小的杜鵑花，正在開著，花朵兒粉紅裏略帶些黃，是鮮亮的蝦子紅。牆裏的春天，不過是虛應個景兒，誰知星星之火，可以燎原，牆裏的春延燒到牆外去，滿山轟轟烈烈開著野杜鵑，那灼灼的紅色，一路摧枯拉朽燒下山坡子去了。杜鵑花外面，就是那濃藍的海，海裏泊著白色的大船。這裏不單是色彩的強烈對照給予觀者一種眩暈的不真實的感覺——處處都是對照，各種不調和的地方背景，時代氣氛，全是硬生生地給摻揉在一起，造成一種奇幻的境界。

山腰裏這座白房子是流線形的，幾何圖案式的構造，類似最摩登的電影院。然而屋頂上卻蓋了一層仿古的碧色琉璃瓦。玻璃窗也是綠的，配上雞油黃嵌一道窄紅的邊框。窗上安著雕花鐵柵欄，噴上雞油黃的漆。屋子四周繞著寬綽的走廊，地下鋪著紅磚，支著巍峨的兩三丈高一排白石圓柱，那卻是美國南部早期建築的遺風。從走廊上的玻璃門裏進去是客室，裏面是立體化的西式佈置，但是也有幾件雅俗共賞的中國擺設。爐台上陳列著翡翠鼻烟壺與象牙觀音像，沙發前圍著斑竹小屏風，可是這一點東方色彩的存在，顯然是看在外國朋友們的面上。英國人老遠的來看看中國，不能不給點中國給他們瞧瞧。但是這裏的中國，是西方人心目中的中國，荒誕、精巧、滑稽。

葛薇龍在玻璃門裏瞥見她自己的影子——她自身也是殖民地所特有的東方色彩的一部份，她穿著南英中學的別致的制服，翠藍竹布衫，長齊膝蓋，下面是窄窄的袴腳管，還是滿清末年的款式；把女學生打扮得像賽金花模樣，那也是香港當局取悅於歐美遊客的種種設施之一。然而薇龍和其他的女孩子一樣的愛時髦，在竹布衫外面加上一件絨線背心，短背心底下，露出一大截衫子，越發覺得非驢非馬。

薇龍對著玻璃門扯扯衣襟，理理頭髮。她的臉是平淡而美麗的小凸臉，現在，這一類「粉撲子臉」是過了時了。她的眼睛長而媚，雙眼皮的深痕，直掃入鬢角裏去。纖瘦的鼻子，肥圓的小嘴。也許她的面部表情稍嫌缺乏，但是，惟其因這呆滯，更加顯出那溫柔敦厚的古中國情調。她對於她那白淨的皮膚，原是引為憾事的，一心想晒黑它，使它合於新時代的健康美的標準。但是她來到香港之後，眼中的粵東佳麗大都是橄欖色的皮膚。她在南英中學讀書，物以稀為貴，傾倒於她的白的，大不乏人；曾經有人下過這樣的考語：如果湘粵一帶深目削頰的美人是糖醋排骨，上海女人就是粉蒸肉。薇龍端相著自己，這句「非禮之言」驀地兜上心來。她把眉毛一皺，掉過身子去，將背倚在玻璃門上。

姑母這裏的娘姨大姐們，似乎都是俏皮人物，糖醋排骨之流，一個個拖著木屐，在走廊上踢托踢托地串來串去。這時候聽到一個大姐嬌滴滴地叫道：「睇睇，客廳裏坐的是誰？」睇睇道：「想是少奶娘家的人。」聽那睇睇的喉嚨，想必就是適才倒茶的那一個，長臉兒，水蛇腰；雖然背後一樣的垂著辮子，額前卻梳了虛籠籠的髺頭。薇龍肚裏不由得納罕起來，那「少奶」二字不知指的是誰？沒聽說姑母有子嗣，哪兒來的媳婦？難不成是姑母？姑母自從嫁了粵東富商梁季騰做第四房姨太太，就和薇龍的父親鬧翻了，不通慶弔，那時薇龍還沒出世呢。但是常聽家人談起，姑母年紀比父親還大兩歲，算起來是年逾半百的人了，如何還稱少奶，想必那女僕是伺候多年的舊人，一時改不過口來？正在尋思，又聽那睇睇說道：「真難得，我們少奶起這麼一大早出門去！」那一個鼻子裏哼了一聲道：「還不是喬家十三少爺那鬼精靈，說是帶她到淺水灣去游泳呢！」睇睇哦了一聲道：「那，我看今兒指不定什麼時候回來呢。」那一個道：「可不是，游完水要到麗都去吃晚飯，跳舞。今天天沒亮就催我打點夜禮服，銀皮鞋，帶了去更換。」睇睇悄悄地笑道：「喬家那小子，嘔人也嘔夠了！我只道少奶死了心，想不到她那樣機靈人，還是跳不出他的手掌心去！」那一個道：「罷了！罷了！少嚼舌頭，裏面有人。」睇睇道：「叫她回去罷。白叫人家獃等著，作孽相！」那一個道：「理她呢？你說是少奶娘家人，想必是打抽豐的，我們應酬不了那麼多。」睇睇半天不作聲。然後細著嗓子笑道：「還是打發她走罷，一會兒那修鋼琴的俄羅斯人要來了。」那一個聽了，格格地笑了起來，拍手道：「原來你要騰出這間屋子來和那亞歷山大・阿歷山杜維支鬼混！我道你為什麼忽然婆婆媽媽的，一片好心，不願把客人乾擱在這裏。果然裏面大有道理！」睇睇趕著她便打，只聽得一陣劈拍，那一個尖聲叫道：「君子動口，小人動手！」睇睇也噯唷連聲道：「動手的是小人，動腳的是浪蹄子！……你這蹄子，真踢起人來了！真踢起人來了！」一語未完，門開處，一隻朱漆描金折枝梅的玲瓏木屐的溜溜地飛了進來，不偏不倚，恰巧打中薇龍的膝蓋，痛得薇龍彎了腰直揉腿，再抬頭看時，一個黑裏俏的丫頭，金雞獨立，一步步跳了進來，踏上那木屐，揚長自去了，正眼也不看薇龍一看。

薇龍不由得生氣，再一想：「閻王好見，小鬼難當。」「在他簷下過，怎敢不低頭？」這就是求人的苦處。看這光景，今天是無望了，何必賴在這裏討人厭？只是我今天大遠的跑上山來，原是扯了個謊，在學校裏請了假來的，難道明天再逃一天學不成？明天又指不定姑母在家不在。這件事，又不是電話裏可以約好面談的！躊躇了半晌，方道：「走就走罷！」出了玻璃門，迎面看見那睇睇斜倚在石柱上，摟起袴腳來搥腿肚子，踢傷的一塊還有點紅紅的。那黑丫頭在走廊盡頭探了一探臉，一溜烟跑了。睇睇叫道：「睨兒你別跑！我找你算賬！」睨兒在那邊笑道：「我那麼多的工夫跟你胡鬧？你愛動手動腳，等那俄國鬼子來跟你動手動腳好了。」睇睇雖然喃喃罵著小油嘴，也掌不住笑了；掉轉臉來瞧見薇龍，便問道：「不坐了？」薇龍含笑點了點頭道：「不坐了，改天再來；難為你陪我到花園裏去開一開門。」

兩人橫穿過草地，看看走進了那盤花綠漆的小鐵門。香港地氣潮濕，富家宅第大都建築在三四丈高的石基上，因此出了這門，還要爬下螺旋式的百級台階，方才是馬路。睇睇正在抽那門閂，底下一陣汽車喇叭響，睨兒不知從哪兒鑽了出來，斜刺裏掠過薇龍睇睇二人，蹬蹬蹬跑下石級去，口中一路笑嚷：「少奶回來了！少奶回來了！」睇睇聳了聳肩冷笑道：「芝麻大的事，也值得這樣捨命忘身的，搶著去拔個頭籌！一般是奴才，我卻看不慣那種下賤相！」一扭身便進去了。丟下薇龍一個人呆呆站在鐵門邊；她被睨兒亂鬨鬨這一陣攪，心裏倒有些七上八下的發了慌。扶了鐵門望下去，汽車門開了，一個嬌小個子的西裝少婦跨出車來，一身黑，黑草帽沿上垂下綠色的面網，面網上扣著一個指甲大小的綠寶石蜘蛛，在日光中閃閃爍爍，正爬在她腮幫子上，一亮一暗，亮的時候像一顆欲墜未墜的淚珠，暗的時候便像一粒青痣。那面網足有兩三碼長，像圍巾似的兜在肩上，飄飄拂拂。開車的看不清楚，似乎是個青年男子，伸出頭來和她道別，她把脖子一僵，就走上台階來了。睨兒早滿面春風迎了上去問道：「喬家十三少爺怎麼不上來喝杯啤酒？」那婦人道：「誰有空跟他歪纏？」睨兒聽她聲氣不對，連忙收起笑容，接過她手裏的小籐箱，低聲道：「可該累著了！回來得倒早！」那婦人回頭看汽車已經駛開了，便向地上重重的啐了一口，罵道：「去便去了，你可別再回來！我們是完了！」睨兒看她是真動了火氣，便不敢再插嘴，那婦人瞅了睨兒一眼，先是不屑對她訴苦的神氣，自己發了一會楞，然後鼻子裏酸酸的笑了一聲道：「睨兒你聽聽，巴巴的一大早請我到海邊去，原來是借我做幌子呢。他要約瑪琳趙，他們廣東人家規矩嚴，怕她父親不答應，有了長輩在場監督，趙家的千金就有了護身符。他打的這種主意，虧他對我說得出口！」睨兒忙不迭跺腳嘆息，罵姓喬的該死。那婦人並不理會她，透過一口氣來接下去說道：「我替人拉攏是常事，姓喬的你不把話說明白了，作弄老娘。老娘眼睛裏瞧過的人就多了，人人眼睛裏有了我就不能有第二個人。唱戲唱到私訂終身後花園，反正輪不到我去扮奶媽！吃酒，我不慣做陪客！姓喬的你這小雜種，你爸爸巴結英國人弄了個爵士銜，你媽可是來歷不明的葡萄牙婊子，澳門搖攤場子上數籌碼的。你這猴兒崽子，膽大包天，到老娘面前搗起鬼來了！」一面數落著，把面紗一掀，掀到帽子後頭去，移步上階。

薇龍這才看見她的臉，畢竟上了幾歲年紀，白膩中略透青蒼，嘴唇上一抹紫黑色的胭脂，是這一季巴黎新擬的「桑子紅」。薇龍卻認識那一雙似睡非睡的眼睛，父親的照相簿裏珍藏著一張泛了黃的「全家福」照片，裏面便有這雙眼睛。美人老去了，眼睛卻沒老。薇龍心裏一震，臉上不由熱辣辣起來，再聽睨兒跟在姑母後面問道：「喬家那小子再俏皮也俏皮不過您。難道您真陪他去把趙姑娘接了出來不成？」那婦人這才眉飛色舞起來，道：「我不見得那麼傻！他在汽車上一提議，我就說：『好罷，去接她，但是三個人怪僵的，你再去找一個人來。』他倒贊成，可是他主張先接了瑪琳趙再邀人，免得二男二女，又讓趙老爺瞎疑心。我說：『我們順手牽羊，拉了趙老太爺來，豈不是好？我不會游泳，趙老太爺也不會，躺在沙灘上晒晒太陽，也有個伴兒。』姓喬的半天不言語，末了說：『算了罷！還是我們兩個人去清靜些。』我說：『怎麼啦？』他只悶著頭開車，我看看快到淺水灣了，推說中了暑，逼著他一口氣又把車開了回來，累了他一身大汗，要停下來喝瓶汽水，我也不許，總算出了一口氣。」睨兒拍手笑道：「真痛快！少奶擺佈得他也夠了，只是一件，明兒請客，想必他那一份帖子是取消了，還是另找人補缺罷？請少奶的示。」那婦人偏著頭想了一想道：「請誰呢？這批英國軍官一來了就算計我的酒，可是又不中用，喝多了就爛醉如泥。哦？你給我記著，那陸軍中尉，下次不要他上門了，他喝醉了儘黏著睇睇胡調，不成體統！」睨兒連聲笑應著。那婦人又道：「喬誠爵士有電話來沒有？」睨兒搖了搖頭笑道：「我真是不懂了，從前我們爺在世，喬家老小三代的人，成天電話不斷，鬼鬼祟祟地想盡方法，給少奶找麻煩，害我們底下人心驚肉跳，只怕爺知道了要惱，如今少奶的朋友都是過了明路的了，他們反而一個個拿班做勢起來！」那婦人道：「有什麼難懂的？賊骨頭脾氣罷了！必得偷偷摸摸的，才有意思！」睨兒道：「少奶再找個合適的人嫁了，不怕他們不眼紅！」那婦人道：「呸！又講獃話了。我告訴你——」說到這裏，石級走完了，見鐵門邊有生人，便頓住了口。

薇龍放膽上前，叫了一聲姑媽，她姑媽梁太太把下巴腮兒一抬，瞇著眼望了她一望。薇龍自己報名道：「姑媽，我是葛豫琨的女兒。」梁太太劈頭便問道：「葛豫琨死了麼？」薇龍道：「我爸爸託福還在。」梁太太道：「他知道你來找我麼？」薇龍一時答不出話來。梁太太道：「你快請罷，給他知道了，有一場大鬧呢！我這裏不是你走動的地方，沒的沾辱了你好名好姓的！」薇龍陪笑道：「不怪姑媽生氣，我們到了香港這多時，也沒有來給姑媽請安，實在是該死！」梁太太道：「喲！原來你今天是專程來請安的！我太多心了，我只當你們無事不登三寶殿，想必有用得著我的地方。我當初說過這話：有一天葛豫琨壽終正寢，我乖乖的拿出錢來替他買棺材。他活著一天，別想我借一個錢！」被她單刀直入這麼一說，薇龍到底年青臉嫩，再也敷衍不下去了。原是濃濃的堆上一臉笑，這時候那笑便凍在嘴唇上。

睨兒在旁，見她窘得下不了台，心有不忍，笑道：「人家還沒有開口，少奶怎麼知道人家是借錢來的？可是古話說的，三年前被蛇咬了，見了條繩子也害怕！葛姑娘您有所不知，我們公館裏，一年到頭，川流不息的有親戚本家同鄉來打抽豐，少奶是把膽子嚇細了。姑娘你別性急，大遠的來探親，娘兒倆也說句體己話兒再走，你且到客廳坐一會，讓我們少奶歇一歇，透過這口氣來，我自會來喚你。」梁太太淡淡的一笑道：「聽你這丫頭，竟替我賠起禮來了。你少管閒事罷！也不知你受了人家多少小費！」睨兒道：「呵喲！就像我眼裏沒見過錢似的！你看這位姑娘也不像是使大錢的人，只怕還買不動我呢！」睨兒雖是一片好意給薇龍解圍，這兩句話卻使人難堪，薇龍勉強微笑著，臉上卻一紅一白，神色不定。睨兒又湊在梁太太耳朵邊唧唧噥噥說道：「少奶，你老是忘記，美容院裏馮醫生囑咐過的，不許皺眉毛，眼角容易起魚尾紋。」梁太太聽了，果然和顏悅色起來。睨兒又道：「大毒日頭底下站著，仔細起雀斑！」一陣風把梁太太撮哄到屋裏去了。

薇龍一個人在太陽裏立著，發了一會獃，腮頰晒得火燙；滾下來的兩行珠淚，更覺得冰涼的，直涼進心窩裏去，抬起手背來揩了一揩，一步懶似一步的走進迴廊，在客室裏坐下。心中暗想：姑媽在外面的名聲原不很乾淨，我只道是造謠言的人有心糟蹋寡婦人家，再加上梁季騰是香港數一數二的闊人，姑媽又是他生前的得意人兒，遺囑上特別派了一大注現款給她，房產在外，眼紅的人多，自然更說不出好話來。如今看情形，竟是真的了！我平白來攪在混水裏，女孩子家，就是跳到黃河裏也洗不清！我還得把計畫全盤推翻，再行考慮一下，可是這麼一來，今天受了這些氣，竟有些不值得！把方才那一幕細細一想，不覺又心酸起來。

葛家雖是中產之家，薇龍卻也是嬌養慣的，哪裏受過這等當面搶白，自己正傷心著，隱隱地聽得那邊屋裏有人高聲叱罵，又有人摔門，又有人抽抽咽咽地哭泣，一個小丫頭進客廳來收拾喝殘了的茶杯，另一個丫頭便慌慌張張跟了進來，扯了扯她的袖子，問道：「少奶和誰發脾氣？」這一個笑道：「罵的是睇睇，要你嚇得這樣做什麼？」那一個道：「是怎樣鬧穿的？」這一個道：「不仔細。請喬誠爵士請不到，查出來是睇睇陪他出去過幾次，人家樂得叫她出去，自然不必巴巴的上門來挨光了。」她們嘰嘰咕咕說著，薇龍兩三句中也聽到了一句。只見兩人端了茶碗出去了。

薇龍一抬眼望見鋼琴上面，寶藍磁盤裏一棵仙人掌，正是含苞欲放，那蒼綠的厚葉子，四下裏探著頭，像一窠青蛇；那枝頭的一捻紅，便像吐出的蛇信子。花背後門簾一動，睨兒笑嘻嘻走了出來。薇龍不覺打了個寒噤。睨兒向她招了招手，她便跟著走進穿堂，睨兒低聲笑道：

「你來得不巧，緊趕著少奶發脾氣。回來的時候，心裏就不受用，這會兒又是家裏這個不安分的，犯了她的忌，兩面夾攻，害姑娘受了委屈。」薇龍笑道：「姐姐這話說重了！我哪裏就受了委屈？長輩奚落小孩子幾句，也是有的，何況是自己姑媽，骨肉至親？就打兩下也不礙什麼。」睨兒道：「姑娘真是明白人。」一引把她引進一間小小書房裏，卻是中國舊式佈置，白粉牆，地上舖著石青漆布，金漆几案，大紅綾子椅墊，一色大紅綾子窗帘；那種古色古香的綾子，薇龍這一代人，除了做被面，卻是少見。地上擱著一隻二尺來高的景泰藍方罇，插的花全是小白嘚嘟，粗看似乎晚香玉，只有華南住久的人才認識是淡巴菰花。

薇龍因為方才有那一番疑慮，心裏打算著，來既來了，不犯著白來一趟，自然要照原來計畫向姑母提出要求，依不依由她，她不依，也許倒是我的幸運。這麼一想，倒坦然了。四下一看，覺得這間屋子，俗卻俗得妙。梁太太不端不正坐在一張交椅上，一條腿勾住椅子的扶手，高跟織金拖鞋盪悠悠地吊在腳趾尖，隨時可以啪的一聲掉下地來。她頭上的帽子已經摘了下來，家常紮著一條鸚哥綠包頭，薇龍忍不住要猜測，包頭底下的頭髮該是什麼顏色的，不知道染過沒有？薇龍站在她跟前，她似乎並不知道，只管把一把芭蕉扇子磕在臉上，彷彿是睡著了。

薇龍趔趄著腳，正待走開，梁太太卻從牙縫裏迸出兩個字來道：「你坐！」以後她就不言語了，好像等著對方發言。薇龍只得低聲下氣說道：「姑媽是水晶心肝玻璃人兒，我在你跟前扯謊也是白扯。我這都是實話：兩年前，因為上海傳說要有戰事，我們一家大小避到香港來，我就進了這兒的南英中學。現在香港生活程度一天一天的漲，我爸爸的一點積蓄，實在維持不下去了。同時上海時局也緩和了下來，想想還是回上海。可是我自己盤算著，在這兒書念得好好的，明年夏天就能夠畢業了，回上海，換學堂，又要吃虧一年。可是我若一個人留在香港，不但生活費要成問題，只怕學費也出不起了。我這些話悶在肚子裏，連父母面前也沒講；講也是白講，徒然使他們發愁。我想來想去，還是來找姑媽設法。」

梁太太一雙纖手，搓得那芭蕉柄的溜溜地轉，有些太陽從芭蕉筋紋裏漏進來，在她臉上跟著轉。她道：「小姐，你處處都想到了，就是沒替我設身處地想一想。我就是願意幫忙，也不能幫你的忙；讓你爸爸知道了，準得咬我誘拐良家女子。我是你家什麼人？——自甘下賤，敗壞門風，兄弟們給我找的人家我不要，偏偏嫁給姓梁的做小，丟盡了我娘家那破落戶的臉。嚇！越是破落戶，越是茅廁裏的磚頭，又臭又硬。你生晚了，沒趕上熱鬧，沒聽得你爸爸當初罵我的話哩！」薇龍道：「爸爸就是這書獃子脾氣，再勸也改不了。說話又不知輕重，難怪姑媽生氣。可是事隔多年，姑媽是寬宏大量的，難道還在我們小孩子身上計較不成？」梁太太道：「我就是小性兒！我就是愛嚼這陳穀子爛芝蔴！我就是忘不了他說的那些話！」她那扇子偏了一偏，扇子裏篩入幾絲金黃色的陽光，拂過她的嘴邊，就像一隻老虎貓的鬚，振振欲飛。

薇龍陪笑道：「姑媽忘不了，我也忘不了，爸爸當初做了口舌上的罪過，姑媽得給我一個贖罪的機會。姑媽把我教育成人了，我就是你的孩子，以後慢慢的報答您！」梁太太只管把手去撕芭蕉扇上的筋紋，撕了又撕。薇龍猛然省悟到，她把那扇子擋著臉，原來是從扇子的漏縫裏釘眼看著自己呢！不由得紅了臉。梁太太的手一低，把扇子徐徐叩著下頦，問道：「你打算住讀？」薇龍道：「我家裏搬走了，我想我只好住到學校裏去。我打聽過了，住讀並不比走讀貴許多。」梁太太道：「倒不是貴不貴的話。你跟著我住，我身邊多個人，陪著我說說話也好，橫豎家裏有汽車，每天送你上學，也沒有什麼不便。」薇龍頓了一頓方道：「那是再好也沒有了！」梁太太道：「只是一件，你保得住你爸爸不說話麼？我可担不起這離間骨肉的罪名。」薇龍道：「我爸爸若有半句不依，我這一去就不會再回來見姑媽。」梁太太格格笑道：「好罷！我隨你自己去編個謊哄他。可別圓不了謊！」薇龍正在分辯說不打算扯謊，梁太太卻岔開問道：「你會彈鋼琴麼？」薇龍道：「學了兩三年；可是手笨，彈得不好。」梁太太道：「倒也不必怎樣高明，揀幾支流行歌曲練習練習，人人愛唱的，能夠伴奏就行了。英國的大人家小姐都會這一手，我們香港行的是英國規矩。我看你爸爸那老古董式的家教，想必從來不肯讓你出來交際。他不知道，就是你將來出了閣，這點應酬功夫也少不了的，不能一輩子不見人。你跟著我，有機會學著點，倒是你的運氣。」她說一句，薇龍答應一句，梁太太又道：「你若是會打網球，我練習起來倒有個伴兒。」薇龍道：「會打。」梁太太道：「你有打網球的衣服麼？」薇龍道：「就是學校裏的運動衣。」梁太太道：「噢！我知道，老長的燈籠袴子，怪模怪樣的。你拿我的運動衣去試試尺寸，明天裁縫來了，我叫他給你做去。」便叫睨兒去尋出一件鵝黃絲質襯衫，鴿灰短袴，薇龍穿了覺得太大，睨兒替她用別針把腰間摺了起來。梁太太道：「你的腿太瘦了一點，可是年青的女孩子總是瘦的多。」薇龍暗暗担著心事，急欲回家告訴父母，看他們的反應如何，於是匆匆告了辭，換了衣服，攜了陽傘，走了出來，自有小丫頭替她開門。睨兒特地趕來，含笑揮手道：「姑娘好走！」那一份兒殷勤，又與前不同了。

薇龍沿著路往山下走，太陽已經偏了西，山背後大紅大紫，金絲交錯，熱鬧非凡，倒像雪茄烟盒蓋上的商標畫。滿山的棕櫚、芭蕉，都被毒日頭烘焙得乾黃鬈鬈，像雪茄烟絲。南方的日落是快的，黃昏只是一剎那，這邊太陽還沒有下去，那邊，在山路的盡頭，烟樹迷離，青溶溶地，早有一撇月影兒。薇龍向東走，越走，那月亮越白，越晶亮，彷彿是一頭肥胸脯的白鳳凰，棲在路的轉彎處，在樹椏杈裏做了窠。越走越覺得月亮就在前頭樹深處，走到了，月亮便沒有了。薇龍站住了歇了一會兒腳，倒有點惘然。再回頭看姑媽的家，依稀還見那黃地紅邊的窗櫺，綠玻璃窗裏映著海色。那巍巍的白房子，蓋著綠色的琉璃瓦，很有點像古代的皇陵。

薇龍自己覺得是《聊齋誌異》裏的書生，上山去探親出來之後，轉眼間那貴家宅第已經化成一座大墳山；如果梁家那白房子變了墳，她也許並不驚奇。她看她姑母是個有本領的女人，一手挽住了時代的巨輪，在她自己的小天地裏，留住了滿清末年的淫逸空氣，關起門來做小型慈禧太后。薇龍這麼想著：「至於我，我既睜著眼走進了這鬼氣森森的世界，若是中了邪，我怪誰去？可是我們到底是姑姪，她被面子拘住了，只要我行得正，立得正，不怕她不以禮相待。外頭人說閒話，儘他們說去，我念我的書。將來遇到真正喜歡我的人，自然會明白的，決不會相信那些無聊的流言。」她那天回去仔細一盤算，父親面前，謊是要扯的，不能不和母親聯絡好了，上海方面埋個伏線，聲氣相通，謊話戳穿的機會少些。主意打定，便一五一十告訴了母親，她怎樣去見了姑母，姑母怎樣答應供給學費，並留她在家住，卻把自己所見所聞梁太太的家庭狀況略過了。

她母親雖然不放心讓她孤身留在香港，同時也不願她耽誤學業。姑太太從前鬧的那些話柄子，早已事過境遷，成為歷史上的陳蹟，久之也就為人淡忘了。如今姑太太上了年紀，自然與前不同，這次居然前嫌冰釋，慷慨解囊，資助姪女兒讀書，那是再好也沒有的事。薇龍的母親原說要親身上門去道謝，薇龍竭力攔住了，推說梁太太這兩天就要進醫院割治盲腸，醫生吩咐靜養。姑嫂多年沒見過，一旦會晤，少不得有一番痛哭流涕，激動了情感，恐怕於病體不宜。葛太太只得罷了，在葛豫琨跟前，只說薇龍因為成績優良，校長另眼相看，為她募捐了一個獎學金，免費住讀。葛豫琨原是個不修邊幅的名士脾氣，脫略慣了，不像他太太一般的講究禮數，聽了這話，只誇讚了女兒兩句，也沒有打算去拜見校長，親口謝他造就人才的一片苦心。

葛家老夫婦歸心似箭，匆匆整頓行裝，回掉了房子，家裏只有一個做菜的老媽子，是在上海用了多年的，依舊跟著回上海去。另一個粗做的陳媽是在香港僱的，便開銷了工錢打發她走路。薇龍送了父母上船，天已黑了下來，陳媽陪著她提了一隻皮箱，向梁太太家走去。

那是個潮濕的春天的晚上，香港山上的霧是最有名的。梁家那白房子黏黏地融化在白霧裏，只看見綠玻璃窗裏晃動著燈光，綠幽幽地，一方一方，像薄荷酒裏的冰塊。漸漸的冰塊也化了水——霧濃了，窗格子裏的燈光也消失了。梁家在這條街上是獨門獨戶，柏油山道上空落落，靜悄悄地，卻排列著一行汽車。薇龍暗道：「今天來得不巧。姑媽請客，哪裏有時間來招呼我？」一路拾級上階，只有小鐵門邊點了一盞赤銅攢花的仿古宮燈。人到了門邊，依然覺得門裏鴉雀無聲，不像有客，側耳細聽，方才隱隱聽見清脆的洗牌聲，想必有四五桌麻將。

香港的深宅大院，比起上海的緊湊、摩登、經濟空間的房間，又另有一番氣象，薇龍正待撳鈴，陳媽在背後道：「姑娘仔細有狗！」一語未完，真的有一羣狗齊打夥兒一遞一聲叫了起來。陳媽著了慌。她身穿一件簇新藍竹布罩褂，漿得挺硬。人一窘便在藍布褂裏打旋磨，擦得那竹布淅瀝沙啦響。她和梁太太家的睇睇和睨兒一般的打著辮子，她那根辮子卻紮得殺氣騰騰，像武俠小說裏的九節鋼鞭。薇龍忽然之間覺得自己並不認識她，從來沒有用客觀的眼光看過她一眼——原來自己家裏做熟了的傭人是這樣的上不得檯盤！因道：「陳媽你去罷！再耽擱一會兒，山上走路怪怕的。這兒兩塊錢給你坐車。箱子就擱在這兒，自有人拿。」把陳媽打發走了，然後撳鈴。

小丫頭通報進去，裏面八圈牌剛剛打完，正要入席。梁太太聽說姪小姐來了，倒躊躇了一下。她對於銀錢交易，一向是仔細的，這次打算在姪女兒身上大破慳囊，自己還拿不定主意，不知道這小妮子是否有出息，值不值得投資？這筆學費，說大不大，說小也不小，好在錢還沒有過手，不妨趁今晚請客的機會，叫這孩子換件衣裳出來見見客，俗語道：「真金不怕火燒。」一自然立見分曉。只是一件，今天在座的男女，都是配好了搭子的，其中佈置，煞費苦心。若是這妮子果真一鳴驚人，雛鳳清於老鳳聲，勢必引起一番騷動，破壞了均衡。若是薇龍不濟事的話，卻又不妙，盛會中夾著木頭似的孩子，更覺掃興；還有一層，眼饞的人太多了。梁太太瞟一瞟迎面坐著的那個乾瘦小老兒，那是她全盛時代無數的情人中碩果僅存的一個，名喚司徒協，是汕頭一個小財主，開有一家搪瓷馬桶工廠。梁太太交遊雖廣，向來偏重於香港的地頭蛇，帶點官派的紳士階級，對於這一個生意人之所以戀戀不捨，卻是因為他知情識趣，工於內媚。二人相交久了，梁太太對於他竟有三分怕懼，凡事礙著他，也略存顧忌之心。司徒協和梁太太，二十年如一日，也是因為他摸熟了自己的脾氣，體貼入微，並且梁太太對於他雖然不倒貼，卻也不需他破費，借她地方請請客，場面既漂亮，應酬又周到，何樂而不為。今天這牌局，便是因為司徒協要回汕頭去嫁女兒，梁太太為他餞行。他若是看上了薇龍只怕他就回不了汕頭，引起種種枝節。梁太太因低聲把睨兒喚了過來，吩咐道：「你去敷衍敷衍葛家那孩子，就說我這邊分不開身，明天早上再見她。問她吃過了晚飯沒有？那間藍色的客房，是撥給她住的，你領她上去。」睨兒答應著走了出來。她穿上一件雪青緊身襖子，翠藍窄腳袴，兩手抄在白地平金馬甲裏面，還是《紅樓夢》時代的丫環的打扮。惟有那一張扁扁的臉兒，卻是粉黛不施，單抹了一層清油，紫銅皮色，自有嫵媚處。一見了薇龍，便搶步上前，接過皮箱，說道：「少奶成日惦念著呢，說您怎麼還不來。今兒不巧有一大堆客，」又附耳道：「都是上了年紀的老爺太太們，少奶怕你跟他們談不來，僵得慌，叫給姑娘另外開一桌飯，在樓上吃。」薇龍道：「多謝，我吃過了飯來的。」睨兒道：「那麼我送您到房間裏去罷。夜裏餓了，您儘管撳鈴叫人送夾心麵包上來，廚房裏直到天亮不斷人的。」

薇龍上樓的時候，底下正入席吃飯，無線電裏樂聲悠揚。薇龍那間房，屋小如舟，被那音波推動著，那盞半舊紅紗壁燈似乎搖搖晃晃，人在屋裏，飄飄盪盪，心曠神怡。薇龍拉開了珍珠羅帘幕，倚著窗台望出去，外面是窄窄的洋台，鐵闌干外浩浩蕩蕩的霧，一片濛濛乳白，很有從甲板上望海的情致。薇龍打開了皮箱，預備把衣服騰到抽屜裏，開了壁櫥一看，裏面卻掛滿了衣服，金翠輝煌；不覺咦了一聲道：「這是誰的？想必是姑媽忘了把這櫥騰空出來。」她到底不脫孩子氣，忍不住鎖上了房門，偷偷的一件一件試穿著，卻都合身，她突然省悟，原來這都是姑媽特地為她置備的。家常的織錦袍子，紗的綢的、軟緞的、短外套、長外套、海灘上用的披風、睡衣、浴衣、夜禮服、喝雞尾酒的下午服、在家見客穿的半正式的晚餐服，色色俱全。一個女學生哪裏用得了這麼多？薇龍連忙把身上的一件晚餐服剝了下來，向床上一拋，人也就膝蓋一軟，在床上坐下了，臉上一陣一陣的發熱，低聲道：「這跟長三堂子裏買進一個人，有什麼分別？」坐了一會，又站起身來把衣服一件一件重新掛在衣架上，衣服的脇下原先掛著白緞子小荷包，裝滿了丁香花末子，薰得滿櫥香噴噴的。

薇龍探身進去整理那些荷包，突然聽見樓下一陣女人的笑聲，又滑又甜，自己也掌不住笑了起來道：「聽那睨兒說，今天的客都是上了年紀的老爺太太。老爺們是否上了年紀，不得而知，太太們呢，不但不帶太太氣，連少奶奶氣也不沾一些！」樓下吃完了飯，重新洗牌入局，卻分了一半人開留聲機跳舞。薇龍一夜也不曾闔眼，才闔眼便恍惚在那裏試衣服，試了一件又一件；毛織品，毛茸茸的像富於挑撥性的爵士舞；厚沉沉的絲絨，像憂鬱的古典化的歌劇主題曲；柔滑的軟緞，像〈藍色的多瑙河〉，涼陰陰地匝著人，流遍了全身。才迷迷糊糊盹了一會，音樂調子一變，又驚醒了。樓下正奏著氣急吁吁的倫巴舞曲，薇龍不由想起壁櫥裏那條紫色電光綢的長裙子，跳起倫巴舞來，一踢一踢，淅瀝沙啦響。想到這裏，便細聲對樓下的一切說道：「看看也好！」她說這話，只有嘴唇動著，並沒有出聲，然而她還是探出手來把毯子拉上來，蒙了頭，這可沒有人聽見了。她重新悄悄說道：「看看也好！」便微笑著入睡。

第二天，她是起早慣了的，八點鐘便梳洗完畢下樓來。那時牌局方散，客室裏烟氣花氣人氣，混沌沌地。睨兒監督著小丫頭們收拾糖果盆子。梁太太脫了鞋，盤腿坐在沙發上抽烟，正在罵睇睇呢。睇睇斜身靠在牌桌子邊，把麻將牌吞吞地擄了起來，有一搭沒一搭地丟在紫檀盒子裏，唏哩嘩啦一片響。梁太太紮著夜藍縐紗包頭；耳邊露出兩粒鑽石墜子，一閃一閃，像是擠著眼在笑呢；她的臉卻鐵板著。見薇龍進來，便點了一個頭，問道：「你幾點鐘上學去？叫車夫開車送你去。好在他送客剛回來，還沒睡。」薇龍道：「我們春假還沒完呢。」梁太太道：「是嗎？……不然，今兒咱們娘兒倆好好的說會子話，我這會子可累極了。睨兒，你給姑娘預備早飯去。」說完了這話，便只當薇龍不在跟前，依舊去抽她的烟。

睇睇見薇龍來了，以為梁太太罵完了，端起牌盒子就走。梁太太喝道：「站住！」睇睇背向著她站住了。梁太太道：「從前你和喬琪的事，不去說它了。罵過多少回了，只當耳邊風！現在我不准那小子上門了，你還偷偷摸摸的去找他。打諒我不知道呢！你就這樣賤，這樣的遷就他！天生的小丫頭胚子！」睇睇究竟年紀輕，當著薇龍的面，一時臉上下不來，便冷笑道：「我這樣的遷就他，人家還不要我呢！我不是丫頭胚子，人家還是不敢請教。我可不懂為什麼！」梁太太跳起身來，刷的給了她一個巴掌，睇睇索性撒起潑來，嚷道：「還有誰在你跟前搗鬼呢？無非是喬家的汽車夫。喬家一門子老的小的，你都一手包辦了，他家七少奶奶新添的小少爺，只怕你早下了定了。連汽車夫你都放不過。你打我！你只管打我！可別叫我說出好的來了！」梁太太坐下身來，反倒笑了，只道：「你說！你說！說給新聞記者聽去。這不花錢的宣傳，我樂得塌個便宜。我上沒有長輩下沒有兒孫，我有的是錢，我有的是朋友，我怕誰？你趁早別再糊塗了，我當了這些年的家，不見得就給一個底下人叉住了我。你當我這兒短不了你麼？」

睇睇翻身向薇龍溜了一眼，撇嘴道：「不至於短不了我哇！打替工的早來了。這回子可稱了心了，自己骨血，一家子親親熱熱的過活罷，肥水不落外人田。」梁太太道：「你又拉扯上旁人做什麼？嘴裏不乾不淨的！我本來打算跟你慢慢的算賬，現在我可太累了，沒有精神跟你歪纏。你給我滾！」睇睇道：「滾就滾！在這兒做一輩子也沒有出頭之日！」梁太太道：「你還打算有出頭之日呢！只怕連站腳的地方也沒有了！你以為你在我這裏混過幾年，認得幾個有大來頭的人，有了靠山了。我叫你死了這條心！港督跟前我有人；你從我這裏出去了，別想在香港找得到事。誰敢收容你！」睇睇道：「普天下就只香港這豆腐乾大一塊地方麼？」梁太太道：「你跑不了！你爹娘自會押你下鄉去嫁人。」睇睇哼了一聲道：「我爹娘管得住我麼？」梁太太道：「你娘又不傻。她還有七八個兒女求我提拔呢。她要我照應你妹妹們，自然不敢不依我的話，把你帶回去嚴加管束。」睇睇這才獃住了，一時還不體會到梁太太的意思；獃了半晌，方才頓腳大哭起來。睨兒連忙上前半推半拉把她趕出了房，口裏數落道：「都是少奶把你慣壞了，沒上沒下的！你知趣些；少奶氣平了，少不得給你辦一份嫁妝。」

睨兒與睇睇出了房，小丫頭便躡手躡腳鑽了進來，送拖鞋給梁太太，低聲道：「少奶的洗澡水預備好了。這會子不早了，可要洗了澡快上床歇歇？」梁太太趿上了鞋，把烟捲向一盆杜鵑花裏一丟，站起身來便走。那杜鵑花開得密密層層的。烟捲兒窩在花瓣子裏，一霎時就燒黃了一塊。

薇龍一個人在那客室裏站了一會，小丫頭來請她過裏間去吃早飯；飯後她就上樓回到自己的臥室裏去，又站在窗前發獃。窗外就是那塊長方形的草坪，修剪得齊齊整整，洒上些曉露，碧綠的，綠得有些牛氣。有隻麻雀，一步一步試探著用八字腳向前走，走了一截子，似乎被這愚笨的綠色大陸給弄糊塗了，又一步一步走了回來。薇龍以為麻雀永遠是跳著的，想不到牠還會踱方步，倒看了半晌。也許那不是麻雀？正想著，花園的遊廊裏走出兩個挑夫，担了一隻朱漆箱籠，哼哼呵呵的出門去了，後面跟著一個身穿黑拷綢衫袴的中年婦女，想是睇睇的娘。睇睇也出來了，立在當地，似乎在等著屋裏其他的挑夫；她的眼睛哭得又紅又腫，臉上薄薄的抹上一層粉，變為淡赭色。薇龍只看見她的側影，眼睛直瞪瞪的一點面部表情也沒有，像泥製的面具。看久了方才看到那寂靜的面龐上有一條筋在那裏緩緩地波動，從腮部牽到太陽心——原來她在那裏吃花生米呢，紅而脆的花生米衣子，時時在嘴角掀騰著。

薇龍突然不願意看下去了，掉轉身子，開了衣櫥，人靠在櫥門上。衣櫥裏黑沉沉的，丁香末子香得使人發暈。那裏面還是悠久的過去的空氣，溫雅、幽閒、無所謂時間。衣櫥裏可沒有窗外那爽朗的清晨，那板板的綠草地，那怕人的寂靜的臉，嘴角那花生衣子……那骯髒、複雜，不可理喻的現實。

薇龍在衣櫥裏一混就混了兩三個月，她得了許多穿衣服的機會；晚宴、茶會、音樂會、牌局，對於她，不過是炫弄衣服的機會罷了。她暗自慶幸，梁太太只拿她當個幌子，吸引一般青年人，難得帶她到上等舞場去露幾次臉，總是家裏請客的次數多。香港大戶人家的小姐們，沾染上英國上層階級傳統的保守派習氣，也有一種驕貴矜持的風格，與上海的交際花又自不同。對於追求薇龍的人們，梁太太挑剔得很厲害，比皇室招駙馬還要苛刻。便是那僥倖入選的七八個人，若是追求得太熱烈了，梁太太卻又奇貨可居，輕易不容他們接近薇龍。一旦容許他接近了，梁太太便橫截裏殺將出來，大施交際手腕，把那人收羅了去。那人和梁太太攀交情，原是醉翁之意不在酒，末了總是弄假成真，墜入情網。這樣的把戲，薇龍也看慣了，倒也毫不介意。

這一天，她催著睨兒快些給她梳頭髮，她要出去。梁太太特地撥自己身邊的得意人兒來服侍薇龍；睨兒不消多時，早摸熟了薇龍的脾氣。薇龍在香港舉目無親，漸漸的也就覺得睨兒為人雖然刻薄些，對自己卻處處熱心指導，也就把睨兒當個心腹人。這時睨兒便道：「換了衣服再梳頭罷。把袍子從頭上套上去，又把頭髮弄亂了。」薇龍道：「揀件素淨些的。我們唱詩班今天在教堂裏練習，他們教會裏的人，看了太鮮艷的衣料怕不喜歡。」睨兒依然尋出一件薑汁黃朵雲縐的旗袍，因道：「我又不懂了。你又不信教，平白去參加那唱詩班做什？一天到晚的應酬還忙不過來，夜裏補上時間念書念到天亮。你看你這兩個禮拜忙著預備大考，臉上早瘦下一圈來了！何苦作踐自己的身體！」薇龍嘆了一口氣，低下頭來，讓睨兒給她分頭路，答道：「你說我念書太辛苦了。你不是不知道的，我在外面應酬，無非是礙在姑媽面上，不得不隨和些。我念書，那是費了好大的力，才得到這麼個機會，不能不念出點成績來。」睨兒說：「不是我說掃興的話，念畢了業又怎樣呢？姑娘你這還是中學，香港統共只有一個大學，大學畢業生還找不到事呢！事也有，一個月五六十塊錢，在修道院辦的小學堂裏教書，淨受外國尼姑的氣。那真犯不著！」薇龍道：「我何嘗沒有想到這一層呢？活到哪裏算哪裏罷！」睨兒道：「我說句話，你可別生氣。我替你打算，還是趁這交際的機會，放出眼光來揀一個合適的人。」薇龍冷笑道：「姑媽這一幫朋友裏，有什麼人？不是浮滑的舞男似的年青人，就是三宮六嬪的老爺。再不然，就是英國兵。中尉以上的軍官，也還不願意同黃種人打交道呢！這就是香港！」睨兒噗嗤一笑道：「我明白了，怪不得你饒是排不過時間來還去參加唱詩班；聽說那裏面有好些大學生。」薇龍笑了一笑道：「你同我說著玩不要緊，可別認真告訴姑媽去！」睨兒不答。薇龍忙推她道：「聽見了沒有？可別搬弄是非！」睨兒正在出神，被她推醒了，笑道：「你拿我當作什麼人了？這點話也擱不住？」眼珠子一轉，又悄悄笑道：「姑娘你得留神，你在這裏挑人，我們少奶眼快手快，早給自己挑中了個。」薇龍猛然抬起頭來，把睨兒的手一磕磕飛了，問道：「她又看上了誰？」睨兒道：「就是你們唱詩班裏那個姓盧的，拍網球很出些風頭；是個大學生罷？對了，叫盧兆麟。」薇龍把臉漲得通紅，咬著嘴唇不言語，半晌才道：「你怎麼知道她……」睨兒道：「喲！我怎麼不知道？要不然，你加入唱詩班，她早就說了話了。她不能讓你在外面單獨的交朋友；就連教堂裏大家一齊唱唱歌也不行。那是這裏的規矩。要見你的人，必得上門來拜訪，人進了門，就好辦了。這回她並不反對，我就透著奇怪。上兩個禮拜她嚷嚷著說要開個園會，請請你唱詩班裏的小朋友們，聯絡聯絡感情。後來那姓盧的上馬尼拉去賽球了，這園會就擱了下來。姓盧的回來了，她又提起這話了。明天請客，裏頭的底細，你敢情還蒙在鼓裏呢！」薇龍咬著牙道：「這個人，要是禁不起她這一撮哄就入了她的圈套，也就不是靠得住的人了。我早早瞧破了他。倒也好。」睨兒道：「姑娘傻了。天下老鴉一般的黑，男人就愛上這種當。況且你那位盧先生年紀又輕，還在念書呢，哪裏見過大陣仗。他上了當，你也不能怪他。你同他若是有幾分交情，趁早給他個信兒，讓他明天別來。」薇龍淡淡的一笑道：「交情！八字還沒有一撇呢！」當下也就罷了。

次日便是那園會的日子。園會一舉，還是英國十九世紀的遺風。英國難得天晴，到了夏季風和日暖的時候，爵爺爵夫人們往往喜歡在自己的田莊上舉行這種半正式的集會，女人們戴了顫巍巍的寬帽簷的草帽，佩了過時的絹花，絲質手套長過肘際，斯斯文文，如同參與廟堂大典。鄉下八十里圓周內略具身分的人們都到齊了，牧師和牧師太太也叨陪末座。大家衣冠楚楚，在堡壘遺跡，瓦礫場中踱來踱去，僵僵地交換談話。用過茶點之後，免不了要情商幾位小姐們，彈唱一曲〈夏天最後的玫瑰〉。香港人的園會，卻是青出於藍。香港社會處處模仿英國習慣，然而總喜歡畫蛇添足，弄得全失本來面目。梁太太這園會，便渲染著濃厚的地方色彩。草地上遍植五尺來高福字大燈籠，黃昏時點上了火，影影綽綽的，正像好萊塢拍攝「清宮秘史」時不可少的道具。燈籠叢裏卻又歪歪斜斜插了幾把海灘上用的遮陽傘，洋氣十足，未免有點不倫不類。丫頭老媽子們，一律拖著油鬆大辮，用銀盤子顫巍巍托著雞尾酒、果汁、茶點，彎著腰在傘柄林中穿來穿去。

梁太太這一次請客，專門招待唱詩班的少年英俊，請的陪客也經過一番謹慎選擇，酒氣醺醺的英國下級軍官，竟一個也沒有；居然氣象清肅。因為唱詩班是略帶宗教性質的，她又順便邀了五六個天主教的尼姑。香港的僧尼向來也是在交際場上活動慣的，交接富室，手段極其圓活。只是這幾位師太不是其中的佼佼者，只會說法文與拉丁文；梁太太因薇龍在學校裏有法文這一課，新學會了幾句法文，便派定薇龍去應酬她們。

薇龍眼睜睜看著盧兆麟來了，梁太太花枝招展的迎了上去，拉了他的手，在太陽裏瞇縫著眼，不知說些什麼。盧兆麟一面和她拉著手，眼光卻從她頭上射過來，四下的找薇龍。梁太太眼快，倒比他先瞧見了薇龍；一雙眼睛，從盧兆麟臉上滑到薇龍臉上，又從薇龍臉上滑到盧兆麟臉上，薇龍向盧兆麟勉強一笑。那盧兆麟是個高個子，闊肩膀，黃黑皮色的青年；他也就向薇龍一笑，白牙齒在太陽裏亮了一亮。那時候，風恰巧向這面吹，薇龍依稀聽得梁太太這樣說：「可憐的孩子，她難得有機會露一露她的法文；我們別去打攪她，讓她出一會兒風頭。」說著，把他一引引到人叢裏，便不見了。

薇龍第二次看見他們倆的時候，兩人坐在一柄藍白條紋的大陽傘下，梁太太雙肘支在籐桌子上，嘴裏銜著杯中的麥管子，眼睛銜著對面的盧兆麟。盧兆麟卻泰然地四下裏看人。他看誰，薇龍也跟著看誰。其中惟有一個人，他眼光灼灼看了半晌，薇龍心裏便像汽水加了檸檬汁，咕嘟咕嘟冒酸泡兒。他看的是一個混血女孩子，年紀不過十五六歲；她那皮膚的白，與中國人的白又自不同，是一種沉重的，不透明的白。雪白的臉上，淡綠的鬼陰陰的大眼睛，稀朗朗的漆黑的睫毛，墨黑的眉峯，油潤的猩紅的厚嘴唇，美得帶點肅殺之氣；那是香港小一輩的交際花中數一數二的周吉婕。據說她的宗譜極為複雜，至少可以查出阿拉伯、尼格羅、印度、英吉利、葡萄牙等七八種血液，中國的成分卻是微乎其微。周吉婕的年紀雖小，出山出得早，地位穩固；薇龍是香港社交圈中後起之秀，兩人雖然不免略含敵意，還算談得來。

這會子薇龍只管怔怔的打量她，她早覺得了，向這邊含笑打了個招呼，使手勢叫薇龍過來。薇龍丟了個眼色，又向尼姑們略努努嘴。尼姑們正絮絮叨叨告訴薇龍，她們如何如何籌備慶祝修道院長的八十大慶；忽然來了個安南少年，操著流利的法語，詢問最近為孤兒院捐款的義賣的盛猛。尼姑們一高興，源源本本把港督夫人駕臨的大典有聲有色的描摹給他聽，薇龍方得脫身，一逕來找周吉婕。

周吉婕把手指著鼻子笑道：「謝謝我！」薇龍笑道：「救命王菩薩是你差來的麼？真虧你了！」正說著，鐵柵門外起了一陣小小的騷動，只見睨兒笑盈盈的攔著一個人，不叫他進來，禁不住那人三言兩語，到底讓他大踏步衝了進來了。薇龍忙推周吉婕道：「你瞧，你瞧，那是令兄麼？我倒沒有知道，你還有個哥哥。」吉婕狠狠的瞅了她一眼，然後把眉毛一聳，似笑非笑的說道：「我頂不愛聽人說我長得像喬琪喬。我若生著他那一張鬼臉子，我可受不了！趁早嫁個回教的人，好終年蒙著面幕！」薇龍猛然記起，聽見人說過，周吉婕和喬琪喬是同母異父的兄妹，這裏面的詳情，又是「不可說，不可說」了。難怪吉婕諱莫如深。於是自悔失言，連忙打了個岔，混了過去。

誰知吉婕雖然滿口的鄙薄喬琪喬，對於他的行動依然是相當的注意。過不了五分鐘，她握著嘴格格的笑了起來，悄悄的向薇龍道：「你留神看，喬琪老是在你姑媽跟前轉來轉去，你姑媽越是不理他，他越是有意的在她面前賣俏，這下子老太太可真要惱了！」薇龍這一看，別的還沒有看見，第一先注意到盧兆麟的態度大變，顯然是和梁太太談得漸漸入港了。兩個人四顆眼珠子，似乎是用線穿成一串似的，難解難分。盧兆麟和薇龍自己認識的日子不少了，似乎還沒有到這個程度。薇龍忍不住一口氣堵住喉嚨口，噎得眼圈子都紅了，暗暗罵道：「這笨蟲！這笨蟲！男人都是這麼糊塗麼？」再看那喬琪喬果然把一雙手抄在袴袋裏，只管在梁太太面前穿梭似的踱來踱去，嘴裏和人說著話，可是全神凝注在梁太太身上，把那眼風一五一十的送了過來。引得全體賓客聯帶的注意到梁太太與盧兆麟。他們三個人，眉毛官司打得熱鬧，旁觀者看得有趣，都忍不住發笑。梁太太儘管富有涵養，也有點踧踖不安起來。她把果子汁的杯子一推，手搭在椅背上，遠遠的向薇龍使了個眼色，薇龍向喬琪喬看看，梁太太便微微點了點頭。薇龍只得拋下了周吉婕，來敷衍喬琪喬。

她迎著他走去，老遠的就含笑伸出手來，說道：「你是喬琪麼？也沒有人給我們介紹一下。」喬琪喬和她握了手之後，依然把手插在袴袋裏，站在那裏微笑著，上上下下的打量她。

薇龍那天穿著一件磁青薄綢旗袍，給他那雙綠眼睛一看，她覺得她的手臂像熱騰騰的牛奶似的，從青色的壺裏倒了出來，管也管不住，整個的自己全潑出來了；連忙定了一定神，笑道：「你瞧著我不順眼麼？怎麼把我當眼中釘似的，只管瞪著我！」喬琪喬道：「可不是眼中釘！這顆釘恐怕沒有希望拔出來了。留著做個永遠的紀念罷。」薇龍笑道：「你真會說笑話。這兒太陽晒得怪熱的，到那邊陰涼些的地方去走走罷。」

兩人一同走著路，喬琪輕輕的嘆了一口氣道：「我真該打，怎麼我竟不知道香港有你這麼個人？」薇龍道：「我住到姑媽這兒來之後，你沒大來過。我又不常出去玩。不然，想必沒有不認識你的道理。你是在外面非常活動的，我知道。」喬琪喬道：「差一點我就錯過了這機會。真的，你不能想像這事夠多麼巧！也許我們生在兩個世紀裏，也許我們生在同一個世紀裏，可是你比我們早生了二十年。十年就夠糟的了。若是我比你早生二十年，那還許不要緊。我想我老不至於太討人厭的，你想怎樣？」薇龍笑道：「說說就不成話了。」

她再向他看了一眼，試著想像他老了之後是什麼模樣。他比周吉婕還要沒血色，連嘴唇都是蒼白的，和石膏像一般。在那黑壓壓的眉毛與睫毛底下，眼睛像風吹過的早稻田，時而露出稻子下的水的青光，一閃，又暗了下去了。人是高個子，也生得停勻，可是身上衣服穿得那麼服貼、隨便，使人忘記了他的身體的存在。和他一比，盧兆麟顯得粗蠢了許多。薇龍正因為盧兆麟的緣故，痛恨著梁太太。喬琪喬是她所知道的唯一能夠抗拒梁太太的魔力的人，她這麼一想，不免又向喬琪喬添了幾分好感。

喬琪問知她是上海來的，便道：「你喜歡上海還是喜歡香港？」薇龍道：「風景自然香港好。香港有名的是它的海岸，如果我會游泳，大約我會更喜歡香港。」喬琪道：「慢慢的我教你——如果你肯的話。」又道：「你的英文說得真好。」薇龍道：「哪兒的話？一年前，我在學校課室以外從來不說英文的，最近才跟著姑媽的朋友們隨口說兩句；文法全不對。」喬琪道：「你沒說慣，有些累，是不是？我們別說英文了。」薇龍道：「那麼說什麼呢？你又不懂上海話，我的廣東話也不行。」喬琪道：「什麼都別說。你跟那班無聊的人應酬了半天，也該歇一歇了。」薇龍笑道：「被你這一說，我倒真覺得有點吃力了。」便揀了一張長椅坐下，喬琪也跟著坐下了。隔了一會兒，薇龍噗嗤一笑道：「靜默三分鐘，倒像致哀似的。」喬琪道：「兩個人一塊兒坐著，非得說話不可麼？」一面說，一面把手臂伸了過來，搭在薇龍背後的椅靠上。薇龍忙道：「我們還是談談話的好。」喬琪道：「你一定要說話，我說葡萄牙話給你聽。」當下低低的說了起來，薇龍側著頭，抱著膝蓋，聽了半晌，笑道：「我又不懂你在說些什麼。多半你在罵我呢！」喬琪柔聲道：「你聽我的口氣是在罵你麼？」薇龍突然紅了臉，垂下頭。喬琪道：「我要把它譯成英文說給你聽，只怕我沒有這個膽量。」薇龍掩住耳朵道：「誰要聽？」便立起身來向人叢中走去。

那時天色已經暗了，月亮才上來，黃黃的，像玉色緞子上，刺綉時彈落了一點香灰，燒糊了一小片。薇龍回頭見喬琪跟在後面，便道：「這會子我沒有工夫跟你纏了，你可不要再去攪擾我姑媽。謝謝你！」喬琪道：「你不知道，我就想看你姑媽發慌。她是難得發慌的。一個女人，太鎮靜過分了，四平八穩的，那就欠可愛。」薇龍啐了一聲，再三叮囑他不要去招姑媽的討厭。喬琪輕輕的笑道：「你姑媽是難得失敗的，但是對於我，她失敗了。今天她正在志得意滿的時候，偏偏看見了我，處處提醒她上次的失敗，也難怪她生氣。」薇龍道：「你再滿嘴胡說，我也要生氣了。」喬琪道：「你要我走開，我就走。你得答應我明天我們一塊兒去吃飯。」薇龍道：「我不能夠。你知道我不能夠！」喬琪道：「我要看見你，必得到這兒來麼？你姑媽不准我上門呢！今天是因為這兒人多，她下不了面子，不然，我早給轟出去了。」薇龍低頭不語。正說著，恰巧梁太太和盧兆麟各人手裏擎著一杯雞尾酒，潑潑洒洒的，並肩走了過來，兩人都帶了七八分酒意了。梁太太看見薇龍，便道：「你去把吉婕找來，給我們彈琴。趁大家沒散，我們唱幾支歌，熱熱鬧鬧。」薇龍答應著，再看喬琪喬，早一溜烟不知去向了。

薇龍四處尋不到周吉婕，問娘姨們，回說在樓上洗臉呢。薇龍上了樓，只見姑母的浴室裏點著燈，周吉婕立在鏡子前面，用小方塊的棉紙蘸了淨膚膏擦去了臉上的浮油。薇龍道：「他們請你下去彈琴呢。」吉婕道：「又不知道是誰要露一露金嗓子了！我沒有那麼大的耐心去伴奏。」薇龍笑道：「沒有誰獨唱，大家唱幾支流行歌湊湊熱鬧。」吉婕把棉紙捻成一團，向鏡子上一擲，說道：「熱鬧倒夠熱鬧的。那班人，都是破竹嗓子，每個人一開口就像七八個人合唱似的。」薇龍噗嗤一笑，斜倚在門框上道：「你醉了！」吉婕道：「可不是？給他們灌的。」她喝了幾杯酒，臉上更是刷白的，只是眼圈兒有點紅。薇龍道：「今天這些人，你彷彿都很熟。」吉婕道：「華南大學的學生，我原認識不少，他們逢時遇節舉行茶舞會或是晚餐舞，或是野宴，總愛拉扯上我們姐妹，去年我姐姐進了華南大學，自然更少不了我們一份兒了。」薇龍道：「明年畢了業，打算進華南麼？」吉婕道：「依我的意思，我恨不得遠走高飛，到澳洲或是檀香山去進大學，在香港待得膩死了。」薇龍道：「那喬琪喬，也在華南大學念書麼？」吉婕道：「他！他在喬家可以算是出類拔萃的不成材了！五年前他考進了華大，念了半年就停了。去年因為我姐姐吉妙的緣故，他又進了華大，鬧了許多話柄子。虧得他老子在兄弟中頂不喜歡他，不然早給他活活氣死了。薇龍你不知道，雜種的男孩子們，再好的也是脾氣有點陰沉沉的，帶點丫頭氣。」薇龍有一句話到口頭又嚥了下去，向吉婕笑了一笑。吉婕連忙說道：「是呀！我自己也是雜種人，我就吃了這個苦。你看，我們的可能的對象全是些雜種的男孩子。中國人不行，因為我們受的外國式的教育，跟純粹的中國人攪不來。外國人也不行！這兒的白種人哪一個不是種族觀念極深的？就使他本人肯了，他們的社會也不答應。誰娶了東方人，這一輩子的事業就完了。這個年頭兒，誰是那個羅曼蒂克的傻子？」薇龍倒想不到她竟和自己深談起來了，當下點點頭，啃著手指甲笑道：「真的！我從來沒有想到這一層。原來你們選擇的範圍這麼窄！」吉婕道：「就為了這個，吉妙也是一心的希望能夠離開香港。這兒殖民地的空氣太濃厚了；換個地方，種族的界限該不會這麼嚴罷？總不見得普天下就沒有我們安身立命的地方。」說著，眼圈兒上的紅暈更深了一層。薇龍笑道：「你真醉了，好端端的傷起心來！」頓了一頓，又含笑問道：「後來呢？」吉婕不懂，問道：「後來？」薇龍道：「喬琪喬和你姐姐。」吉婕道：「哦，你說的是他們。後來可笑的事多著呢！把姐姐氣得不得了，你不知道喬琪那張嘴夠多麼壞，在外頭造了多大的謠言……」一語未完，睨兒敲門進來，說底下在催請了。吉婕只得草草收拾完畢，和薇龍一同下樓，一路走，一路說著話。

兩人在客廳裏一露面，大家就一陣拍手，迫著薇龍唱歌。薇龍推辭不得，唱了一支〈緬甸之夜〉；唱完了，她留心偷看梁太太的神色，知道梁太太對於盧兆麟還不是十分拿得穩，自己若是風頭出得太足，引起過分的注意，只怕她要犯疑心病，因此執意不肯再唱了。這園會本來算是吃下午茶的，玩到了七八點鐘，也就散了。梁太太和薇龍只顧張羅客人，自己卻不曾吃到東西，這時便照常進膳。梁太太因為盧兆麟的事，有點心虛，對薇龍加倍的親近體貼。兩人一時卻想不出什麼話來說；梁太太只說了一句：「今天的巧克力蛋糕做得可不好，以後你記著，還是問喬家借他們的大司務來幫一天忙。」薇龍答應著，梁太太手裏使刀切著冷牛舌頭，只管對著那牛舌頭微笑。過了一會，她拿起水杯來喝水，又對著那玻璃杯怔怔的發笑。伸手拿胡椒瓶的時候，似乎又觸動了某種回憶，嘴角的笑痕更深了。

薇龍暗暗的嘆了一口氣，想道：「女人真是可憐！男人給了她幾分好顏色看，就歡喜得這個樣子！」梁太太一抬頭瞥見了薇龍，忽然含笑問道：「你笑什麼？」薇龍倒呆住了，答道：「我幾時笑來？」梁太太背後的松木碗櫥上陳列著一張大銀盾，是梁太太捐助皇家醫學會香港支會基本金所得的獎牌，光可鑑人，薇龍一瞧銀盾裏反映的自己的臉，可不是笑微微的，連忙正了一正臉色。梁太太道：「賴什麼！到底小孩子家，一請客，就樂得這樣！」說完了，她又笑吟吟的去吃她的牛舌頭，薇龍偶一大意，嘴角又向上牽動著，笑了起來，因皺著眉向自己說道：「你這是怎麼了？你有生氣的理由，怎麼一點兒不生氣？古時候的人『敢怒不敢言』，你連怒都不敢了麼？」可是她的心，在梁太太和盧兆麟身上，如蜻蜓點水似的，輕輕一掠，又不知飛到什麼地方去了。姑姪二人這一頓飯，每人無形中請了一個陪客，所以實際上是四個人一桌，吃得並不寂寞。

晚餐後，薇龍回到臥室裏來，睨兒正在那兒鋪床，把一套月白色的睡衣摺好了，攤在枕頭上。一見薇龍，便笑道：「那喬琪喬，對你很注意呀！」薇龍冷笑道：「真是怪了，這姓喬的也不知是什麼了不得的人，誰都看不得他跟我多說了兩句話！」睨兒道：「這個人……雖然不是了不得的人，可是不好惹。」薇龍聳了一聳肩膀道：「誰惹他來著！」睨兒道：「你不惹他，他來惹你，不是一樣的麼？」薇龍一面向浴室裏走，一面道：「好，好了，不用你說，剛才周吉婕已經一五一十把他的劣迹報告了一遍，想必你在門外面早聽清楚了。」說著，便要關浴室的門。睨兒夾腳跟了進來，說道：「姑娘你不知道，他在外面儘管胡鬧，還不打緊，頂糟的一點就是：他老子不喜歡他。他娘嫁過來不久就失了寵，因此手頭並沒有攢下錢。他本人又不肯學好，喬誠爵士向來就不愛管他的事。現在他老子還活著，他已經拮据得很，老是打飢荒。將來老子死了，丟下二十來房姨太太，十幾個兒子，就連眼前的紅人兒也分不到多少家私，還輪得到他？他除了玩之外，什麼本領都沒有，將來有得苦吃呢。」薇龍默然，向睨兒眼睜睜瞅了半晌，方笑道：「你放心，我雖傻，也傻不到那個地步。」

她既然說出了這句話，果然以後寸步留心。喬琪喬並沒有再度闖入梁宅，但是每逢她出去應酬，不論是什麼集會，總有他在座。薇龍對於他便比初見面時冷淡了許多。她這一向格外在外面應酬得忙碌；梁太太捨得放她出去，卻是因為嫌她在家裏礙眼。梁太太正與盧兆麟打得火熱，知道薇龍和盧兆麟是有過一點特別的感情的，猜度著薇龍心裏不免存著芥蒂，因此巴不得她暫時離了眼前，免盧兆麟分了心。誰知好事多磨，梁太太的舊歡司徒協忽然回香港來了。那司徒協雖然年紀不小了，性情卻比少年人還要毛躁，又愛多心。梁太太不願為了一時的歡娛，得罪了多年的朋友，因將盧兆麟捺過一邊，聚精會神的來敷衍司徒協。

這一天，薇龍和梁太太同赴一個晚宴，座中嘉賓濟濟，也有喬琪喬，也有司徒協。席散後梁太太邀司徒協到她家裏來看看浴室牆上新砌的櫻桃紅玻璃磚；司徒協原是汕頭搪瓷業巨頭，她願意得到內行的批評。當下她領了薇龍，乘司徒協的汽車一同回家，半路上下起傾盆大雨來。那時正是初夏，黃梅季節的開始。黑鬱鬱的山坡上，烏沉沉的風捲著白辣辣的雨，一陣急似一陣，把那雨點兒擠成車輪大的團兒，在汽車頭上的燈光的掃射中，像白綉球似的滾動。遍山的肥樹也彎著腰縮成一團；像綠綉球，跟在白綉球的後面滾。

三個人在汽車裏坐著，梁太太在正中；薇龍怕熱，把身子撲在面前的座位的靠背，迎著濕風，狂吹了一陣，人有點倦了，便把頭枕在臂彎裏。這姿勢，突然使她聯想到喬琪喬有這麼一個特別的習慣，他略微一用腦子的時候，總喜歡把臉埋在臂彎裏，靜靜的一會，然後抬起頭來笑道：「對了，想起來了！」那小孩似的神氣，引起薇龍一種近於母性愛的反應。她想去吻他的腦後的短頭髮，吻他的正經地用力思索著的臉，吻他的袖子手肘處弄縐了的地方；僅僅現在這樣回憶起來那可愛的姿勢，便有一種軟溶溶，暖融融的感覺，泛上她的心頭，心裏熱著，手腳卻是冷的，打著寒戰。這冷冷的快樂的逆流，抽搐著全身，緊一陣，又緩一陣；車窗外的風雨也是緊一陣，又緩一陣。

薇龍在這種狀態中，哪裏聽得見梁太太和司徒協的對話。梁太太推了她一推，笑道：「你看，你看！」說時，把一隻玉腕直送到她臉上來，給她賞鑒那一隻三寸來闊的金剛石手鐲。車廂裏沒有點燈，可是那鐲子的燦爍精光，卻把梁太太的紅指甲都照亮了。薇龍呵喲了一聲。梁太太道：「這是他送給我的。」又掉過臉去向司徒協撇撇嘴笑道：「沒看見這麼性子急的人，等不得到家就獻寶似的獻了出來！」薇龍托著梁太太的手，只管嘖嘖稱賞，不想喀啦一聲，說時遲，那時快，司徒協已經探過手來給她戴上了同樣的一隻金剛石鐲子，那過程的迅疾便和偵探出其不意地給犯人套上手銬一般。薇龍嚇了一跳，一時說不出話，只管把手去解那鐲子，偏偏黑暗中摸不到那門筍的機括。她急了，便使勁去抹那鐲子，想把它硬褪下來。司徒協連忙握住了她的手，笑道：「薇龍小姐，你不能這樣不賞臉。你等等，你等等！我說來由給你聽。這東西有一對，我不忍拆散了它；那一隻送了你姑媽，這一隻不給你給誰？送了你姑媽，將來也是你的，都是一樣。你別！你別！你不拿，暫時給姑媽收著也好。」薇龍道：「這樣貴重的東西，我不敢收。」梁太太便道：「長輩賞你的東西，拿著也不礙事，謝一聲就完了！」又輕輕踢了她一腳，湊在她耳朵邊上罵道：「說你沒見過世面，越發的小家子氣起來了！」薇龍忍住了氣，向司徒協笑道：「真是謝謝您了，可是我還是——」司徒協連連說道：「不必謝！不必謝！都是自己人。」說著，把她的手搖撼了幾下，便縮回手去，自和梁太太說笑起來。薇龍岔不進嘴去，一時沒了主意。

汽車轉眼間已經到了梁宅，那雨越發下得翻山倒海。梁太太等沒有帶雨衣，只得由汽車夫揿著喇叭，叫傭人撐了傘趕下台階來，一個一個接了上去。梁太太和薇龍的鏤空白皮鞋，拖泥帶水，一邁步便咕吱咕吱的冒泡兒。薇龍一進門，便向樓上奔，梁太太叮囑道：「你去洗了腳，換了鞋，下來喝點白蘭地，不然仔細傷風。」薇龍口裏答應著，心裏想：「夜深陪你們喝酒，我可沒吃豹子膽！」她進了房，就把門鎖上了，一面放水洗澡，一面隔了門打發人下去，說她招了點涼，睡下了。接著就來了睨兒，蓬蓬的敲門，送了阿斯匹靈來；薇龍借著熱水龍頭的水響，只做不聽見。她這一間房，可以說是「自成一家」，連著一個單人的浴室，還有一個小洋台。她上床之前，覺得房間裏太悶了，試著開了一扇玻璃門，幸而不是這一面的風，雨點兒濺得不太厲害。緊對著她的洋台，就是一片突出的山崖，彷彿是那山嶺伸出舌頭舐著那洋台呢。在黃梅雨中，滿山醉醺醺的樹木，發出一蓬一蓬的青葉子味；芭蕉、梔子花、玉蘭花、香蕉樹、樟腦樹、菖蒲、鳳尾草、象牙紅、棕櫚、蘆葦、淡巴菰，生長繁殖得太快了，都有點殺氣騰騰，吹進來的風也有點微微的腥氣。空氣裏水分過於濃厚了，地板上、木器上全凝著小水珠兒。

薇龍躺在床上，被褥黏黏的，枕頭套上似乎隨時可以生出青苔來。她才洗過澡，這會子恨不得再洗一個，洗掉那潮氣，在床上翻來覆去，煩躁得難受。她追想以前司徒協的神色，果然有異；他始終對於她相當的注意，只是礙著梁太太，不曾有過明白的表示。他今天有這一舉，顯然是已經和梁太太議妥了條件。無緣無故送她這樣一份厚禮？他不是那樣的人！想到這裏，她瞥見梳妝檯上那隻手鐲，是她脫了下來擱在那兒的，兀自在小檯燈底下熠熠放光。薇龍一骨碌坐了起來，想道：「快把它好好收了起來罷？無論如何，我得想法子還給他，丟了可不是玩的。」她開了衣櫥，取出一隻小皮箱，把手鐲珍重藏起。那衣櫥是嵌在牆壁中的，裏面安著一排一排強烈的電燈膽，雨季中日夜照耀著，把衣服烘乾了，防止它們發霉。

薇龍這一開壁櫥，不由得回憶到今年春天，她初來的那天晚上，她背了人試穿新衣服，那時候的緊張的情緒。一晃就是三個月，穿也穿了，吃也吃了，玩也玩了，交際場中，也小小的有了點名了；普通一般女孩子們所憧憬著的一切，都嘗試到了。天下有這麼便宜的事麼？如此看來，像今天的這一類事，是不可避免的。梁太太犧牲年青的女孩子來籠絡司徒協，不見得是第一次。她需要薇龍做同樣的犧牲，也不見得限於這一次。唯一的推卻的方法是離開了這兒。

薇龍靠在櫥門上，眼看著洋台上的雨，雨點兒打到水門汀地上，捉到了一點燈光，的溜溜地急轉，銀光直潑到尺來遠，像足尖舞者銀白色的舞裙。薇龍嘆了一口氣；三個月的工夫，她對於這裏的生活已經上了癮了。她要離開這兒，只能找一個闊人，嫁了他。一個有錢的，同時又合意的丈夫，幾乎是不可能的事。單找一個有錢的罷，梁太太就是個榜樣。梁太太是個精明人，一個徹底的物質主義者；她做小姐的時候，獨排眾議，毅然嫁了一個年逾耳順的富人，專候他死。他死了，可惜死得略微晚了一些——她已經老了；她永遠不能填滿她心裏的飢荒。她需要愛——許多人的愛——但是她求愛的方法，在年青人的眼光中看來是多麼可笑！薇龍不願意自己有一天變成這麼一個人。

這時候，她又想起喬琪來。經過了今天這一番波折，她在這心緒不寧的情形下，她覺得她和她心裏的喬琪的一場掙扎，她已經筋疲力盡了，無力再延長下去，她對愛認了輸。也許喬琪的追求她不過是一時高興；也許他對任何女孩子都是這樣的。但是如果他向她有誠意的表示的話，她一定會答應他。的確，在過去，喬琪不肯好好地做人，他太聰明了，他的人生觀太消極，他周圍的人沒有能懂得他的，他活在香港人中間，如同異邦人一般。幸而現在他還年青，只要他的妻子愛他，並且相信他，他什麼事不能做？即使他沒有錢，香港的三教九流各種機關都有喬家的熟人，不怕沒有活路可走。

薇龍的主張一變，第二次看見了喬琪的時候，自然辭色間流露了出來，喬琪立刻覺得了。那天是一夥青年人到山頂去野宴；薇龍走累了，喬琪陪著她在道旁歇息著，約好了待會兒和大家在山頂上會齊。雨下了多天，好容易停了，天還是陰陰的，山峯在白霧中冒出一點青頂兒。薇龍和喬琪坐在汽車道的邊緣上，腳懸在空中，往下看過去，在一片空白間，隱隱現出一帶山麓，有兩三個藍衣村婦，戴著寶塔頂的寬沿草帽，在那裏揀樹枝。薇龍有一種虛飄飄的不真實的感覺，再加上喬琪那一天也是特別的安靜老實，只悄悄的挨著她坐著，更覺恍恍惚惚，似乎在夢境中。薇龍穿著白袴子，赤銅色的襯衫，洒著銹綠圓點子，一色的包頭，被風吹得褪到了腦後，露出長長的微鬈的前劉海來。她把手拔著身下的草，緩緩地問道：「喬琪，你從來沒有做過未來的打算麼？」喬琪笑道：「怎麼沒有？譬如說，我打算來看你，如果今天晚上有月亮的話。」薇龍變了臉，還沒有說出話來，喬琪接下去說道：「我打算來看你，有要緊話和你說。我想知道你關於婚姻的意見。」薇龍心裏一震。喬琪又道：「我是不預備結婚的。即使我有結婚的能力，我也不配。我在五十歲以前，不能做一個令人滿意的丈夫。薇龍，我把這種話開誠佈公的向你說，因為你是個女孩子，你從來沒在我跟前耍過手段。薇龍，你太好了。你這樣為你姑媽利用著，到底是為誰辛苦為誰忙呢？你疲倦了，憔悴了的時候，你想她還會留下你麼？薇龍，你累了。你需要一點快樂。」說著，便俯下頭來吻她，薇龍木著臉。喬琪低聲說：「薇龍，我不能答應你結婚，我也不能答應你愛，我只能答應你快樂。」

這和薇龍原來的期望相差太遠了，她彷彿一連向後猛跌了十來丈遠，人有點眩暈。她把手按在額角上，背過臉去，微微一笑道：「好吝嗇的人！」喬琪道：「我給你快樂。世上有比這個更難得的東西嗎？」薇龍道：「你給我快樂！你磨折我，比誰都厲害！」喬琪道：「我磨折你麼？我磨折你麼？」他把手臂緊緊兜住了她，重重地吻她的嘴，這時候，太陽忽然出來了，火燙的晒在他們的臉上。喬琪移開了他的嘴唇，從袴袋裏掏出他的黑眼鏡戴上了，向她一笑道：「你看，天晴了！今天晚上會有月亮的。」薇龍抓住了他的外衣的翻領，抬著頭，哀懇似的注視著他的臉。她竭力地在他的黑眼鏡裏尋找他的眼睛，可是她只看見眼鏡裏反映的她自己的影子，縮小的，而且慘白的。她呆瞪瞪的看了半晌，突然垂下了頭。喬琪伸出手去攬住她的肩膀，她就把額角抵在他胸前，他覺得她顫抖得厲害，連牙齒也震震作聲，便柔聲問道：「薇龍，你怕什麼？你怕什麼？」薇龍斷斷續續的答道：「我……我怕的是我自己！我大約是瘋了！」說到這裏，她哇的一聲哭了起來。喬琪輕輕的搖著她，但是她依舊那麼猛烈地發著抖，使他抱不牢她。她又說道：「我可不是瘋了！你對我說這些無理的話，我為什麼聽著？……」

香港有一句流行的英文俗諺：「香港的天氣，香港的女孩子。」兩般兩列，因為那海島上的女孩子，與那陰霾炎毒的氣候一樣的反覆無常，不可捉摸。然而那天氣似乎也和女孩子一般的聽喬琪的話。當天晚上，果然有月亮。喬琪趁著月光來，也趁著月光走。月亮還在中天，他就從薇龍的洋台上，攀著樹椏枝，爬到對過的山崖上。叢林中潮氣未收，又濕又熱，蟲類唧唧地叫著，再加上蛙聲閣閣，整個的山窪子像一隻大鍋，那月亮便是一團藍陰陰的火，緩緩的煮著它，鍋裏水沸了，咕嘟咕嘟的響。這崎嶇的山坡子上，連採樵人也不常來。喬琪一步一步試探著走。他怕蛇，帶了一根手杖，走一步，便撥開了荒草，用手電筒掃射一下，疾忙又捻滅了它。有一種草上生有小刺，紛紛的釘在喬琪袴腳上，又癢又痛。正走著，忽然聽見山深處「呼嘔……」的一聲淒長的呼叫，突然而來，突然的斷了，彷彿有誰被人叉住了喉嚨，在那裏求救。喬琪明明知道是貓頭鷹，依舊毛骨悚然，站住了腳，留神諦聽。歇了一會，又是「呼嘔……」一聲，喬琪腳下一滑，差一點跌下山去。他撐在一棵檸檬樹上，定了一定神，想道：「還是從梁家的花園裏穿過去罷。他們的花匠要等天亮才出現，這會子離天亮還遠呢。」他攀藤附葛，順著山崖向下爬。他雖然不是一個運動家，卻是從小頑皮慣了的，這一點困難卻是應付自如。爬到離平地一丈高的地方，便縱身一跳，正落在梁家後院子的草地上。

他沿著走廊一轉，便轉到宅前的草坪上。那小鐵門邊，卻倚著一個人。喬琪吃了一驚。那人的背影，月光下看得分明，穿著白夏布衫子，黑香雲紗大腳袴，因為熱，把那靈蛇似的辮子盤在頭頂上，露出衣領外一段肉唧唧的粉頸。小小的個子，細細的腰，明顯的曲線，都是喬琪平日看在眼裏，記在心裏的——不是睨兒是誰呢。喬琪想道：「梁宅前面，這條山道，是有名的戀人街，一到了夏天，往往直到天亮都不斷人。這丫頭想必是有一個約會。」他稍稍躊躇了一下，便躡手躡腳向她走來。不想睨兒感官異常敏銳，覺得背後有人，霍地掉過身來，正和喬琪打了個照面。喬琪倒退了一步笑道：「嚇了我一跳！」睨兒拍著胸脯，半晌方說出話來道：「這話該是我說的！……噯呀，你這人！魂都給你嚇掉了！」她瞇著眼打量了喬琪好一會，嘿嘿的冷笑了兩聲道：「我知道你來幹什麼的。」喬琪涎著臉笑道：「你們少奶叫我來，沒告訴你麼？」睨兒道：「少奶叫你來，光明正大的，自然要留你過了夜去，你這會子幹嘛鬼鬼祟祟往外溜？」喬琪伸手去觸了一觸她腦後的頭髮，說道：「辮子沒有紮緊要散了。」說著，那隻手順勢往下移，滑過了她頸項，便到了她的脊梁骨。睨兒一面閃躲，一面指著他搖頭，長長的嘆了口氣道：「我待要嚷起來，又怕少奶那霹靂火脾氣，不分好歹的大鬧起來，掃了我們姑娘的面子。」喬琪笑道：「掃了姑娘的面子還猶可，掃了你的面子，那就糟了。這裏頭還礙著你呢！我的大賢大德的姐姐，你深更半夜的在園子裏做什麼？」睨兒並不理睬他這話，只管狠狠的瞅著他，接著數說下去道：「你這事也做得太過分些了，你跟梁家的人有什麼過不去，害了睇睇還不罷休，又害了她！人家可不能同睇睇打比！」喬琪道：「不好了，你打算給她們報仇麼？黑夜裏攔住了我的去路，敢是要謀財害命？」睨兒啐了一聲道：「你命中有多少財？我希罕你的！」轉身便走。喬琪連忙追了上去，從她背後攬住了她的腰，笑道：「好姐姐，別生氣。這兒有點小意思，請你收下了。」說著便把閒著的那隻手伸到自己袴袋裏去，掏出一捲鈔票，想塞進她的衣袋去。可是他在她的白夏布衫裏面尋來尋去，匆忙中竟尋不到那衣袋。睨兒啪一聲把他的手打了一下，叱道：「算了，算了，難不成我真要你的買路錢！」可是這時候，即使喬琪真要褪出手來，急切間也辦不到——睨兒的衫子太緊了。忙了半晌，總算給喬琪拔出了他的手。睨兒扣著鈕子，咕嚕著，又道：「我可要失陪了。我們粗人，比不得你們公子小姐，有這閒情逸致在露天裏賞月。」便向屋子裏走。喬琪在後面跟著，趁她用鑰匙開那扇側門的時候，便黏在她背上，把臉湊在她頸窩裏。睨兒怕吵醒了屋裏的人，因而叫喊不得，恨得咬牙切齒，伸起右腳來，死命的朝後一踢，踢中了喬琪的右膝。喬琪待叫「噯喲」，又縮住口。睨兒的左腳又是一下，踢中了左膝，喬琪一鬆手，睨兒便進門去了。喬琪隨後跟了進來，抬頭看她孄孄的上樓去了；當下就著穿堂裏的燈光，拿出手帕子來，皺著眉，拍一拍膝蓋上的黑跡子，然後掩上了門，跟著她上了樓。

在樓頭的另一角，薇龍側身躺在床上，黑漆漆的，並沒有點燈。她睡在那裏，一動也不動，可是身子彷彿坐在高速度的汽車上，夏天的風鼓蓬蓬的在臉頰上拍動。可是那不是風，那是喬琪的吻。薇龍這樣躺著也不知道過了多少時辰，忽然坐起身來，趿上了拖鞋，披上了晨衣，走到小洋台上來。雖然月亮已經落下去了，她的人已經在月光裏浸了個透，淹得遍體通明。她靜靜的靠在百葉門上，那洋台如果是個烏漆小茶托，她就是茶托上鑲嵌的羅鈿的花。她詫異她的心地這般的明晰，她從來沒有這樣的清醒過。她現在試著分析她自己的心理，她知道她為什麼這樣固執地愛著喬琪。這樣自卑地愛著他，最初，那當然是因為他的吸引力，但是後來，完全為了他不愛她的緣故。也許喬琪根據過去的經驗，早已發現了這一個秘訣可以征服不可理喻的婦人心。他對她說了許多溫柔的話，但是他始終沒吐過一個字說他愛她。現在她明白了，喬琪是愛她的。當然，他的愛和她的愛有不同的方式——當然，他愛她不過是方才一剎那。——可是她自處這麼卑下，她很容易地就滿足了。今天晚上喬琪是愛她的。這一點愉快的回憶是她的，誰也不能夠搶掉它。梁太太、司徒協、其他一羣虎視眈眈的人，隨他們愛怎樣就怎樣吧，她有一種新的安全，新的力量，新的自由。她深幸喬琪沒跟她結婚。她聽說過，有一個人逛了廬山回來，帶了七八隻罎子，裏面裝滿了廬山馳名天下的白雲，預備隨時放一點出來點綴他的花園。為了愛而結婚的人，不是和把雲裝在罎子裏的人一樣的傻麼！喬琪是對的，喬琪永遠是對的。她伏在闌干上，學著喬琪，把頭枕在胳膊彎裏，那感覺又來了，無數小小的冷冷的快樂，像金鈴一般在她的身體的每一部份搖顫。她緊緊地抱住了她的手臂。她還想抱住別的東西，便輕輕的吹了一聲口哨，房裏跑出一隻白獅子狗來，搖著尾巴。薇龍抱著牠，喃喃地和牠說著話。

那時已是上午四點鐘左右，天上還有許多星，只是天色漸漸地淡了，像一幅青色的泥金箋。對面山上，蟲也不叫了，越發鴉雀無聲。忽然洋台底下一陣腳步響，走來了一個人。薇龍想道：「這花匠好勤快，天沒亮就起來了。」她那時候心府輕快，完全和孩子似的頑皮，便伸出一隻手來指著那個人，把嘴湊在狗耳朵邊低聲笑問道：「你看那是誰？你看那是誰？」狗便汪汪叫了起來。薇龍仔細再向那人一看，嚇得心裏撲通撲通跳——花匠哪兒有這麼臃腫？熱帶地方的天，說亮就亮，天一白，樓下那模模糊糊的肥人的影子便清晰起來，原來是兩個人緊緊的偎在一起走路，粗看好像一個人。那兩個人聽見樓上狗叫，一抬頭望見了薇龍，不及躲避，早給她認清了喬琪和睨兒的臉。薇龍的一隻手，本來托著小狗的下頦兒，猛然指頭上一使勁，那狗喉嚨管裏透不過氣來，便拼命一掙，掙脫了薇龍的臂膀，跳下地去，一路尖叫著，跑進屋去了。薇龍也就跟著牠跌跌撞撞跑進去；進了房，站在當地，兩條手臂直僵僵的垂在兩邊，站了一會，她向前倒在床上，兩隻手依舊直挺挺地貼在身上，臉跌在床上，重重的撞了一下，也不覺得痛。她就這樣臉朝下躺，躺了一夜，姿勢從沒有改過。臉底下的床單子漸漸的濕了，冰涼的水暈子一直浸到肩膀底下。第二天她爬起身來的時候，凍得渾身痠痛，腦門子直發脹。屋裏的鐘已經停了，外面太陽晒得黃黃的，也不知道是上午是下午。她在床沿上坐了一會，站起身來就去找睨兒。

睨兒正在樓下的浴室裏洗東西，小手絹子貼滿了一牆，蘋果綠、琥珀色、烟藍、桃紅、竹青、一方塊一方塊的，有齊齊整整的，也有歪歪斜斜，倒很有點畫意。睨兒在鏡子裏望見了薇龍，臉上不覺一呆，正要堆上笑來，薇龍在臉盆裏撈出一條濕淋淋的大毛巾，迎面打了過來，刷的一聲，睨兒的臉上早著了一下，濺了一身的水。睨兒噯喲了一聲，偏過頭去，抬起手來擋著，手上又著了一下，那厚毛巾吸收了多量的水，分外沉重，震得滿臂痠麻。薇龍兩隻手捏緊了毛巾，只管沒頭沒腦的亂打，睨兒只顧躲閃，也不還手，也不辯白，也不告饒。可是浴室裏免不得有些聲響，小丫頭跑來看見了，嚇得怔住了，摸不著頭腦。有兩個看得不服氣起來，便交頭接耳的說道：「正經主子，且不這麼作踐我們；這是哪一門子的小姐，這樣大的脾氣！睨兒姐姐，你平時也是不肯讓人的人，今兒你是怎麼了？」睨兒嘆了一口氣道：「由她去罷！她也夠可憐的！」這句話正戳到薇龍的心裏去。她狠命的再抽了睨兒一下，把毛巾一丟，人一軟，就癱到浴盆邊上去，捧著臉，嗚嗚的哭了起來。

這一場鬧，早驚動了梁太太，梁太太到場的時候。睨兒正蹲在地上，收拾那磁磚上一汪一汪的水。一面擦地，她自己衣襟上的水兀自往下滴。梁太太喝道：「這是怎麼回事？」睨兒不答。再問薇龍，哪裏問得出一句話來。旁觀的小丫頭們也回說不知姑娘為什麼生氣。梁太太當時也不再追問下去，只叫人把薇龍扶上樓去休息，然後把睨兒喚到密室裏，仔細盤問。睨兒無法隱瞞，只得吞吞吐吐說出姑娘怎樣約了喬琪來，自己怎樣起了疑，聽見姑娘房裏說話的聲音，又不敢聲張，怕鬧出是非來，只得在園子裏守著，想趁那人走的時候，看一個究竟。不料被姑娘發現了，怕我監督她的行動，所以今天跟我發脾氣。梁太太聽了，點頭不語，早把實情揣摩出了八九分，當下把睨兒喝退了，自己坐著，越想越惱，把臉都氣紫了。本來在剔著牙齒的，一咬牙，牙籤也斷了，她嗤的一聲吐掉了牙籤頭兒，心裏這麼想著：這喬琪喬真是她命宮裏的魔星，幾次三番的拿她開玩笑。她利用睇睇來引他上鉤，香餌是給他吞了，他還是優游自在，不受羈束。最後她下了決心，認個吃虧，不去理他了。為了他的搗亂，她勢不能留下睇睇。睇睇走了，她如失左右手，一方面另起爐竈，用全力去訓練薇龍，她費了一番心血，把薇龍捧得略微有些資格了，正在風頭上，身價十倍的時候，喬琪喬又來坐享其成。這還不甘心，同時又順手牽羊吊上了睨兒。梁太太賠了夫人又折兵。身邊出色人材，全被他一網打盡了，如何不氣？

但是梁太太到底是個識大體的人，沉吟了半晌，竟按下了一肚子火，款款的走到薇龍房裏來。薇龍臉朝牆睡著，梁太太便在床沿上坐下，沉默了一會，然後顫聲說道：「薇龍，你怎麼對得起我？」說著，便抽出手絹子來揉眼睛。薇龍不言語。梁太太又道：「你叫我在你爸爸面上怎麼交代得過去？照說，你住在我這兒，你的行動，我得負責任，就怪我太相信你了，疏忽了一點，就出了亂子。……咳！你這可坑壞了我！」薇龍自己知道被她捉住了把柄，自然由得她理直氣壯，振振有詞。自己該懊悔的事，也懊悔不了這許多，把心一橫，索性直截了當的說道：「我做錯了事，不能連累了姑媽。我這就回上海去，往後若有什麼閒言閒語，在爹媽的跟前，天大的罪名，我自己担下，決不至於發生誤會，牽連到姑媽身上。」梁太太手摸著下巴頦兒道：「你打算回去，這個時候卻不是回去的時候。我並不是阻攔你回家。依我意思，恨不得雙手把你交還了你爸爸，好卸了我的責任，也少担一份心。可是你知道世人的嘴多麼壞，指不定你還沒到家，風裏言，風裏語，倒已經吹到你爸爸耳朵裏去了。他那暴躁脾氣你是曉得的。你這一回去，正證實了外邊的謠言。你這一向身體就不大好，哪裏禁得住你爸爸零零碎碎逐日給你受氣！」薇龍不作聲。梁太太嘆道：「怪來怪去，都怪你今天當著丫頭們使性子，也不給你自己留一點餘地！這麼大的人了，還是一味小孩子脾氣，不顧臉面，將來怎麼做人呢？」薇龍紅了臉，酸酸的一笑道：「姑媽要原諒我，我年紀小，脫不了毛躁的脾氣。等我到了姑媽的歲數，也許我會斯斯文文的談戀愛，也未可知！」梁太太冷笑道：「等你到了我的歲數，你有談戀愛的機會，才怪呢！你看普通中等以下人家的女人，一過三四十歲，都變了老太太。我若不是環境好，保養得當心，我早老了。你呀——你這麼不愛惜你的名譽，你把你的前途毀了，將來你不但嫁不到上等階級的人，簡直不知要弄到什麼田地！」這一席話，刺耳驚心，薇龍不由自主的把雙手捫著臉，彷彿那粉白黛綠的姿容已經被那似水流年洗褪了色。

梁太太一歪身，把胳膊撐在薇龍的枕頭上，低聲道：「一個女人頂要緊的是名譽。我所謂的名譽和道學家所謂的名譽，又有些分別。現在腦筋新一些的人，倒是不那麼講究貞節了。小姐家在外面應酬應酬，總免不了有人說兩句閒話。這一類的閒話，說的人越多，越熱鬧，你的名望只有更高，對於你的未來，並沒有什麼妨礙。唯有一樁事是最該忌諱的，那就是：你愛人家而人家不愛你，或是愛了你而把你扔了。一個女人的骨架子，哪兒禁得起這一扔？像你今天這一回子事，知道內情的人，說你是孩子脾氣，想到哪裏做到哪裏。給外面嘴頭子刻毒的人說起來，說你為了喬琪喬同一個底下的人嘔氣。這該多麼難聽？」薇龍嘆了一口氣道：「那我管不了這許多。反正我是要回去的。我今生今世再也不要看見香港了！」梁太太皺眉道：「又來了！你動不動就說回上海，彷彿回家去就解決了一切似的。問題不是那麼簡單。我隨你呵——你有你的自由！可是我替你發愁，回家去，你爸爸不會給你好日子過。這不是賭氣的事。你真要掙回這口氣來，你得收服喬琪喬。等他死心塌地了，那時候，你丟了他也好，留著他解悶兒也好——那才是本領呢！你現在這麼一跑，太便宜了他了！」薇龍微微一笑道：「姑媽，我同喬琪，早完了。」梁太太道：「你覺得這件事太沒有希望？那是因為你對他的態度，根本從頭起就不對。你太直爽了。他拿穩了你心裏只有他一個人，所以他敢那麼隨隨便便的，不把你當樁事看待。你應當勻出點時候來，跟別人親近親近，使他心裏老是疑疑惑惑的。他不希罕你，希罕你的人多著呢！」薇龍見她遠兜遠轉，原來仍舊是在那裏替司徒協做說客。忍不住，差一點噗嗤一笑，她覺得她糊塗的地方就多了，可是糊塗到這個地步，似乎還不至於。她上了喬琪的當，再去上了司徒協的當，喬琪因此就會看得起她麼？她坐起身來，光著腳，踏在地板上，低著頭。把兩隻手攏著蓬鬆的鬈髮，緩緩的朝後推過去，說道：「謝謝姑媽，你給我打算得這麼周到。但是我還是想回去。」梁太太也隨著她坐起身來，問道：「你主意打定了？」薇龍低低的應了一聲。梁太太站了起來，把兩隻手按在她肩膀上，眼睛直看到她的眼睛裏去，道：「你來的時候是一個人。你現在又是一個人。你變了，你的家也得跟著變。要想回到原來的環境裏，只怕回不去了。」薇龍道：「我知道我變了。從前的我，我就不大喜歡，現在的我，我更不喜歡。我回去，願意做一個新的人。」梁太太聽了，沉默了一會，彎下腰來，鄭重的在薇龍額角上吻了一下，便走出去了。她這充滿了天主教的戲劇化氣氛的舉動，似乎沒有給予薇龍任何影響。薇龍依舊把兩隻手插在鬈髮裏，出著神，臉上帶著一點笑，可是眼睛卻是死的。

梁太太一出去，就去打電話找喬琪，叫他來商談要緊的事。喬琪知道東窗事發了，一味的推托，哪裏肯來。梁太太便把話嚇他道：「薇龍哭哭啼啼，要回上海去了，她父母如何肯罷休，上海方面自然要找律師來和你說話，這事可就鬧大了！你老子一生氣，管叫你吃不了兜著走。我是因為薇龍是在我這裏認識你的，說出去，連我面子上也不好看，所以忙著找你想補救的方法。誰知道你到底這麼舒坦——皇帝不急，急煞了太監！」喬琪雖來了，依然笑嘻嘻地，道：「我雖然不是中國通，對於中國人這一方面的思想習慣倒下過一點研究。薇龍的家庭如果找到我說話，無非迫著我娶她罷了！他們決不願意張揚出去的。」梁太太盯了他一眼道：「娶她！你肯娶她麼？」喬琪道：「薇龍有薇龍的好處。」梁太太道：「你老老實實答一句罷：你不能夠同她結婚。」喬琪笑道：「你這不是明知故問麼？——我沒有婚姻自主權。我沒有錢，又享慣了福，天生的是個招駙馬的材料。」梁太太把指尖戳了他一下，罵道：「我就知道你是個拜金主義者！」兩人商議如何使薇龍回心轉意。喬琪早猜著這件事引起法律糾葛的危機，一大半是梁太太故甚其辭。若要釜底抽薪，第一先得把自己的行動對梁太太略加解釋，剖明心跡。兩人談了一晚上，梁太太終於得到了她認為滿意的答覆。

第二天，喬琪接二連三的向薇龍打電話，川流不息的送花，花裏藏著短信。薇龍忙著下山到城裏去打聽船期，當天就買了票。梁太太表示對她的去留抱不干涉態度，因此一切都不聞不問。薇龍沒有坐家裏的汽車，走下山去搭了一截公共汽車，回來的時候，在半山裏忽然下起傾盆大雨來。峻峭的煤屑路上，水滔滔的直往下沖，薇龍一面走一面擰她的旗袍，絞乾了，又和水裏撈起的一般。她前兩天就是風寒內鬱，再加上這一凍，到家就病倒了，由感冒轉成肺炎；

她發著燒，更是風急火急的想回家。在老家生了病，房裏不會像這麼堆滿了朋友送的花，可是在她的回憶中，比花還美麗的，有一種玻璃球，是父親書桌上用來鎮紙的，家裏人給她捏著，冰那火燙的手。扁扁的玻璃球裏面嵌著細碎的紅的藍的紫的花，排出俗氣的齊整的圖案。那球抓在手裏很沉。想起它，便使她想起人生中一切厚實的，靠得住的東西——她家裏，她和妹妹合睡的那黑鐵床，床上的褥子，白地紅柳條；黃楊木的舊式梳粧檯；在太陽光裏紅得可愛的桃子式的磁缸，盛著爽身粉；牆上釘著的美女月份牌，在美女的臂上，母親用鉛筆濃濃的加上了裁縫、薦頭行、豆腐漿、舅母、三阿姨的電話號碼……她把手揪著床單，只想回去，回去、回去……越急，病越好得慢。等到這病有了起色，香港那霪雨連綿的夏季早經結束，是蕭爽的秋天了。

薇龍突然起了疑竇——她生這場病，也許一半是自願的；也許她下意識地不肯回去，有心挨延著……說著容易，回去做一個新的人……新的生命……她現在可不像從前那麼思想簡單了。念了書，到社會上去做事，不見得是她這樣的美而沒有特殊技能的孩子的適當的出路。她自然還是結婚的好。那麼，一個新的生命，就是一個新的男子……一個新的男子？可是她為了喬琪，已經完全喪失了自信心，她不能夠應付任何人。喬琪一天不愛她，她一天在他的勢力下。她明明知道喬琪不過是一個極普通的浪子，沒有甚麼可怕，可怕是他引起的她那不可理喻的蠻暴的熱情。她躺在床上，看著窗子外面的天。中午的太陽煌煌地照著，天卻是金屬品的冷冷的白色，像刀子一般割痛了眼睛。秋深了，一隻鳥向山巔飛去，黑鳥在白天上，飛到頂高，

一盞水綠小檯燈，薇龍離著她老遠，在一張金漆椅子上坐下了，兩人隔了好些時都沒有開口。房裏滿是那類似杏仁露的強烈的蔻丹的氣味，梁太太正搽完蔻丹，尖尖的翹著兩隻手，等它乾。兩隻雪白的手，彷彿才上過拶子似的，夾破了指尖，血滴滴地。薇龍臉不向梁太太，慢慢的說道：「姑媽，喬琪不結婚，一大半是因為經濟的關係嗎？」梁太太答道：「他並不是沒有錢娶親。喬家至不濟也不會養不活一房媳婦。就是喬琪有這心高氣傲的毛病，總願意兩口子在外面過得舒服一點，而且還有一層，喬家的家庭組織太複雜，他家的媳婦豈是好做的？若是新娘子自己有點錢，也可以少受點氣，少看許多怪嘴臉。」薇龍道：「那麼，他打算娶個妝奩豐厚的小姐。」梁太太不作聲，薇龍垂著頭，小聲道：「我沒有錢，但是……我可以賺錢。」梁太太向她瞟了一眼，咬著嘴唇，微微一笑。薇龍被她激得紅了臉，辯道：「怎麼見得我不能賺錢？我並沒問司徒協開口要什麼，他就給了我那隻鐲子。」梁太太格格的笑將起來，一面笑，一面把一隻血滴滴的食指點住了薇龍，一時卻說不出話來；半晌方道：「瞧你這孩子，這會子就記起司徒協來了！當時人家一片好意，你那麼亂推亂擋的，彷彿金剛鑽要咬手似的，要不是我做好做歹，差一點得罪了人。現在你且試試看，開口問他要東西去。他準不知道送你糖好，還是玫瑰花好——只怕小姐又嫌禮太重了，不敢收！」薇龍低著頭，坐在暗處，只是不言語。梁太太又道：「你別以為一個人長得有幾分姿色，會講兩句場面上的話，又會唱兩句英文歌，就有人情情願願的大把的送錢給你花。我同你是自家人，說句不客氣的話，你這個人呀，臉又嫩，心又軟，脾氣又大，又沒有決斷，而且一來就動了真感情，根本不是這一流的人才。」薇龍微微的嘆了一口氣道：「你讓我慢慢的學呀！」梁太太笑道：「你該學的地方就多了！試試也好。」

薇龍果然認真的學習起來。因為她一心向學的緣故，又有梁太太在旁隨時的指撥幫襯，居然成績斐然。耶誕節前後，喬琪喬和葛薇龍正式訂婚的消息，在南華日報上發表了。訂婚那天，司徒協送了一份隆重的賀禮不算，連喬琪喬的父親喬誠爵士也送了薇龍一隻白金嵌鑽手錶。薇龍上門去拜謝，老頭兒一高興，又給她買了一件玄狐披風。又怕梁太太多了心去，買了一件白狐的送了梁太太。喬琪對於這一頭親事還有幾分猶疑，梁太太勸他道：「我看你將就一點罷！你要娶一個闊小姐，你的眼界又高，差一點的門戶，你又看不上眼。真是幾千萬家財的人家出身的女孩子，驕縱慣了的，哪裏會像薇龍這麼好說話？處處地方你不免受了拘束。你要錢的目的原是玩，玩得不痛快，要錢做什麼？當然，過了七八年，薇龍的收入想必大為減色。你要等她不能掙錢養家了，你儘可以離婚。在英國的法律上，離婚是相當困難的，唯一合法的理由是犯姦。你要抓到對方犯姦的證據，那還不容易？」一席話說得喬琪心悅誠服，他們很快的就宣佈結婚，在香港飯店招待來賓，自有一番熱鬧。

香港的公寓極少，兩個人租一幢房子嫌太貴。與人合住又嫌耳目混雜。梁太太正捨不得薇龍，便把喬琪招贅了進來，撥了樓下的三間房給他們住。倒也和獨門獨戶的公寓差不多。從此以後，薇龍這個人就等於賣了給梁太太和喬琪喬，整天忙著，不是替喬琪喬弄錢，就是替梁太太弄人。但是她也有快樂的時候，譬如說，陰曆三十夜她和喬琪兩個人單獨的到灣仔去看熱鬧。灣仔那地方原不是香港的中心區，地段既偏僻，又充滿了下等的娛樂場所，惟有一年一度的新春市場，類似北方的廟會，卻是在那裏舉行的。屆時人山人海，很多的時髦人也願意去擠一擠，買些零星東西。薇龍在一檔古玩攤子上看中了一盆玉石梅花，喬琪擠上前去和那夥計還價。那人蹲在一層一層的陳列品的最高層上，穿著緊身對襟柳條布棉襖，一色的袴子，一頂呢帽推在腦後，街心懸掛著的汽油燈的強烈的青光正照在他那廣東式的硬線條的臉上，越顯得山陵起伏，邱壑深沉。他把一隻手按著膝蓋上，一隻手打著手勢，還價還了半晌，只是搖頭。薇龍拉了喬琪一把道：「走罷走罷！」她在人堆裏擠著，有一種奇異的感覺。頭上是紫黝黝的藍天，天盡頭是紫黝黝的冬天的海，但是海灣裏有這麼一個地方，有的是密密層層的人，密密層層的燈，密密層層的耀眼的貨品——藍磁雙耳小花瓶、一捲一捲蔥綠堆金絲絨、玻璃紙袋裝著「巴島蝦片」、琥珀色的熱帶產的榴槤糕、拖著大紅穗子的佛珠、鵝黃的香袋、烏銀小十字架、寶塔頂的涼帽；然而在這燈與人與貨之外，還有那淒清的天與海——無邊的荒涼，無邊的恐怖。她的未來，也是如此——不能想，想起來只有無邊的恐怖。她沒有天長地久的計畫。只有在這眼前的瑣碎的小東西裏，她的畏縮不安的心，能夠得到暫時的休息。

這裏髒雖髒，的確有幾分狂歡的勁兒。滿街亂糟糟地花炮亂飛，她和喬琪一面走一面縮著身子躲避那紅紅綠綠的小掃帚星。喬琪突然帶著笑喊道：「喂！你身上著了火了！」薇龍道：「又來騙人！」說著，扭過頭去驗看她的後襟。喬琪道：「我幾時騙過你來！快蹲下身來，讓我把它踩滅了。」薇龍果然屈膝蹲在地上，喬琪也顧不得鞋底有灰，兩三腳把她的旗袍下襬的火踏滅了。那件品藍小銀壽字織錦緞的棉袍上已經燒了一個洞。兩個人笑了一會，繼續向前走去。喬琪隔了一會，忽然說道：「真的，薇龍，我是個頂愛說謊的人，但是，從來沒對你說過一句謊，自己也覺得納罕。」薇龍笑道：「還在想著這個！」喬琪迫著她問道：「我從來沒對你說過謊，是不是？」薇龍嘆了一口氣道：「從來沒有。你明明知道一句小小的謊可以使我多麼快樂，但是——不！你懶得操心。」喬琪笑道：「你也用不著我來編謊給你聽。你自己會哄自己。總有一天，你不得不承認我是多麼可鄙的一個人。那時候，你也要懊悔你為我犧牲了這許多！一氣，就把我殺了，也說不定！我簡直害怕！」薇龍笑道：「我愛你，關你什麼事，千怪萬怪，也怪不到你身上去。」喬琪道：「無論如何，我們現在權利與義務的分配，太不公平了。」薇龍把眉毛一揚，微微一笑道：「公平？人與人之間的關係裏，根本談不到公平兩個字。我倒要問了，今天你怎麼忽然這樣的良心發現起來？」喬琪笑道：「因為我看你這麼一團高興的過年，跟孩子一樣。」薇龍笑道：「你看著我高興，就非得說兩句使人難受的話，不叫我高興下去？」

兩人一路走一路看著攤子上的陳列品，這兒什麼都有，可是最主要的還是賣的是人。在那慘烈的汽油燈下，站著成羣的女孩子，因為那過分誇張的光與影，一個個都有著淺藍的鼻子，綠色的面頰，腮上大片的胭脂，變成了紫色。內中一個年紀頂輕的，不過十三四歲模樣，瘦小身材，西裝打扮，穿了一件青蓮色薄呢短外套，繫著大紅細摺綢裙，凍得發抖。因為抖，她的笑容不住的盪漾著，像水中的倒影，牙齒忒楞楞的打在下唇上，把嘴唇皮都咬破了。一個醉醺醺的英國水手從後面走過來拍了她的肩膀一下，她扭過頭去向他飛了一個媚眼——倒是一雙水盈盈的弔眼梢，眼角直插到鬢髮裏去，可惜她的耳朵上生著鮮紅的凍瘡。她把兩隻手合抱著那水兵的膀臂，頭倚在他身上；兩人並排走不了幾步，又來了一個水兵，兩個人都是又高又大，夾持著她。她的頭只齊他們的肘彎。

後面又擁來一大幫水兵，都喝醉了，四面八方的亂擲花炮。瞥見了薇龍，不約而同的把她做了目的物，那花炮像流星趕月似的飛過來。薇龍嚇得撒腿便跑，喬琪認準了他們的汽車，把她一拉拉到車前，推了進去，兩人開了車，就離開了灣仔。喬琪笑道：「那些醉泥鰍，把你當做什麼人了？」薇龍道：「本來嘛，我跟她們有什麼分別？」喬琪一隻手管住輪盤，一隻手掩住她的嘴道：「你再胡說——」薇龍笑著告饒道：「好了好了！我承認我說錯了話。怎麼沒有分別呢？她們是不得已的，我是自願的！」車過了灣仔，花炮拍啦拍啦炸裂的爆響漸漸低下去了，街頭的紅綠燈，一個趕一個，在車前的玻璃裏一溜就黯然滅去。汽車駛入一帶黑沉沉的街衢。喬琪沒有朝她看，就看也看不見，可是他知道她一定是哭了。他把自由的那隻手摸出香烟夾子和打火機來，烟捲兒銜在嘴裏，點上火。火光一亮，在那凜冽的寒夜裏，他的嘴上彷彿開了一朵橙紅色的花。花立時謝了。又是寒冷與黑暗……

這一段香港故事，就在這裏結束……薇龍的一爐香，也就快燒完了。

——一九四三年四月

・初載於一九四三年五月～七月上海《紫羅蘭》第二期～第四期。原題〈沉香屑　第一爐香〉。

# 第二爐香

克荔門婷興奮地告訴我這一段故事的時候，我正在圖書館裏閱讀馬卡德耐爵士出使中國謁見乾隆的記載。那烏木長檯，那影沉沉的書架子，那略帶一點冷香的書卷氣，那些大臣的奏章，那象牙籤、錦套子裏裝著的清代禮服五色圖版，那陰森幽寂的空氣；與克荔門婷這愛爾蘭女孩子不甚諧和。

克荔門婷有頑劣的稻黃色頭髮，燙得不大好，像一担柴似的堆在肩上。滿臉的粉刺，尖銳的長鼻子底下有一張凹進去的小薄片嘴，但是她的小藍眼睛是活潑的，也許她再過兩年會好看些。她穿著海綠的花綢子衣服，袖子邊緣釘著漿硬的小白花邊。她翻弄著書，假裝不介意的樣子，用說笑話的口氣說道：「我姐姐昨天給了我一點性教育。」我說：「是嗎？」克荔門婷道：「是的。……我說，真是……不可能的！」除了望著她微笑之外，似乎沒有第二種適當的反應。對於性愛公開地表示興趣的現代女孩子很多很多，但是我詫異克荔門婷今天和我談論到這個，因她同我還是頂生疏的朋友。她跟下去說：「我真嚇了一跳！你覺得麼？一個人有了這種知識之後，根本不能夠談戀愛。一切美的幻想全毀了！現實是這麼污穢！」我做出漠然的樣子說：「我很奇怪，你知道得這麼晚！」她是十九歲。我又說：「多數的中國女孩子們很早就曉得了，也就無所謂神秘。我們的小說書比你們的直爽，我們看到這類書的機會也比你們多些。」

說到穢褻的故事，克荔門婷似乎正有一個要告訴我，但是我知道結果那一定不是穢褻的，而是一個悲哀的故事。人生往往是如此——不徹底。克荔門婷採取了冷靜的，純粹客觀的，中年人的態度，但是在那萬紫千紅的粉刺底下，她的臉也微紅了。她把胳膊支在《馬卡德耐使華記》上面，說：「有一件事，香港社交圈裏談論得很厲害的。我先是不大懂，現在我悟出來了。」……一個髒的故事，可是人總是髒的；沾著人就沾著髒。在這圖書館的昏黃的一角，堆著幾百年的書——都是人的故事，可是沒有人的氣味，悠長的年月，給它們薰上了書卷的寒香；這裏是感情的冷藏室。在這裏聽克荔門婷的故事，我有一種不應當的感覺，彷彿雲端裏看廝殺似的，有點殘酷。但是無論如何，請你點上你的香，少少的撮上一點沉香屑；因為克荔門婷的故事是比較短的。

起先，我們看見羅傑安白登在開汽車。也許那是個晴天，也許是陰的；對於羅傑，那是個淡色的，高音的世界，到處是光與音樂。他的龐大的快樂，在他的燒熱的耳朵裏正像夏天正午的蟬一般，無休無歇地叫著：「吱……吱……吱……」一陣陣清烈的歌聲，細，細得要斷了；然而震得人發聾。羅傑安白登開著汽車橫衝直撞，他的駕駛法簡直不合一個四十歲的大學教授的身分，可是他深信他絕對不會出亂子，他有一種安全感覺。今天，他是一位重要人物，誰都得讓他三分，因為今天下午兩點鐘，他將和世界上最美麗的女人結婚了。

他的新娘的頭髮是輕金色的，將手放在她的頭髮裏面，手背上彷彿吹過沙漠的風，風裏含著一蓬一蓬的金沙，乾爽的、溫柔的，撲在人身上癢癢地。她的頭髮的波紋裏永遠有一陣風，同時，她那蜜合色的皮膚又是那麼澄淨，靜得像死。她叫愫細——愫細蜜秋兒。羅傑晴著他的下嘴唇微笑著。他是一個羅曼蒂克的傻子——在華南大學教了十五年的化學物理，做了四年的理科主任與舍監，並不曾影響到他；歸根究底，他還是一個羅曼蒂克的傻子。為什麼不用較近現實的眼光去審察他的婚姻呢？他一個月掙一千八百元港幣，住宅由學校當局供給；是一個相當優美的但是沒有多大前途的職業。愫細年紀還輕得很，為她著想，她應當選擇一個有未來的丈夫。但是她母親蜜秋兒太太早年就守了寡，沒有能力帶她的三個女兒回國去。在香港這一隅之地，可能的丈夫不多；羅傑，這安靜而平凡的獨身漢，也是不可輕視的。於是蜜秋兒太太容許羅傑到她們家裏來；很容易地，愫細自以為她愛上了他。和她玩的多數是年青的軍官，她看不起他們，覺得她自己的智力年齡比他們高，只有羅傑是比眾不同的。後來她就答應嫁給羅傑……羅傑不願意這麼想。這是他對於這局面的合理的估計，但是這合理的估計只適用於普通的人。愫細是愫細啊！直到去年她碰見了羅傑，愛上了他，先前她從來沒有過結婚的念頭。

蜜秋兒太太的家教是這麼的嚴明，愫細雖然是二十一歲的人了，依舊是一個純潔的孩子，天真得使人不能相信。她姐姐靡麗笙在天津結婚，給了她一個重大的打擊，她捨不得她姐姐。靡麗笙的婚姻是不幸的，傳說那男子是個反常的禽獸，靡麗笙很快的離了婚。因為天津傷心的回憶太多了，她自己願意離開天津，蜜秋兒太太便帶了靡麗笙和底下的兩個女兒，移到香港來。現在，愫細又要結婚了。也許她太小了；由於她的特殊的環境，她的心理的發育也沒有成熟，但是她的驚人的美貌不能容許她晚婚。

羅傑緊緊地踏著馬達，車子迅速地向山上射去。他是一個傻子，娶這麼一個稚氣的夫人！傻就傻罷，人生只有這麼一回！他愛她！他愛她！在今天下午行禮之前，無論如何要去探望她一次。她好好地在那裏活著麼？她會在禮拜堂裏準時出現麼？蜜秋兒太太不會讓他見到愫細的，因為辦喜事的這一天，婚禮舉行之前，新郎不應當看見新娘的，看見了就不吉利。而且他今天上午已經和蜜秋兒家裏通過兩次電話了，再去，要給她們笑話。他得找尋一點藉口，那不是容易的事。新房裏的一切早已佈置完備了，男儐相女儐相都活活潑潑地沒有絲毫生病的象徵，結婚戒指沒有被失落，行過婚禮後他們將在女家招待親友，所以香檳酒和茶點完全用不著他來操心……哦，對了，只有一件；新娘和女儐相的花束都已訂購，但是他可以去買半打貴重的熱帶蘭花送給蜜秋兒太太和靡麗笙佩戴。照理，他應當打電話去詢問她們預備穿什麼顏色的衣服，可是他覺得那種白色與水晶紫的蘭花是最容易配顏色的，冒昧買了，決沒有大錯。於是在他的車子經過「山頂纜車」的車站的時候，他便停下來了，到車站裏附屬的花店裏買了花，挾著盒子，重新上了車，向「高街」駛來。這「高街」之所以得名，是因為街身比沿街的房屋高出數丈，那也是香港地面崎嶇的特殊現象之一。

蜜秋兒太太住的是一座古老的小紅磚房屋，二層樓的窗台正對著街沿的毛茸茸的綠草。窗戶裏挑出一根竹竿來，正好搭在水泥路上，竹竿上晾著褥單，橙紅的窗簾，還有愫細的妹妹凱絲玲的學生制服，天青裙子，生著背帶。凱絲玲正在街心溜冰，老遠的就喊：「羅傑！羅傑！」羅傑煞住了車，向她揮了揮手，笑道：「哈囉，凱絲玲！」凱絲玲嗤啦嗤啦搖搖擺擺向這邊滑了過來，今天下午她要做提花籃的小女孩，早已打扮好了，齊齊整整地穿著粉藍薄紗的荷葉邊衣裙，頭上繫著蝴蝶結。羅傑笑道：「你小心把衣服弄髒了，她們不讓你進禮拜堂去！」凱絲玲撇了撇嘴道：「不讓我進去！少了我，她們結不成婚！」羅傑笑了，因問道：「她們在做什麼？忙得很吧？」凱絲玲悄悄說道：「快別進去。她們在哭呢！」羅傑驚道：「愫細在哭麼？」凱絲玲道：「愫細也哭，媽媽也哭，靡麗笙也哭。靡麗笙是先哭的，後來愫細也哭了，媽媽也給她們引哭了。只有我不想哭，在裏面待著，有點不好意思，所以我出來了。」羅傑半晌不言語。凱絲玲彎下腰去整理溜冰鞋的鞋帶，把短裙子一掀掀到脖子背後去，露出袴子上面一截光脊梁，脊梁上稀稀地印著爽身粉的白跡子。

羅傑望著那冷落的街衢，街那邊，一個印度女人，兜著玫瑰紫的披風，下面露出檸檬黃的蓮蓬式袴腳管，走進一帶灰色的破爛洋房裏去了。那房子背後，一點遮攔也沒有，就是藕色的天與海。天是熱而悶，說不上來是晴還是陰的。羅傑把胳膊支在車門上，手托住了頭……哭泣！在結婚的日子！當然，那是在情理之中。一個女孩子初次離開家庭與母親……微帶一些感傷的氣氛，那是合適的，甚至於是必須的。但是發乎情，止乎禮，這樣的齊打夥兒舉起哀來，似乎過分了一些。無論如何，這到底不是初民社會裏的劫掠婚姻，把女兒嫁到另一個部落裏去，生離死別永遠沒有再見面的機會了！他一面這樣想著，一面卻深深覺得自己的自私。蜜秋兒太太是除了這三個女兒之外，一無所有的人。她們母女間的關係，自然分外密切。現在他要把愫細帶走了，這最後數小時的話別，他還吝於給她們麼？然而他是一個英國人，對於任何感情的流露，除非是絕對必要的，他總覺得有點多餘。他怕真正的，血與肉的人生。不幸，人是活的，但是我們越少提起這件事越好。不幸，他愛愫細，但是他很知道那是多麼傻的一回事。只有今天，他可以縱容他自己這麼傻——如他剛才告訴自己的話一般，傻就傻罷！一生只有這麼一天！屋裏的女人們哭儘管哭，他得去問候愫細一下，即使不能夠見她一面，也可以得到她的一些消息。

他跳下車來，帶了花，走下一截迂長的石級，去揿蜜秋兒家門上的鈴，僕歐給他開了門。為了要請客，那間陰暗寬綽的客廳今天是收拾清楚了，狗和孩子都沒有放進來過，顯得有點空洞洞地。瓶裏插了蒼蘭與百合，穹門那邊的餐室裏，放著整檯的雪亮的香檳酒杯，與一疊疊的五彩盤龍碟子，大盤裏的夾心麵包用愛爾蘭細麻布的罩子蓋得嚴嚴地。羅傑在他常坐的那張綠漆籐椅上坐下了。才坐下，蜜秋兒太太就進來了；大熱天，根本就不宜動感情；如果人再胖一些，那就更為吃力。蜜秋兒太太口上滿是汗，像生了一嘴的銀白鬍子渣兒。她的眼圈還是紅紅的，兩手互握著，擱在心口上，問道：「羅傑，你怎麼這個時候跑來了？出了什麼事麼？」羅傑站起身來笑道：「沒有什麼，買了點花送來給你和靡麗笙，希望顏色不犯沖；早點兒想著就好了！」他向來不大注意女人穿的衣服的，但是現在特地看了蜜秋兒太太一眼。她已經把衣服楚的韻致。羅傑跳起身來笑道：「早安，靡麗笙。」靡麗笙站住了腳道：「啊，你來了！」她把電風扇擱在地上，迅疾地向他走來，走到他跟前，她把一隻手按在她袒露的咽喉上，低低的叫了一聲：「羅傑！」羅傑感到非常的不安，他把身背後的籐椅子推開了一些，人就跟著向後讓了一讓，問道：「靡麗笙，你有些不舒服麼？」靡麗笙突然扳住了他的肩膀，另一隻手摔住了臉，嗚咽地說道：「羅傑，請你好好的當心愫細！」羅傑微笑道：「你放心，我愛她，我不會不當心她的！」一面說，一面輕輕的移開了她擱在他肩頭的那隻手，自己又向籐椅的一旁退了一步。靡麗笙頹然地把手支在籐椅背上，人也就搖搖晃晃的向籐椅子上倒了下來。羅傑急了，連聲問道：「你怎麼了？你怎麼了？靡麗笙？」靡麗笙扭過身子，伏在椅背上，放聲哭了起來，一頭哭，一頭說。羅傑聽不清她說些什麼，只得彎下腰去柔聲道：「對不起，靡麗笙，你再說一遍。」靡麗笙抬起頭來，睜開了一雙空落落的藍灰的大眼睛，入了迷似的凝視著地上的電風扇，斷斷續續說道：「你愛她……我的丈夫也是愛我的，但是他……他待我……他待我的態度，比禽獸……還不如！他簡直不拿我當人看，因為……他說是因為他愛我……」羅傑站直了身子，背過臉去道：「靡麗笙，你不應當把這些話告訴我。我沒有資格與聞你的家庭秘密。」靡麗笙道：「是的，我不應當把這種可恥的事說給你聽，使你窘。憑什麼你要給我同情？」羅傑背對著她，皺了眉毛，捏緊了兩隻拳頭，輕輕的互擊著，用莊重的，略微有點僵僵的聲音說道：「我對於你的不幸，充分的抱著同情。」靡麗笙顫聲道：「你別誤會了我的意思；我……我並不是為了要你的同情而告訴你。我是為愫細害怕。男人……都是一樣的——」

起暈來，不會是中了暑罷？」蜜秋兒太太嘆了一聲道：「越是忙，越是給人添出麻煩來，你快給我上去躺一會兒罷。」她把靡麗笙扶了起來，送到門口，靡麗笙道：「行了，我自己能走。」便嬌怯怯的上樓去了。這裏蜜秋兒太太逼著羅傑吃她給他預備的冷牛肝和罐頭蘆筍湯。羅傑吃著，不作聲。蜜秋兒太太在一旁坐下，慢慢的問道：「靡麗笙和你說了些什麼？」羅傑拿起飯巾來揩了揩嘴答道：「關於她的丈夫的事。」這一句話才出口，屋子裏彷彿一陣陰風颯颯吹過，蜜秋兒太太半晌沒說話。羅傑把那飯巾狠狠地團成一團，放在食盤裏，看它漸漸地鬆開了，又伸手去把它團縐了，捏得緊緊地不放。蜜秋兒太太輕輕的把手擱在他手背上，低聲下氣道：「她不該單揀今天告訴你這個，可是，我想你一定能夠懂得，今天，她心裏特別的不好受……愫細同你太美滿了，她看著有點刺激。你知道的，她是一個傷心人……」羅傑又把飯巾拿起來，扯了一角，擦了擦嘴，淡淡的一笑。當然，靡麗笙是可憐的，蜜秋兒太太也是可憐的；愫細也是可憐的，這樣的姿容，這樣的年紀，一輩子埋沒在這陰濕、鬱熱、異邦人的小城裏，嫁給他這樣一個活了半世無功無過庸庸碌碌的人。他自己也是可憐，愛她愛得那麼厲害，他們在一起的時候，他老是怕自己做出一些非英國式的傻事來，也許他會淌下眼淚來，吻她的手，吻她的腳。無論誰，愛到那個地步，總該是可憐的……人，誰不是可憐的，可憐不了那麼許多！他應當對蜜秋兒太太說兩句同情的、憤慨的話，靡麗笙等於是他的妹妹，自己的姐妹為人欺負了，不能不表示痛心疾首，但是他不能夠。今天，他是一個自私的人，他是新郎，一切人的注意的集中點。誰都應當體諒他、安慰他、取笑他、賀他、弔他失去的自由。為什麼今天他儘遇著自私的人，人人都被包圍在他們自身的悲劇空氣裏？

哪！蜜秋兒太太又哭了，她說：「為什麼我這孩子也跟我一樣的命苦！誰想得到……索性像了我倒也罷了。蜜秋兒先生死了，丟下三個孩子，跟著我千辛萬苦的過日子，那是人間常有的事，不比她這樣……希奇的變卦！說出去也難聽，叫靡麗笙以後怎樣做人呢？」她扭過身去找手絹子，羅傑看著她，她腋下汗濕了一大片，背上也汗透了，棗紅色的衣衫變了黑的。眼淚與汗！眼淚與汗！陰陰的，炎熱的天——結婚的一天，他突然一陣噁心。無疑地，蜜秋兒太太與靡麗笙兩人都有充分的悲哀的理由。羅傑安白登就是理由之一。為了他，蜜秋兒太太失去了愫細。為了愫細和他今天結婚，靡麗笙觸動了自己的心事。羅傑應當覺得抱歉、心虛，然而對她們只有極強烈的憎厭。誰不憎厭他們自己待虧了的人？羅傑很知道他在這一剎那是一個野蠻的、無理可喻的動物。他站起身來，戴上了帽子就走。出了房門，方才想起來，重新探頭進去說了一句：「我想我該去了。」蜜秋兒太太被淚水糊滿了眼睛，像盲人似的摸索著手絹子，鼻子裏吸了兩吸，沙聲道：「去罷，親愛的，願你幸福！」羅傑道：「謝謝你。」他到外邊，上了車，街上有一點淡淡的太陽影子。凱絲玲站在一個賣木瓜的攤子前面，背著手閒看著，見他出來了，向他喊：「去了麼，羅傑？」羅傑並不向她看，只揮了一揮手，就把車子開走了。

在一個多鐘頭後，在教堂裏，他的心境略趨平和。一排一排的白蠟燭的火光，在織金帳幔前跳躍著。風琴上的音樂，如同宏大的風，吹得燭火直向一邊飄。聖壇兩旁的長窗，是紫色的玻璃。主教站在上面，粉紅色的頭皮，一頭雪白的短頭髮樁子，很像蘸了糖的楊梅，窗子裏反映進來的紫色，卻給他加上了一匝青蓮色的頂上圓光。一切都是歡愉的、合理化的。羅傑願意他的母親在這兒；她年紀太大了，不然他也許會把她從英國接來，參加這婚禮。……音樂的調子一變，愫細來了。他把身子略微側一側，就可以看見她。用不著看；她的臉龐和身段上每一個微細的雕鏤線條，他都是熟悉的——熟悉的；同時又有點渺茫，彷彿她是他前生畫的一張圖——不，他想畫而沒畫成的一張圖。現在，他前生所做的這個夢，向他緩緩的走過來了；裹著銀白的紗，雲裏霧裏，向他走過來了。走過玫瑰色的窗子，她變了玫瑰色；走過藍色的窗子，她變了藍色；走過金黃色的窗，她和她的頭髮燃燒起來了。……隨後就是婚禮中的對答，主教的宣講，新郎新娘和全體證人到裏面的小房間裏簽了字。走出來，賓客向他們拋撒米粒和紅綠紙屑。去拍照時，他同愫細單獨坐一輛車；這時耳邊沒有教堂的音樂與喧囂的人聲，一切都靜了下來了，他又覺得不安起來。愫細隔著喜紗向他微笑著，像玻璃紙包紮著的一個貴重的大洋娃娃，窩在一堆鬈曲的小白紙條裏。他問道：「累了麼？」愫細搖搖頭，他湊近了些，低聲道：「如果你不累，我希望你回答我的一句話。」愫細笑道：「又來了！你問過我多少遍了？」羅傑道：「是的，這是最後一次我問你。現在已經太晚了一點，可是……還來得及。」愫細把兩隻手托住他的臉，柔聲道：「滑稽的人！」羅傑道：「愫細，你為什麼喜歡我？」愫細把兩隻食指順著他的眉毛慢慢的抹過去，道：「因為你的眉毛……這樣。」又順著他的眼眶慢慢抹過去，道：「因為你的眼睛……這樣。」羅傑抓住她的手吻了一下，然後去吻她的嘴。過了一會，他又問道：「你喜歡我到和我結婚的程度麼？我的意思是……你確實知道你喜歡我到這個程度麼？」她重複了一句道：「滑稽的人！」他們又吻了。再過了一會，愫細發覺羅傑仍舊在那裏眼睜睜的望著她，若有所思，便笑著，撮尖了嘴唇，向他的眼睛裏吹了一口氣，羅傑只得閉上了眼睛。兩人重新吻了起來。他們拍了照片，然後到蜜秋兒住宅裏去招待賀客，一直鬧到晚上，人方才漸漸散去；他們回到羅傑的寓所的時候，已近午夜了。

羅傑因為是華南大學男生宿舍的舍監，因此他的住宅與宿舍距離極近，便於照應一切。房屋的後部與學生的網球場相通，前門臨著傾斜的，窄窄的汽車道；那條水泥路，兩旁沿著鐵闌干，迂迴曲折地下山去了。那時候，夜深了，月光照得地上碧清，鐵闌干外，挨挨擠擠長著墨綠的木槿樹；地底下噴出來的熱氣，凝結成了一朵朵多大的緋紅的花，木槿花是南洋種，充滿了熱帶森林中的回憶——回憶裏有眼睛亮晶晶的黑色的怪獸，也有半開化的人們的愛。木槿樹上面，枝枝葉葉，不多的空隙裏，生著各種的草花，都是毒辣的黃色、紫色、深粉紅——火山的涎沫。還有一種背對背開的並蒂蓮花，白的，上面有老虎黃的斑紋。在這些花木之間，又有無數的昆蟲，蠕蠕地爬動。唧唧地叫喚著。再加上銀色的小四腳蛇，閣閣作聲的青蛙，造成一片怔忡不寧的龐大而不徹底的寂靜。

忽然水泥路上一陣腳步響，一個人蹬著拖鞋，啪嗒啪嗒地往下狂奔，後面又追來了一個人，叫道：「愫細！愫細！」愫細的拖鞋比人去得快，她赤著一隻腳，一溜溜下一大截子路；在鐵闌干轉彎的地方，人趕上了鞋，給鞋子一絆，她急忙抱住了闌干，身子往下一挫，就不見了。羅傑嚇呆了，站住了腳，站了一會，方才繼續跑下去。到了轉彎的地方，找不到她；一直到路的盡頭，連一個人影子也沒有。他一陣陣的冒汗，把一套條紋布的睡衣全濕透了。他站在一棵樹底下，身邊就是一個自來水井，水潺潺的往地道裏流。他明知這井裏再也淹不死人，還是忍不住要彎下腰向井裏張望，月光照得裏面雪亮，明明藏不了人。這一定是一個夢——一個噩夢！他也不知道自己在那裏站了多少時候。他聽見馬路上有人說著話，走上山來了，是兩個中國學生。他們知道舍監今天才結婚，沒有人管束他們，所以玩得這麼晚才回宿舍來。羅傑連忙一閃，閃在陰影裏，讓他們走過；如果他讓他們看見了，他們一定詫異得很，加上許多推測，沸沸揚揚地傳說開去。他向來是小心謹慎愛惜名譽的一個人。他們走過了，他怕後面還有比他們回來得更晚的，因此他也就悄悄跟著上來，回到他自己的屋子裏去了。

南華大學的學生，並不是個個都利用舍監疎防的機會出去跳舞的。有一個醫科六年生，是印度人，名喚摩興德拉，正在那裏孜孜矻矻預備畢業考試，漆黑的躺在床上，開了手電筒看書。忽然聽見有人敲門。他正當神經疲倦到了極點的時候，禁不起一點震動，便嚇得跳起身來，坐在枕頭上問道：「誰啊？」門呀的一聲開了，顯然有人走了進來。摩興德拉連忙把手電筒掃射過去，那電筒畢直的一道光，到了目的物的身上，突然融化了，成為一汪一汪的迷糊的晶瑩的霧，因為它照耀著的形體整個是軟的、酥的、弧線的、半透明的；是一個女孩子緊緊把背貼在門上。她穿著一件晚禮服式的精美睡衣，珠灰的「稀紡」，肩膀裸露在外面；鬆鬆一頭的黃頭髮全攪亂了，披在前面。她把脖子向前面緊張地探著，不住的打著乾噎，白肩膀一聳一聳，撞在門上，格登格登的響。摩興德拉大吃一驚，手一軟，手裏的電筒骨碌碌跌下地去，滾得老遠。他重新問道：「你是誰？」愫細把頭髮向後一摔，露出臉來，看了他一看，又別轉頭去，向門外張了一張，彷彿是極端恐怖的樣子，使勁嚥下一口氣，嗄聲叫道：「對不起──對不起──你必得幫我的忙！」一面說，一面朝他奔了過來。摩興德拉慌得連爬帶跌離了床，他床上吊著圓頂珠羅紗蚊帳，愫細一把揪住了那帳子，順勢把它扭了幾扭，絞得和石柱一般結實；她就昏昏沉沉的抱住了這柱子。究竟帳子是懸空的，禁不起全身的重量這一壓，她就跟著帳子一同左右的搖擺著。摩興德拉扎煞著兩隻手望著她。他雖然沒有去參加今天舍監的婚禮，卻也認得愫細，她和他們的舍監的羅曼史是學生們普遍的談話資料，他們的訂婚照片也在《南中國日報》上登載過。摩興德拉戰戰兢兢地問道：「你──你是安白登太太麼？」這一句話，愫細聽了，異常刺耳，她那裏禁得住思前想後一下，早已號啕大哭起來，一面哭，一面蹬腳。腳上只有一隻金緞拖鞋，那一隻光著的腳劃破了許多處，全是血跡子。

她這一鬧，便驚動了左鄰右舍；大批的學生，趿上鞋子，睡眼惺忪的擁到摩興德拉的房門口來，一開門，只見屋裏暗暗的，只有書桌底下一隻手電筒的光，橫射出來，照亮了一個女人的輕紗睡衣裏面兩隻粉嘟嘟的玉腿，在擂鼓一般跳動。離她三尺來遠，站著摩興德拉的兩條黑腿，又瘦又長，踏在薑黃色的皮拖鞋裏。門口越發人聲嘈雜起來，有一個人問道：「摩興德拉，我們可以進來麼？」摩興德拉越急越張口結舌的，答不出話來。有一個學生伸手捻開了電燈，摩興德拉如同見了親人一般，向他們這邊飛跑過來，叫道：「你們看，這是怎麼一回事？安白登太太……」有人笑道：「怎麼一回事？我們正要問你呢？」摩興德拉急得要動武道：

「怎麼要問我？你——不要血口噴人！」旁邊有一個人勸住了他道：「又沒有說你什麼。」摩興德拉把手插在頭髮裏一陣搔，恨道：「這不是鬧著玩的！你們說話沒有分寸不要緊，我的畢業文憑也許要生問題！我念書念得正出神，安白登太太撞進來了，進來了就哭！」眾人聽了，面面相覷。內中有一個提議道：「安白登先生不知道哪兒去了？我們去把他找來。」愫細聽了，臉也青了，把牙一咬，頓腳道：「誰敢去找他？」沒有人回答。她又提高了喉嚨尖叫道：「誰敢去找他？」大家沉默了一會，有一個學生說道：「安白登太太，您要原諒我們不知道裏面的細情，不曉得應該怎麼樣處置……」愫細把臉埋在帳子裏，嗚嗚咽咽哭了起來道：「我求你們不要問我……我求你們！但是，你們答應我別去找他。我不願意見他；我受不了。他是個畜生！」眾人都怔住了，半晌不敢出聲。他們都是年青的人，眼看著這麼一個美麗而悲哀的女孩子，一個個心酸起來，又不知如何是好，只得去端了一隻椅子來，勸道：「您先坐下來歇歇！」愫細一歪身坐下了，上半身兀自伏在摩興德拉的帳子上，哭得天昏地黑，腰一軟，椅子坐不穩，竟溜到地上去，雙膝跪在地上。眾學生商議道：「這時候幾點鐘了？……橫豎天也快要亮了，我們可以去把校長請來，或是請教務主任。」摩興德拉只求卸責，忙道：「我們快快就去；去晚了，反而要被他們見怪。」愫細伸出一隻委頓的手來，擺了一擺，止住了他們；良久，她才掙出了一句話道：「我要回家！」摩興德拉追問道：「您家裏電話號碼是幾號？要打電話叫人來接麼？」愫細搖頭拭淚道：「方才我就打算回去的，我預備下山去打電話，或是叫一輛車子。後來，我又想：不，我不能夠……我母親……為了我……累了這些天……這時好容易忙定了，我還不讓她休息一晚？……我可憐的母親，我將怎樣告訴她呢？」有一個學生嘴快，接上去問道：「安白登先生他……」愫細叫道：「不要提起他的名字！」一個架著玳瑁邊眼鏡的文科學生冷冷的嘆了一口氣道：「越是道貌岸然的人，私生活越是不檢點。我早覺得安白登這個人太規矩了，恐怕要發生變態心理。」有幾個年紀小些的男孩子們，七嘴八舌的查問，被幾個大的攆出去了，說他們不夠資格與聞這種事。一個足球健將扠著腰，義憤填胸的道：「安白登太太，我們陪您見校長去，管教他香港立不住腳！」大家鬨然道：「這種人，也配做我們的教授，也配做我們的舍監！」一齊慫恿著愫細，立時就要去找校長。還是那文科學生心細，說道：「半夜三更的，把老頭子喊醒了，他縱然礙在女太太面上，不好意思發脾氣，決不會怎樣熱心的幫忙。我看還是再待幾個鐘頭，安白登太太可以在這裏休息一下，摩興德拉到我那屋子裏去睡好了。」那體育健將皺著眉毛，向他耳語道：「讓她一個人在這裏，不大妥當；看她那樣子，刺激受得很深了，我們不能給她一個機會尋短見。」那文科學生便向愫細道：「如果您不反對的話，我們留四五個人在這屋裏照顧著，也給您壯壯膽。」愫細低聲道：「謝謝你們；請不要為了我費事。」學生們又商議了一會，把愫細安置在一張籐椅子上，他們公推了四個人，連摩興德拉在內，胡亂靠在床上，睡了幾個鐘頭。

愫細坐在籐椅上，身上兜了一條毛巾被，只露出一張蒼白的臉，人一動也不動，眼睛卻始終靜靜的睜著。摩興德拉的窗子外面，斜切過山麓的黑影子，山後頭的天是凍結了的湖的冰藍色。大半個月亮，不規則的圓形，如同冰破處的銀燦燦的一汪水。不久，月亮就不見了，整個的天空凍住了；還是淡淡的藍色，可是已經是早晨。夏天的早晨溫度很低，摩興德拉借了一件白外套給愫細穿在睡衣外面，但是愫細覺得這樣去見校長，太不成模樣，表示她願意回到安白登宅裏去取一件衣服來換上。就有人自告奮勇到那兒去探風聲。他走過安白登的汽車間，看見兩扇門大開著，汽車不見了，顯然安白登已經離開了家。那學生繞到大門前去揿鈴，說有要緊事找安白登先生；僕歐回說主人還沒有起來，那學生堅執著說有急事；僕歐先是不肯去攪擾安白登，討個沒趣，被他磨得沒法，只得進去了。過了一會，滿面驚訝的出來了，反問那學生究竟有什麼事要見安白登先生。那學生看這情形，知道安白登的確不在家，便隨意扯了個謊，搪塞了過去，一溜烟奔回宿舍來報信。這裏全體學生便護送著愫細，浩浩蕩蕩向安宅走來；僕歐見了愫細，好生奇怪，卻又摸不著頭腦，愫細也不睬他，自去換上了一件黑紗便服，又用一條黑色「蕾絲」網巾，束上她的黃頭髮。學生們陪著她爬山越嶺，抄近路來到校長宅裏。

愫細回身來向他們做了一個手勢，彷彿預備要求他們等在外面，讓她獨自進去。學生們到了那裏，本來就有點膽寒，不等她開口，早就在台階上坐了下來；這一等就等了幾個鐘頭。愫細再出來的時候，太陽黃黃的照在門前的藤蘿架上，架上爬著許多濃藍色的牽牛花，紫色的也有。學生們抬起頭來靜靜的望著她，急於要聽她敘說校長的反應。愫細微微張著嘴，把一隻手緩緩摸著嘴角，沉默了一會。她說話的時候，聲音也很平淡，她說：「巴克先生也很同情我，很同情我，但是他勸我回到羅傑那兒去。」她採了一朵深藍色的牽牛花，向花心吹了一口氣。她記起昨天從教堂裏出來的時候，在汽車裏，他那樣的眼睜睜的看著她，她向他的眼睛裏吹了一口氣，使他閉上了眼。羅傑安白登的眼睛是藍的——雖然很少人注意到這件事實。其實並不很藍，但是愫細每逢感情衝動時，往往能夠幻想它們是這朵牽牛花的顏色。她又吹吹那朵花，笑了一笑，把它放在手心裏，兩隻手拍了一下，把花壓扁了。

有一個學生咳了一聲道：「安白登平時對巴克拍馬屁，顯然是拍到家了！」又有一個說道：「巴克怕鬧出去於學校的名譽不好聽。」愫細擲去了那朵扁的牽牛花。學校的名譽！那麼個破學堂！毀了它又怎樣？羅傑——他把她所有的理想都給毀了。「你們的教務主任是毛立士？」學生們答道：「是的。」愫細道：「我記得他是個和善的老頭子，頂愛跟女孩子們說笑話。……走，我們去見他去。」學生們道：「現在不很早了，毛立士大約已經到學校裏去了，我們可以直接到他的辦公室裏去。」

這一次，學生們毫無顧忌地擁在兩扇半截的活絡的百葉門外面，與聞他們的談話，連教務主任的書記在內。聽到後來，校役、花匠、醫科工科文科的辦公人員，全來湊熱鬧。愫細和毛立士都把喉嚨放得低低的，因此只聽見毛立士一句句的問，愫細一句半句的答，問答的內容卻聽不清楚。問到後來，愫細不回答了，只是哽咽著。

毛立士打了個電話給蜜秋兒太太，叫她立刻來接愫細。不多一刻，蜜秋兒太太和靡麗笙兩人慌慌張張，衣冠不整的坐了出差汽車趕來了。毛立士把一隻手臂兜住愫細的肩膀，把她珍重地送了出來，扶上了車。學生們見了毛立士，連忙三三五五散了開去，自去談論這回事。他們目前注意的焦點，便是安白登的下落，有的說他一定是沒臉見人，躲了起來；有的說他是到灣仔去找能夠使他滿足的女人去了；有的說他隱伏在下意識內的神經病發作了；因為神經病患者的初期病徵之一，往往是色情狂。

羅傑安白登自己痛苦固然痛苦，卻沒有想像到這麼許多人關心他。頭一天晚上，他悄悄地回到他的臥室裏，坐在床上看床上掛著的愫細的照片。照片在暗影裏，看不清。他伸手把那盞舊式的活動掛燈拉得低低的，把光對準了照片的鏡架。燈是舊的，可是那嵌白暗龍仿古的磁燈罩子，是愫細新近給他挑選的，強烈的光射在照片的玻璃上，愫細的臉像浮在水面上的一朵白荷花。他突然發現他自己像一個孩子似的跪在衣櫥上，怎樣會爬上去的，他一點也不記得。雙手捧著照相框子，吻著愫細的面。隔在他們中間的只有冰涼的玻璃。不，不是玻璃，是他的火燙的嘴唇隔開了他們。愫細和他是相愛的，但是他的過度的熱情把他們隔絕了。那麼，是他不對？不，不，還有一層……他再度躺到床上去的時候，像轟雷掣電一般，他悟到了這一點：原來靡麗笙的丈夫是一個頂普通的人！和他一模一樣的一個普通的人！他仰面睡著，把兩隻手墊在頭頸底下，那盞電燈離他不到一尺遠，七十五支光，正照在他的臉上，他覺也不覺得。

天亮了，燈光漸漸的淡了下去。他一骨碌坐起身來。他得離開這裏，快快的。他不願意看見僕歐們；當然他用不著解釋給他們聽為什麼他的新太太失蹤了，但是……他不願意看見他們。他匆匆的跑到汽車間裏，在黎明中把車子開了出來。愫細……黑夜裏在山上亂跑，不會出了什麼事罷？至少他應當打電話到蜜秋兒宅裏去問她回了家沒有。如果沒有，他應當四面八方到親友處去探訪消息，報告巡捕房，報告水上偵緝隊，報告輪船公司……他迎著風笑了。應當！在新婚的第一個早晨，她應當使他這麼痛苦麼？

一個覺得比死還要難受的人，對於隨便誰都不負任何的責任。他一口氣把車子開了十多里路，來到海岸上，他和幾個獨身的朋友們共同組織的小俱樂部裏。今天不是週末，朋友們都工作著，因此那簡單的綠漆小木屋裏，只有他一個人。他坐在海灘上，在太陽、沙、與海水的蒸熱之中，過了一個上午，又是一個下午。整個的世界像一個蛀空了的牙齒，痲木木的，倒也不覺得什麼，只是風來的時候，隱隱的有一點痠痛。

等到他自己相信他已經恢復了控制力的時候，他重新駕了車回來，僕歐們見了他，並不敢問起什麼。他打電話給蜜秋兒太太。蜜秋兒太太道：「啊！你是羅傑……」羅傑道：「愫細在你那兒麼？」蜜秋兒太太頓了一頓道：「在這兒。」羅傑道：「我馬上就來！」蜜秋兒太太又頓了一頓道：「好，你來！」羅傑把聽筒拿在手裏且不掛，聽見那邊也是靜靜的把聽筒拿在手裏，彷彿是發了一會子怔，方才啪的一聲掛斷了。

羅傑坐車往高街去，一路想著，他對於這件事，看得太嚴重了，怕羞是女孩子的常態，愫細生長在特殊的環境下，也許比別人更為糊塗一些；他們的同居生活並不是沒有成功的希望。目前的香港是昨天的愉快的回憶的背景，但是他們可以一同到日本或是夏威夷度蜜月去，在那遙遠的美麗的地方，他可以試著給她一點愛的教育。愛的教育！那一類的肉麻的名詞永遠引起他的反感。在那一剎那，他幾乎願望他所娶的是一個較近人情的富有經驗的壞女人，一個不需要「愛的教育」的女人。

他到了高街，蜜秋兒太太自己來開了門，笑道：「這個時候才來，羅傑！把我們急壞了。你們兩個人都是小孩子脾氣，鬧得簡直不像話！」羅傑問道：「愫細在哪兒？」蜜秋兒太太道：「在後樓的洋台上。」她在前面引路上樓。羅傑覺得她雖然勉強做出輕快的開玩笑的態度，臉上卻紅一陣白一陣，神色不定。她似乎有一點怕他，又彷彿有點兒不樂意，怪他不道歉。羅傑把嘴唇抿緊了，憑什麼他要道歉？他做錯了什麼事？到了樓梯口，蜜秋兒太太站住了腳，把一隻手按住羅傑的手臂，遲疑地道：「羅傑……」羅傑道：「我知道！」他單獨的向後樓走去。蜜秋兒太太手扶著樓梯笑道：「願你運氣好！」羅傑才走了幾步路，猛然停住了。昨天中午，在行婚禮之前，像咒詛似的，她也曾經為他們祝福……他皺著眉，把眼睛很快的閉了一下，又睜開了。他沒有回過頭來，草草的說了一聲：「謝謝你！」就進了房。

那是凱絲玲的臥室，暗沉沉的沒點燈，空氣裏飄著爽身粉的氣味。玻璃門開著，愫細大約是剛洗過澡，披著白綢的晨衣，背對著他坐在小洋台的鐵闌干上。洋台底下的街道，地勢傾斜，拖泥帶草猛跌下十來丈去，因此一眼望出去，空無所有；只看見黃昏的海，九龍對岸，一串串碧綠的汽油燈，一閃一閃地眨著眼睛。羅傑站在玻璃門口，低低的叫了一聲：「愫細。」愫細一動也不動，可是她管不住她的白綢衫被風捲著豁喇喇拍著闌干，羅傑也管不住他的聲音，抖得不成樣子。他走到愫細背後，想把手擱在她肩膀上，可是兩手在空中虛虛的比劃了一下，又垂了下來。他說：「愫細，請你原宥我！」他違反了他的本心說出了這句話，因為他現在原宥了她的天真。

愫細扭過身來，捉住了他的手，放在她的腮邊，哭道：「我原宥你！我原宥你！呵，羅傑，你為什麼不早一點給我一個機會說這句話？我恨了你一整天！」羅傑道：「親愛的！」她把身子旋過來就著他，很有滑下闌干去的危險。他待要湊近一點讓她靠近他，又彷彿……更危險。他躊躇了一會，從闌干底下鑽了過去，面朝裏坐在第二格闌干上。兩個人跟孩子似的面對面坐著。羅傑道：「我們明天就度蜜月去。」愫細詫異道：「你不是說要等下一個月，大考結束之後麼？」羅傑道：「不，明天，日本、夏威夷、馬尼拉，隨你揀。」愫細把他的手握得更緊了一些。昨天羅傑對她的態度是不對的，但是，經過了這一些波折，他現在知道懺悔了。這是她給他的「愛的教育」的第一步。日本，夏威夷……在異邦的神秘的月色下，她可以完成她的「愛的教育」。她說：「你想他們肯放你走麼？」羅傑笑道：「他們管得了我麼？無論如何，我在這裏做了十五年的事，這一點總可以通融。」愫細道：「我們可以去多久？六個禮拜？兩個月？」羅傑道：「整個的暑假。」愫細又把她的手緊了一緊。天暗了，風也緊了。羅傑坐的地位比較低，愫細的衣角，給風吹著，直竄到他的臉上去。她笑著用兩隻手去護住他的臉頰；她的食指又徐徐地順著他的眉毛抹過去，順著他的眼皮抹過去。這一次，她沒說什麼，但是他不由得記起了她的溫馨的言語。他說：「我們該回去了罷？」她點點頭。他們挽著手臂，穿過凱絲玲的房間，走了出來。

蜜秋兒太太依舊立在她原來的地方，在樓上的樓梯口。樓下的樓梯口，立著靡麗笙，赤褐色的頭髮亂蓬蓬披著，臉色雪白，眼眶底下有些腫，頭抬著，尖下巴極力向前伸出，似乎和樓上的蜜秋兒太太有過一番激烈的爭辯。羅傑道：「晚安，靡麗笙！」靡麗笙不答，她直直地垂著兩隻手臂，手指揸開了又團緊了。蜜秋兒太太蹬蹬蹬三步併做兩步趕在他們前面奔下樓去，拖住了靡麗笙，直把她向牆上推，彷彿怕她有什麼舉動似的。羅傑看見這個情形，不禁變色。愫細把頭靠在他的手臂上，細聲說道：「夏威夷……」是的，明天他們要到夏威夷去了，遠遠的離開了靡麗笙、蜜秋兒太太、僕歐……知道他們的事的人多雖不多，已經夠使人難堪的。當然，等他們旅行回來之後，依舊要見這些人，但是那時候，他們有了真正的密切的結合，一切的猜疑都泯滅了，他們誰也不怕了。

羅傑向愫細微微一笑，兩個人依舊挽著手走下樓去。走過靡麗笙前面，雖然是初夏的晚上，溫度突然下降，羅傑可以覺得靡麗笙呼吸間一陣陣的白氣，噴在他的頸項上。他回過頭去向蜜秋兒太太說道：「再會，媽！」愫細也說：「媽，明天見！」蜜秋兒太太道：「明天見，親愛的！」靡麗笙輕輕的哼了一聲，也不知道她是笑還是呻吟。她說：「媽，到底愫細比我勇敢。我後來沒跟佛蘭克在電話上說過一句話。」她提到她丈夫佛蘭克的名字的時候，薄薄的嘴唇向上一掀，露出一排小小的牙齒來，在燈光下，白得發藍，小藍牙齒……羅傑打了個寒噤。蜜秋兒太太道：「來，靡麗笙，我們到洋台上乘涼去。」

羅傑和愫細出門上了車，在車上很少說話。說的都是關於明天買船票的種種手續。愫細打算一到家就去整理行裝。到了家，羅傑吩咐僕歐們預備晚飯。僕歐們似乎依舊有些皇皇然，失魂落魄似的，臥室也沒有給他們收拾過。那盞燈還是扯得低低的，離床不到一尺遠，羅傑抬頭

看著他，慢慢的說道：「哦……你要到夏威夷去。……你太太預備一同去嗎？」羅傑打了個哈哈，笑道：「照普通的習慣，度蜜月的時候，太太總是跟著去的罷？不見得帶燒飯的僕歐一同去！」巴克並不附和著他笑，仍舊跟下去問道：「你太太很高興去麼？」羅傑詫異地望著他，換了一副喉嚨答道：「當然！」巴克漲紅了臉，似乎生了氣，再轉念一想，嘆了一聲道：「安白登，你知道，她還是個孩子……一個任性的孩子……」羅傑不言語，只睜著眼望著他。巴克待要說下去，似乎有點侷促不安，重新背過身子，面對著窗子，輕輕的咳嗽了一下，道：「安白登，我們一起工作，已經有十五年了。在這十五年裏，我認為你的辦事精神，種種方面使我們滿意。至於你的私生活，我們沒有權利干涉，即使在有限的範圍內我們有干涉的權利，我們也沒有可以挑剔的地方……」羅傑走到窗口，問道：「到底這是怎麼一回事，巴克？請你直截了當地對我說，我們這麼熟的朋友，還用得著客氣麼？」巴克對他的眼睛裏深深地看了一眼，彷彿是疑心裝傻。羅傑粗聲道：「到底是怎麼一回事？」巴克又咳嗽了一聲，咬文嚼字的道：「我覺得你這一次對於你自己的情感管束得欠嚴一些，對於你太太的行動也管束得欠嚴一些，以致將把柄落在與你不睦的人手裏……」羅傑從牙齒縫裏迸出一句話來道：「你告訴我，巴克，到底是怎麼一回事？」巴克道：「昨天晚上兩點鐘，你太太跑到男生宿舍裏，看樣子是……受了點驚嚇。她對他們講得不多，但是……很夠做他們胡思亂想的資料了。今天早上，她來看我，叫我出來替她做主。我自然很為難，想出了幾句話把她打發走了。想不到她一不做，二不休，就去找毛立士。你知道毛立士為了上次開除那兩個學生的事，很有點不高興你。

他明知她沒有充分的離婚理由，可是他一口答應為她找律師，要把這件事鬧大一點。下午，你的岳母帶了女兒四下裏去拜訪朋友，尤其是你的同事們。現在差不多香港中等以上的英國人家，全都知道了這件事。」

羅傑聽了這些話，臉青了，可是依舊做出很安閒的樣子，人靠在窗口上，兩隻大拇指插在袋裏，露在外面的手指輕輕地拍著大腿。聽到末一句，他彷彿是忍不住了，失聲笑了起來道：「這件事？……我還要問你，這件事……究竟是怎麼一回事？我犯了法麼？」巴克躲躲閃閃的答道：「在法律上……自然是……當然是沒有法律問題……」羅傑的笑的尾聲，有一點像嗚咽。他突然發現他是有口難分；就連對於最親愛的朋友，譬如巴克，他也沒有法子解釋那誤會。至於其他的人，香港中等以上的英國社會，對於那些人，他有什麼話可說呢？那些人，男的像一隻一隻白鐵小鬧鐘，按著時候吃飯、喝茶、坐馬桶、坐公事房，腦筋裏除了鐘擺的滴答之外什麼都沒有……也許因為東方炎熱的氣候的影響，鐘不大準了，可是一架鐘還是一架鐘。女的，成天的結絨線，白茸茸的毛臉也像了拉毛的絨線衫……他能夠對這些人解釋愫細的家庭教育的缺陷麼？羅傑自己喜歡做一個普通的人。現在，環境逼迫他，把他推到大眾的圈子外面去了，他才感覺到圈子裏面的愚蠢——愚蠢的殘忍……圈子外面又何嘗不可怕，小藍牙齒，龐大的黑影子在頭頂上晃動，指指戳戳……許許多多冷酷的思想像新織的蛛絲網一般的飄黏在他的臉上，他搖搖頭，竭力把那網子擺脫了。

他把一隻手放在巴克的肩上，道：「我真是抱歉，使你這樣的為難。我明天就辭職！」巴克道：「你打算上哪兒去？」羅傑聳了聳肩道：「可去的地方多著呢。上海、南京、北京、漢口、廈門、新加坡，有的是大學校。在中國的英國人，該不會失業罷？」巴克道：「上海我勸你不要去，那裏的大學多半是教會主辦的，你知道他們對於教授的人選是特別的苛刻……我的意思是，你知道他們習常的偏見。至於北京之類的地方，學校裏教會的氣氛也是相當的濃厚……」羅傑笑道：「別替我担憂了，巴克，你使我更加的過意不去。那麼，明天見罷，謝謝你來告訴我這一切。」巴克道：「我真是抱歉，但是我想你一定懂得我的不得已……」羅傑笑道：「明天見！」巴克道：「十五年了，安白登……」羅傑道：「明天見！」

巴克走了之後，羅傑老是呆木木地，面向著窗外站著，依然把兩隻大拇指插在袴袋裏。其餘的手指輕輕地拍著大腿。跟著手上的節奏，腳跟也在地上磕篤磕篤敲動。他借著這聲浪，蓋住了他自己斷斷續續的抽噎。他不能讓他自己聽見他自己哭泣！其實也不是哭，只是一口氣一時透不過來。他在這種情形下不過一兩分鐘，後來就好了。他離開香港了——香港，昨天他稱呼它為一個陰濕、鬱熱、異邦人的小城；今天他知道它是他唯一的故鄉。他還有母親在英國，但是他每隔四五年回家去一次的時候，總覺得過不慣。可是，究竟東方有什麼值得留戀的？不是他的工作。十五年前他初到華南大學來教書的時候，他是一個熱心愛著他的工作的年青人，工作的時候，他有時也用腦子思索一下。但是華南大學的空氣不是宜於思想的。春天，滿山的杜鵑花在纏綿雨裏紅著，簌落簌落，落不完地落，紅不斷地紅。夏天，他爬過黃土隴子去上課，夾道開著紅而熱的木槿花，像許多燒殘的小太陽。秋天和冬天，空氣脆而甜潤，像夾心餅乾。山風、海風，嗚嗚吹著棕綠的、蒼銀色的樹。你只望帶著幾頭狗，呼嘯著去爬山，做一些不用腦子的劇烈的運動。時間就這樣過去了。十五年來，他沒有換過他的講義。物理化學的研究是日新月異地在那裏進步著，但是他從來不看新的教科書。二十年前他在英國讀書的時候聽讀的筆記，他仍舊用做補充教材。偶然他在課室裏說兩句笑話，那也是十五年來一直在講著的。炭氣的那一課有炭氣的笑話，輕氣有輕氣的笑話，養氣有養氣的笑話。這樣的一個人，只要他懂得一點點幽默，總不能夠過分的看得起自己罷？他不很看得起自己，對於他半生所致力的大學教育，也沒有多少信心。但是，無論如何，把一千來個悠閒的年青人聚集在美麗的環境裏，即使你不去理會他們的智識與性靈一類的麻煩的東西，總也是一件不壞的事。好也罷，壞也罷，他照那個方式活了十五年了，他並沒有礙著誰，他只是一個安分守己的人。為什麼愫細，那黃頭髮的女孩子，不讓他照這樣子活下去？

想到愫細，他就到房裏去找愫細。她蹲在地上理著箱子，膝蓋上貼著挖花小茶托，身邊堆著預備化裝跳舞時用的中國天青緞子補服與大紅平金裙子。聽見他的腳步響，她抬起頭來，但她的眼睛被低垂的燈盞照耀得眩暈了，她看不見他。她笑道：「去了那麼久！」他不說話，只站在門口，他的巨大的影子罩住了整個的屋頂。愫細以為他又像方才那麼渴望地凝視著她，她決定慷慨一點。她微微偏著頭，打了個呵欠，藍陰陰的雙眼皮，迷濛地要闔下來，笑道：「我要睡了。現在你可以吻我一下，只一下！」羅傑聽了這話，突然覺得他的兩隻手臂異常沉重，被氣力充滿了，墜得痠痛。他也許真的會打她，他沒有，當然他沒有，他只把頭向後仰著，嘿嘿地笑了起來，他的笑聲像一串鞭炮上面炸得稀碎的小紅布條子，跳在空中蹦回到他臉上，抽打他的面頰。愫細吃了一驚，身子蹲不穩，一坐坐在地上，愣然地望著他。好容易他止住了笑，彷彿有話和她說，向她一看，又笑了起來，一路笑，一路朝外走。那天晚上，他就宿在旅館裏。

第二天，他到校長的辦公室去交呈一封辭職的書信。巴克玩弄著那張信紙，慢慢的問道：「當然，你預備按照我們原來的合同上的約定，在提出辭職後，仍舊幫我們一個月的忙？」羅傑道：「那個……如果你認為那是絕對必要的……我知道，這一個月學校裏是特別的忙，但是，麥菲生可以代我批考卷，還有蘭勃脫，你也表示過你覺得他是相當的可靠……」巴克道：「無論他是怎樣的可靠，這是大考的時候，你知道這兒少不了你。」羅傑不語。經過了這番搗亂，他怎麼能夠管束宿舍裏的學生？他很知道他們將他當作怎麼的一個下流胚子！巴克又道：「我很了解你這一次的辭職是有特殊的原因。在這種情形下，我不能夠堅持要求你履行當初的條件。但是我仍舊希望你肯在這兒多待三個禮拜，為了我們多年的交情……我昨天已經說過了，今天我願意再說一遍：這回的事，我是萬分的對你不起。種種的地方委屈了你，我真是說不出的抱歉。也許你覺得我不夠朋友。如果為了這回事我失去了你這麼一個友人，那麼我對我自己更感到抱歉了。但是，安白登，我想你是知道的，為了職務而對不起自己，我這已經不是第一次了。」羅傑為他這幾句話說動了心。他是巴克特別賞識的人。在過去的十五年，他辦事向來是循規蹈矩，一絲不亂的，現在他應當有始有終才對。他考慮了一會，決定了道：「好罷，我等考試完畢，開過了教職員會議再走。」巴克站起身來和他握了握手道：「謝謝你！」羅傑也站起身來，和他道了再會，就離開了校長室。

他早就預料到他所担任下來的不是一件容易的事，可是事實比他的理想還要複雜。他是理科主任兼舍監。在大考期間，他和學生之間極多含有個人性質的接觸。考試方面有口試，實驗；在宿舍裏，他不能容許他們有開夜車等等越軌行動；精神過分緊張的學生們，往往會為了一點小事爭吵起來，鬧到舍監跟前去；有一部份學生提前考完，心情一經鬆弛，必定要有猛烈的反應，羅傑不能讓他們在宿舍裏舉行狂歡的集會，攪擾了其他的人。羅傑怕極了這一類的交涉，因為學生們都是年少氣盛的，不善於掩藏他們的內心。他管理宿舍已經多年，平時得罪他們的地方自然不少，他們向來對於他就沒有好感，只是在積威之下，不敢做任何表示。現在他自己行為不端，失去了他的尊嚴，他們也就不顧體面，當著他的面出言不遜，他一轉身，便公開地嘲笑他。羅傑在人叢中來去總覺得背上汗濕了一大塊，白外套稀縐的黏在身上。至於教職員，他們當然比較學生們富於涵養，在表面上不但若無其事，而且對於他特別的體貼，他們從來不提及他的寓所的遷移，彷彿他這些年來一直住在旅館裏一般。他們不談學校裏的事，因為未來的計畫裏沒有他，也許他有些惘然。他們避免一切道德問題。小說與電影之類的消閒品沾著男女的關係太多了，他們不能當著他加以批評或介紹。他們也不像往常一般交替著說東家長西家短，因為近來教職員圈內唯一的談資就是他的婚姻。連政治與世界大局他們也不敢輕易提起，因為往往有一兩個脾氣躁的老頭子會氣喘吁吁地奉勸大家不要忘了維持白種人在殖民地應有的聲望，於是大家立刻寂然無聲，回味羅傑安白登的醜史。許許多多的話題，他們都怕他嫌忌諱，因而他們和他簡直沒有話說，窘得可憐。他躲著他們，一半也是出於惻隱之心，同時那種過於顯著的圓滑，也使他非常難堪。然而他最不能夠忍耐的，還是一般女人對於他的態度。女秘書、女打字員、女學生、教職員的太太們，一個個睜著牛一般的愚笨而溫柔的大眼睛望著他，把臉嚇得一紅一白，怕他的不健康的下意識突然發作，使他做出一些不該做的事來。她們鄙視他、憎惡他，但是同時她們畏畏縮縮地喜歡一切犯罪的人，殘暴、野蠻的、原始的男性。如果他在這兒待得久了，總有一天她們會把他逼成這麼樣的一個人。因為這個，他更急於要離開香港。

他把兩天的工作併在一天做。愫細和他的事，他知道是非常的難於解決。英國的離婚律是特別的嚴峻，雙方協議離婚，在法律上並不生效；除非一方面犯姦、瘋狂、或因罪入獄，才有解約的希望。如果他們僅僅立約分居的話，他又不得不養活她。在香港不能立足，要到別處去混飯吃，帶著她走，她固然不情願，連他也不情願；不帶著她走，他怎麼有能力維持兩份家？在目前這種敵視的局面下，愫細和她的母親肯諒解他的處境的艱難麼？但是她們把他逼瘋了，於她們也沒有什麼好處。他相信蜜秋兒總有辦法；她是一個富有經驗的岳母，靡麗笙和她丈夫不是很順利地離了婚麼？

愫細早回家去了，蜜秋兒太太幾次三番打電話和託人來找羅傑，羅傑總是設法使人轉達，說他正在忙著，無論有什麼事，總得過了這幾天再講。眼前這幾天，要他冷靜地處置他的婚姻的糾紛，根本是不可能的事。這一個禮拜六的下午，考試總算告了個小段落。麥菲生夫婦和巴克的長子約他去打網球，他們四個人結伴打網球的習慣已經有了許多年的歷史了；他們現在不能不照常的邀請他，是因為不願他覺得和往日有什麼異樣。然而異樣總有些異樣的；麥菲生太太一上場便心不在焉，打了幾盤就支持不住，歇了手，巴克的兒子陪她坐在草坪邊長椅上，看羅傑和麥菲生單打。羅傑正在往來奔馳著，忽然覺得球場外麥菲生太太身邊多了一個女人，把手搭在眉毛上，凝神看著他，一面看一面對麥菲生太太說一些話，笑得直不起腰來。麥菲生太太有些侷促不安的樣子。他覺得他自己是動物園裏的一頭獸，他再也拍不下去了，把網拍一丟，向麥菲生道：「我累了，讓巴克陪你來幾盤罷。」麥菲生笑道：「你認輸了，」麥菲生太太道：「人家肯認輸，不像你。我看你早就該歇歇了。」巴克給他父親叫去有事。天也晚了，我們回去吧。」羅傑和麥菲生一同走出了球場。

羅傑認得那女人是哆玲妲，毛立士教授的填房太太。哆玲妲是帶有猶太血液的英國人，一頭鬈曲的米色頭髮，濃得不可收拾，高高地堆在頭上；生著一個厚重的鼻子，小肥下巴向後縮著。微微凸出的淺藍色大眼睛，只有笑起來的時候，瞇緊了，有些妖嬈。據說她從前在天津曾經登台賣過藝，有一身靈活的肉；但是她現在穿著一件寬大的蔥白外衣，兩隻手插在口袋裏，把那件外衣綳得畢直，看不出身段來。毛立士為了娶哆玲妲，曾經引起華南大學一般輿論的不滿，在羅傑鬧出這件事之前，毛立士的婚姻也就是數一數二的聳人聽聞的舉動了。羅傑自己就嚴格地批評過毛立士，他們兩個人的嫌隙，因此更加深了；而現在毛立士的報復，也就更為香甜。

哆玲妲自從搬進了華南大學的校區內，和羅傑認識了已經兩三年，但是她從來沒有對他那麼注意過。她向羅傑和麥菲生含笑打了個招呼之後，便道：「我說，今天晚上請你們三位過來吃飯。我丈夫待會兒要帶好些朋友回來呢，大家湊個熱鬧。」麥菲生太太淡淡的道：「對不起，我有點事，怕不能來了！」哆玲妲向麥菲生道：「你呢？我告訴你：我丈夫新近弄到一瓶一八三〇年的白蘭地，我有點疑心他是上了當，你來嚐嚐看是真是假？」又向麥菲生太太笑道：「這些事只有他內行，你說是不是？」麥菲生太太不答，麥菲生笑道：「謝謝，我準到。幾點鐘？」哆玲妲道：「準八點。」麥菲生道：「要穿晚禮服麼？」哆玲妲道：「那用不著，安白登教授，你今天非來不可！你好久沒到我們那兒去過了。」羅傑道：「真是抱歉，我知道得晚了一些，先有了個約……」他們一路說著話，一路走下山叢中的石級去。哆玲妲道：「不行，早知道也得來，晚知道也得來！」

她走在羅傑後面，羅傑忽然覺得有一隻手在他肩膀上拍了兩下，他滿心憎厭著，渾身的肌肉起了一陣細微的顫慄。回過頭去一看，卻不是她的手，是她脖子上兜著的苔綠綢子圍巾，被晚風捲著，一舐一舐地翻到他身上來。他不由得聯想到愫細的白綢浴衣，在蜜秋兒家的洋台上……黃昏的海，九龍對岸的一長串碧綠的汽油燈，一閃一閃地眨著眼睛……現在，又是黃昏了，又是休息的時候，思想的時候，記得她的時候……他怕。無論如何他不能夠單獨一個人待在旅館裏。他向哆玲妲微笑道：「我跟毛立士教授的朋友又談不到一堆去；他們都是文人。」

麥菲生插嘴道：「對了，今天輪到他們的文藝座談會，一定又是每個人都喝得醉醺醺的，你怎麼偏揀今天請客？」哆玲妲噗嗤一笑道：「他們不是喝醉了來，也要喝醉了走，有什麼分別？安白登教授，你不能不來看看毛立士吃醉了的神氣，怪可笑的！」羅傑想了一想：大夥兒一同喝醉了，也好。便道：「好罷，謝謝你，我來！」哆玲妲穿著高跟鞋走那碎石鋪的階級，人搖搖晃晃的，不免膽寒，便把手搭在羅傑肩上。羅傑先以為是她的圍巾，後來發現是她的手，連忙用手去攙麥菲生太太，向麥菲生道：「你扶一扶毛立士太太。天黑了，怕摔跤。」哆玲妲只得收回了她的手，兜住麥菲生的臂膀。四個人一同走到三叉路口，哆玲妲和麥菲生夫婦分道回家，羅傑獨自下山，開了汽車回旅館，換了衣服，也就快八點了，自去毛立士家赴宴。

毛立士和他們文藝座談會的會員們，果然都是帶著七八分酒意，席間又灌了不少下去。飯後，大家圍著電風扇坐著，大著舌頭，面紅耳赤地辯論印度獨立問題，眼看著就要提起「白種人在殖民地應有的聲望」那一節了。羅傑悄悄的走開了，去捻上了無線電。誰知這架無線電需要修理了，一片「波波波，噗噗噗，噓噓噓」的怪響，排山倒海而來。羅傑連忙啪的一聲把它關上了，背著手踱到窗子跟前，靠窗朝外放著一張綠緞子沙發，鋪著翠綠織花馬來草蓆，蓆子上擱著一本雜誌，翻開的那一頁上，恰巧有一張填字遊戲圖表。羅傑一歪身坐了下來，在裏襟的口袋上拔下了一管自來水筆，就一個字一個字填了起來。正填著，哆玲妲走來笑道：「你一個人躲在這兒做什麼？」羅傑突然覺得他這樣的舉動，孤芳自賞，有點像一個幽嫻貞靜的老處女，不禁滿面羞慚，忙不迭的把那本雜誌向右首的沙發墊子下一塞，卻還有一半露在外面。哆玲妲早已看得分明，在他的左首坐下了，笑道：「我頂喜歡這玩意兒。來，來，來，讓我看看；你該填得差不多了罷？」便探過身子來拿這本雜誌，身子坐在羅傑的左首，手掌心支在羅傑的右首，禁不起輕輕一滑，人就壓在羅傑身上。她穿著一件淡墨銀皮縐的緊身袍子，胸口的衣服裏髣髴養著兩隻小松鼠，在羅傑的膝蓋上沉重地摩擦著。羅傑猛然站起身來，她便咕咚一聲滾下地去。羅傑第一要緊便是回過頭來觀察屋子裏的人有沒有注意到他們，幸而毛立士等論戰正酣，電風扇嗚嗚轉動，無線電又有人開了，在波波波噗噗之中，隱隱傳來香港飯店的爵士樂與春雷一般的彩聲。羅傑揩了一把汗，當著毛立士的面和他太太勾搭，那豈不是證實了他是一個色情狂患者，不打自招，變本加厲。

他低下頭來看看哆玲妲，見她伏在地上，一動也不動，可是他知道她並不是跌傷了或是暈厥過去。她是在思想著。想些什麼？這貪婪粗俗的女人，她在想些什麼？在這幾秒鐘內，他怕她怕到了極點。他怕她回過臉來；他怕得立在那裏一動也不敢動。她終於支撐著翻過身來，坐在地上，把頭枕在沙發沿上，抬起臉來凝視著他。在這昏暗的角落裏，她的潤澤的臉龐上，眉眼口鼻的輪廓全都鍍上了一層光，像夜明錶。她用她那微帶沙啞的喉嚨低低說道：「不要把你自己壓制得太厲害呀，我勸你！」但是他幾時壓制過他自己來著？他不但不愛哆玲妲，她對於他連一點單純的性吸引力都沒有。他不喜歡她那一派的美。可是他怎麼知道他沒有壓制過他自己呢？關於他的下意識的活動，似乎誰都知道得比他多！經過了這些疑懼和羞恥的經驗以後，他還能夠有正常的性生活麼！哆玲妲又說了：「壓制得太厲害，是危險的。你知道佛蘭克丁貝是怎樣死的？」羅傑失聲道：「佛蘭克丁貝！靡麗笙的丈夫——死了麼？」哆玲妲嗤的一聲笑了，答道：「他自殺了！我碰見他的時候，在天津，他找不到事——」羅傑道：「他找不到事……」哆玲妲道：「他找到事又怎樣？他還是一樣的不會享受人生。可憐的人——他有比別人更強烈的慾望，但是他一味壓制著自己。結果他有點瘋了。你聽見了沒有，親愛的？」她伸手兜住他的膝蓋：「親愛的，別苦了你自己！」她這下半截子話，他完全沒有聽懂。他心裏盤來盤去只有一句話：「靡麗笙的丈夫被他們迫死了！靡麗笙的丈夫被他們迫死了！」不知道為什麼，他突然感到一陣洋溢的和平，起先他彷彿是點著燈在一間燥熱的小屋子裏，睡不熟，顛顛倒倒做著怪夢，蚊子蝨蟲繞著燈泡子團團急轉像金的綠的雲。後來他關上了燈，黑暗，從小屋裏暗起，一直暗到宇宙的盡頭，太古的洪荒——人的幻想，神的影子也沒有留過蹤跡的地方，浩浩蕩蕩的和平與寂滅。屋裏和屋外打成了一片，宇宙的黑暗進到他屋子裏來了。

他哆嗦了一下，身子冷了半截。哆玲妲攀住他的腿，他覺也不覺得。踉踉蹌蹌地向外走，哆玲妲被他出其不意的一扯，上半個身子又撲倒在地上。羅傑從人叢裏穿過去，並沒有和主人告別，一直走出門去了。眾人一齊瞪著眼望著他。毛立士搖頭道：「剛才喝的並不多，何至於醉得這個樣子！」蘭勃脫道：「去了也罷了。這個人……喝多了酒，說不定會做出什麼事來，嚇著了女太太們，倒反而不好！」哆玲妲這時候已經爬起身來，走到人前，看見一張椅子上正放著羅傑的帽子，便彈了一彈她的額角，笑道：「帽子也忘了拿！咳，我看這個人，病越發深了，只怕是好不了！」她抓起了帽子，就跑出門去，在階前追上了羅傑，喊道：「安白登教授，哪，你的帽子！」把一頂帽子的溜溜地飛擲過來，恰巧落在羅傑的頭上。羅傑似乎是不大明白這是怎麼一回事，且不回過身來，站定了，緩緩的伸手去捏揣帽簷，然後兩隻手扶著帽子，把它轉、轉、轉，兜了整整的兩個圈子，又摸索了半日，覺得戴合適了，便掉轉身，摘下了帽子，向哆玲妲僵僵地微微鞠了一躬，哆玲妲把那兩隻粗壯的胳膊合抱在胸前，縮著肩膀向他一笑，便進去了。

羅傑並不下山去找他的汽車回旅館去，卻順著山道，向男生的宿舍走來。這一條路，就是新婚的那晚上，他的妻子愫細跑出去，他在後面追著喊的那條路；那彷彿是幾百年前的事了。這又是一個月夜，山外的海上浮著黑色的島嶼，島嶼上的山，山外又是海，海外又是山。海上、山上、樹葉子上，到處都是嗚嗚咽咽笛子似的清輝。羅傑卻只覺得他走到哪裏，暗到哪裏。路上他遇到幾批學生，他把手觸了一觸帽簷，向他們點點頭，他們是否跟他打招呼，他卻看不清楚。也許他們根本不能夠看見他。他像一個回家託夢的鬼，飄飄搖搖地走到他的住宅的門口，看看屋裏漆黑的，連僕人房裏也沒有燈，想必是因為他多天沒有回家，僕歐們偷空下鄉去省親去了。

他掏出鑰匙來開了門進去，捻開了電燈。穿堂裏掛滿了塵灰吊子，他摘下了帽子，掛在鉤子上，衣帽架上的鏡子也是昏昏的。他伸出一隻食指來在鏡子上抹了一抹，便向廚房裏走來。廚房裏的燈泡子不知為什麼，被僕人摘了下去，他只得開了門，借著穿堂裏的一點燈光，灌上了一壺水，在煤氣爐子上燒著。在這燒沸一壺水的時間內，他站在一邊，只管想著他的心事。

水快沸了，他把手按在壺柄上，可以感覺到那把溫熱的壺，一聳一聳地搖撼著，並且發出那嗚嗚的聲音。彷彿是一個人在那裏哭。他站在壺旁邊只管發呆，一蓬熱氣直衝到他臉上，臉上全濕了。

水沸了，他把水壺移過一邊，煤氣的火光，像一朵碩大的黑心的藍菊花，細長的花瓣向裏拳曲著。他把火漸漸關小了，花瓣子漸漸的短了，短了，快沒有了，只剩下一圈齊整的小藍牙齒，牙齒也漸漸地隱去了，但是在完全消滅之前，突然向外一撲，伸為一兩寸長的尖利的獠牙，只一剎那，就「拍」的一炸，化為烏有。他把煤氣關了，又關了門，上了閂，然後重新開了煤氣，但是這一次他沒有擦火柴點上火。煤氣所特有的幽幽的甜味，逐漸加濃，同時羅傑安白登的這一爐香卻漸漸的淡了下去。沉香屑燒完了。火熄了，灰冷了。

——一九四三年五月

•初載於一九四三年八月、九月上海《紫羅蘭》第五期、第六期。原題〈沉香屑　第二爐香〉。

# 茉莉香片

我給您沏的這一壺茉莉香片，也許是太苦了一點。我將要說給您聽的一段香港傳奇，恐怕也是一樣的苦——香港是一個華美的但是悲哀的城。

您先倒上一杯茶——當心燙！您尖著嘴輕輕吹著它。在茶烟繚繞中，您可以看見香港的公共汽車順著柏油山道徐徐的駛下山來。開車的身後站了一個人，抱著一大捆杜鵑花。人倚在窗口，那枝枝椏椏的杜鵑花便伸到後面的一個玻璃窗外，紅成一片。後面那一個座位上坐著聶傳慶，一個二十上下的男孩子。說他是二十歲，眉梢嘴角卻又有點老態。同時他那窄窄的肩膀和細長的脖子，又似乎是十六七歲發育未完全的樣子。他穿了一件藍綢夾袍，捧著一疊書，側著身子坐著，頭抵在玻璃窗上，蒙古型的鵝蛋臉，淡眉毛、吊梢眼，襯著後面粉霞緞一般的花光，很有幾分女性美。惟有他的鼻子卻是過分的高了一點，與那纖柔的臉龐犯了沖。他嘴裏啣著一張桃紅色的車票，人彷彿是盹著了。

車子突然停住了。他睜開眼一看，上來了一個同學，言教授的女兒言丹朱。他皺了一皺眉毛，他頂恨在公共汽車碰見熟人，因為車子轟隆轟隆開著，他實在沒法聽見他們說話。他的耳朵有點聾，是給他父親打壞的。

言丹朱大約是剛洗了頭髮，還沒乾，正中挑了一條路子，電燙的髮梢不很鬈了，直直的披了下來，像美國漫畫裏的紅印第安小孩。滾圓的臉，晒成了赤金色。眉眼濃秀，個子不高，可是很豐滿。她一上車就向他笑著點了個頭，向這邊走了過來，在他身旁坐下，問道：「回家去麼？」傳慶湊到她跟前，方才聽清楚了，答道：「噯。」

賣票的過來要錢，傳慶把手伸到袍子裏去掏皮夾子，丹朱道：「我是月季票。」又道：「你這個學期選了什麼課？」傳慶道：「跟從前差不多，沒有多大變動。」丹朱道：「我爸爸教的文學史，你還念嗎？」傳慶點點頭。丹朱笑道：「你知道麼？我也選了這一課。」傳慶詫異道：「你打算做你爸爸的學生？」丹朱噗嗤一笑道：「可不是！起先他不肯呢！他弄不慣有個女兒在那裏隨班聽講，他怕他會覺得窘。還有一層，他在家裏跟我們玩笑慣了的，上了堂，也許我倚仗著是自己家裏人，照常的問長問短，跟他嘮叨，他又板不起臉來！結果我向他賭神罰咒說：上他的課，我無論有什麼疑難的地方，絕對不開口，他這才答應了。」傳慶微微的嘆了一口氣道：「言教授……人是好的！」丹朱笑道：「怎麼？他做先生，不好麼？你不喜歡上他的課？」傳慶道：「你看看我的分數單子，就知道他不喜歡我。」丹朱道：「哪兒來的話？他對你特別的嚴，因為你是上海來的，國文程度比香港的學生高。他常常誇你來著，說你就是有點懶。」

傳慶掉過頭去不言語，把臉貼在玻璃上。他不能老是湊在她跟前，用全副精神聽她說話。

讓人瞧見了，準得產生某種誤會。說閒話的人已經不少了，就是因為言丹朱總是找著他。在學校裏，誰都不理他。他自己覺得不得人心，越發的避著人，可是他躲不了丹朱。

丹朱——他不懂她的存心，她並不短少朋友。雖然才在華南大學讀了半年書，已經在校花隊裏有了相當的地位。憑什麼她願意和他接近？他斜著眼向她一瞟。一件白絨線緊身背心把她的厚實的胸脯子和小小的腰塑成了石膏像。他重新別過頭去，把額角在玻璃上揉擦著。他不愛看見女孩子，尤其是健全美麗的女孩子，因為她們使他對於自己分外的感到不滿意。

丹朱又說話了。他擰著眉毛勉強笑道：「對不起，沒聽見。」她提高了聲音又說了一遍，說了一半，他又聽不仔細了。幸而他是沉默慣了的，她得不到他的答覆，也就恬然不以為怪。末後她有一句話，他卻湊巧聽懂了。她低下頭去，只管把絨線背心往下扯，扯下來又縮上去了。她微笑說道：「前天我告訴你的關於德荃寫給我的那封信，請你忘掉它罷。只當我沒有說過。」傳慶道：「為什麼？」丹朱道：「為什麼？……那是很明顯的。我不該把這種事告訴人。我太孩子氣了，肚子裏擱不住兩句話！」傳慶把身子往前探著，兩肘支在膝蓋上，只是笑。丹朱也跟著他向前俯著一點，鄭重的問道：「傳慶，你沒有誤會我的意思罷？我告訴你那些話，決不是誇耀。我——我不能不跟人談談，因為有些話悶在心裏太難受了……像德荃，我拒絕了他，就失去了他那樣的一個朋友。我愛和他做朋友，我愛和許多人做朋友。至於其他的問題，我們年紀太小了，根本談不到。可是……可是他們一個個的都那麼認真。」

隔了一會，她又問道：「傳慶，你嫌煩麼？」傳慶搖搖頭。丹朱道：「我不知為什麼，這些話我對誰也不說，除了你。」傳慶道：「我也不懂為什麼。」丹朱道：「我想是因為……因為我把你當作一個女孩子看待。」傳慶酸酸的笑了一聲道：「是嗎？你的女朋友也多得很，怎麼單揀中了我呢？」丹朱道：「因為只有你能夠守秘密。」傳慶倒抽了一口冷氣道：「是的，因為我沒有朋友，沒有人可告訴。」丹朱忙道：「你又誤會了我的意思！」

兩人半晌都沒作聲。丹朱嘆了口氣道：「我說錯了話，但是……但是，傳慶，為什麼你不試著交幾個朋友？玩兒的時候，讀書的時候，也有個伴。你為什麼不邀我們上你家裏去打網球？我知道你們有個網球場。」傳慶笑道：「我們的網球場，很少有機會騰出來打網球。多半是晾滿了衣裳，天暖的時候，他們在那裏煮鴉片烟。」丹朱頓住了口，說不下去了。

傳慶回過頭去向著窗外。那公共汽車猛地轉了一個彎，人手裏的杜鵑花受了震，簌簌亂飛。傳慶再看丹朱時，不禁咦了一聲道：「你哭了！」丹朱道：「我哭做什麼？我從來不哭的！」然而她終於凄哽地質問道：「你……你老是使我覺得我犯了法……彷彿我沒有權利這麼快樂！其實，我快樂，又不礙著你什麼！」

傳慶取過她手裏的書，把上面的水漬子擦了一擦，道：「這是言教授新編的講義嗎？我還沒有買呢。你想可笑麼，我跟他念了半年書，還不知道他的名字。」丹朱道：「我喜歡他的名字。我常常告訴他，他的名字比人漂亮。」傳慶在書面上找到了，讀出來道：「言子夜……」他把書擱了下來，偏著頭想了一想，又拿起來唸了一遍道：「言子夜……」這一次，他有點猶疑，彷彿不大認識這幾個字。丹朱道：「這名字取得不好麼？」傳慶笑道：「好，怎麼不好！

知道你有個好爸爸！什麼都好，就是把你慣壞了！」丹朱輕輕的啐了一聲，站起身來道：「我該下去了。再見罷！」

她走了，傳慶把頭靠在玻璃窗上，又彷彿盹著了似的。前面站著的抱著杜鵑花的人也下去了，窗外少了杜鵑花，只剩下灰色的街。他的臉換了一幅背景，也似乎是黃了，暗了。

車再轉了個彎。棕櫚樹沙沙的擦著窗戶，他跳起身來，拉了拉鈴，車停了，他就下了車。他家是一座大宅。他們初從上海搬來的時候，滿院子的花木，沒兩三年的工夫，枯的枯、死的死、砍掉的砍掉，太陽光晒著，滿眼的荒涼。一個打雜的，在草地上拖翻了一張籐椅子，把一壺滾水澆了上去，殺臭蟲。

屋子裏面，黑沉沉的穿堂，只看見那朱漆樓梯的扶手上，一線流光，迴環曲折，遠遠的上去了。傳慶躡手躡腳上了樓，覷人不見，一溜烟向他的臥室裏奔去。不料那陳舊的地板吱吱格格一陣響，讓劉媽聽見了，迎面攔住道：「少爺回來了！見過了老爺太太沒有？」傳慶道：「待會兒吃飯的時候總要見到的，忙什麼？」劉媽一把揪住他的袖子道：「又來了！你別是又做了什麼虧心事？鬼鬼祟祟的躲著人！趁早去罷，打個照面就完事了。不去，又是一場氣！」傳慶忽然年紀小了七八歲，咬緊了牙，抵死不肯去。劉媽越是拉拉扯扯，他越是退退避避。

劉媽是他母親當初陪嫁的女傭。在家裏，他憎厭劉媽，正如在學校憎厭言丹朱一般。寒天裏，人凍得木木的，倒也罷了，一點點的微溫，更使他覺得冷得徹骨酸心。

他終於因為憎惡劉媽的緣故，只求脫身，答應去見他父親與後母。他父親聶介臣，汗衫外面罩著一件油漬斑斑的雪青軟緞小背心。他後母蓬著頭，一身黑，面對面躺在烟舖上。他上前招呼了：「爸爸，媽！」兩人都似理非理的哼了一聲。傳慶心裏一塊石頭方才落了地，猜著今天大約沒有事犯到他們手裏。

他父親問道：「學費付了？」傳慶在烟榻旁邊一張沙發椅上坐下，答道：「付了。」他父親道：「選了幾樣什麼？」傳慶道：「英文歷史，十九世紀英文散文——」他父親道：「你那個英文——算了罷！蹺腿驢子跟馬跑，跑折了腿，也是空的！」他繼母笑道：「人家是少爺脾氣。大不了，家裏請個補課先生，隨時給他做槍手。」他父親道：「我可沒那個閒錢給他請家庭教師。還選了什麼？」傳慶道：「中國文學史。」他父親道：「那可便宜了你！唐詩、宋詞，你早讀過了。」他後母道：「別的本事沒有，就會偷懶！」

傳慶把頭低了又低，差一點垂到地上去。身子向前傴僂著，一隻手握著鞋帶的尖端的小鐵管，在皮鞋上輕輕刮著。他父親在烟炕上翻過身來，捏著一卷報紙，在他頸子上刷地敲了一下，喝道：「一雙手，閒著沒事幹，就會糟蹋東西！去，去，去罷！到那邊去燒幾個烟泡。」

傳慶坐到牆角裏一隻小櫈上，就著矮茶几燒烟。他後母今天卻是特別的興致好，拿起描金小茶壺喝了一口茶，抿著嘴笑道：「傳慶，你在學校裏有女朋友沒有？」他父親道：「他呀，連男朋友都沒有，也配交女朋友！」他後母笑道：「傳慶，我問你，外面有人說，有個姓言的小姐，也是上海來的，在那兒追求你。有這話沒有？」傳慶紅了臉，道：「言丹朱——她的朋友多著呢，哪兒就會看上了我？」他父親道：「誰說她看上你來著？還不是看上了你的錢！看上你！就憑你？三分像人，七分像鬼——」傳慶想道：「我的錢？我的錢？」

總有一天罷，錢是他的，他可以任意的在支票簿上簽字。他從十二三歲起就那麼盼望著，並且他曾經提早練習過了，將他的名字歪歪斜斜，急如風雨地寫在一張作廢的支票上，左一個，右一個，「聶傳慶，聶傳慶，」英俊地，雄赳赳地，「聶傳慶，聶傳慶。」可是他爸爸重重的打了他一個嘴巴子，劈手將支票奪了過來搓成團，向他臉上拋去。為什麼？因為那觸動了他爸爸暗藏著的恐懼。錢到了他手裏，他會發瘋似的胡花麼？這畏葸的陰沉的白癡似的孩子。他爸爸並不是有意把他訓練成這樣的一個人。現在他爸爸見了他，只感到憤怒與無可奈何，私下裏又有點怕。他爸爸說過的：「打了他，倒是不哭，就那麼瞪大了眼睛朝人看著。我就頂恨他朝人瞪著眼看——見了就有氣！」這時候，傳慶手裏燒著烟，忍不住又睜大了那惶恐的眼睛，呆瞪瞪望著他父親看。總有一天……那時候，是他的天下了，可是他已經被作踐得不像人。奇異的勝利！

烟籤上的鴉片淋到烟燈裏去。傳慶吃了一驚，只怕被他們瞧見了，幸而老媽子進來報說許家二姑太太來了，一混就混了過去。他爸爸向他說道：「你趁早給我出去罷！賊頭鬼腦的，一點丈夫氣也沒有，讓人家笑你，你不難為情，我還難為情呢！」他後母道：「這孩子，什麼病也沒有，就是骨瘦如柴，叫人家瞧著，還當我們虧待了他！成天也沒有見他少吃少喝！」

傳慶垂著頭出了房，迎面來了女客。他一閃閃在陰影裏，四顧無人，方才走進他自己的臥室，翻了一翻從學校裏帶回來的幾本書。他記起了言丹朱屢次勸他用功的話，忽然興起，一鼓作氣的打算做點功課。滿屋子霧騰騰的，是隔壁飄過來的鴉片烟香。他生在這空氣裏，長在這空氣裏，可是今天不知道為什麼，聞了這氣味就一陣陣的發暈，只想嘔。還是樓底下客室裏清淨點。他夾了書向下跑，滿心的煩躁。客室裏有著淡淡的太陽與灰塵。霽紅花瓶裏插著雞毛帚子。他在正中的紅木方桌旁邊坐下，伏在大理石桌面上。桌面冰涼的，像公共汽車上的玻璃窗。

窗外的杜鵑花，窗裏的言丹朱……丹朱的父親是言子夜。那名字，他小時候，還不大識字，就見到了。在一本破舊的《早潮》雜誌封裏的空頁上，他曾經一個字一個字吃力地認著：「碧落女史清玩。言子夜贈。」他的母親的名字叫馮碧落。

他隨手拖過一本教科書來，頭枕在袖子上，看了幾頁。他彷彿又回到了那從前不大識字的年齡，一個字一個字吃力地認，也不知道唸的是什麼。忽見劉媽走了進來道：「少爺，讓開點。」她取下肩上搭著的桌布，鋪在桌上，桌腳上縛了帶。傳慶道：「怎麼？要打牌？」劉媽道：「三缺一，打了電話去請舅老爺去了。」說著，又見打雜的進來提上一只一百支光的電燈泡子。傳慶只得收拾了課本，依舊回到樓上來。

他的臥室的角落裏堆著一隻大籐箱，裏面全是破爛的書。他記得有一疊《早潮》雜誌在那兒。籐箱上面橫縛著一根皮帶，他太懶了，也不去褪掉它，就把箱子蓋的一頭撬了起來，把手伸進去，一陣亂揪亂翻。突然，他想了起來，《早潮》雜誌在他們搬家的時候早已散失了，一本也不剩。

他就讓兩隻手夾在箱子裏，被箱子蓋緊緊壓著。頭垂著，頸骨彷彿折斷了似的。藍夾袍的領子豎著，太陽光暖烘烘的從領圈裏一直晒進去，晒到頸窩裏，可是他有一種奇異的感覺，好像天快黑了——已經黑了。他一人守在窗子跟前，他心裏的天也跟著黑下去。說不出來的昏暗的哀愁……像夢裏面似的，那守在窗子前面的人，先是他自己，一剎那間，他看清楚了，那是他母親。她的前劉海長長地垂著，俯著頭，臉龐的尖尖的下半部只是一點白影子。至於那隱隱的眼與眉，那是像月亮裏的黑影。然而他肯定地知道那是他死去的母親馮碧落。

他四歲上就沒有了母親，但是他認識她，從她的照片上。她婚前的照片只有一張，她穿著古式的摹本緞襖，有著小小的蝙蝠的暗花。現在，窗子前面的人像漸漸明晰，他可以看見她的秋香色摹本緞襖上的蝙蝠。她在那裏等候一個人，一個消息。她明知道這消息是不會來的。她心裏的天，遲遲地黑了下去。……傳慶的身子痛苦地抽搐了一下。他不知道那究竟是他母親還是他自己。

至於那無名的磨人的憂鬱，他現在明白了，那就是愛——二十多年前的，絕望的愛。二十多年後，刀子生了銹了，然而還是刀。在他母親心裏的一把刀，又在他心裏絞動了。

傳慶費了大勁，方始抬起頭來。一切的幻像迅速地消滅了。剛才那一會兒，他彷彿是一個舊式的攝影師，鑽在黑布裏為人拍照片，在攝影機的鏡子裏瞥見了他母親。他從箱子蓋底下抽出他的手，把嘴湊上去，怔怔地吮著手背上的紅痕。

關於他母親，他知道得很少。他知道她沒有愛過他父親。就為了這個，他父親恨她。她死了，就遷怒到她的孩子身上。要不然，雖說有後母挑撥著，他父親對他不會這樣刻毒。他母親沒有愛過他父親——她愛過別人嗎？……親戚圈中恍惚有這麼一個傳說。他後母嫁到聶家來，是親上加親，因此他後母也有所風聞。她當然不肯讓人們忘懷了這件事，當著傳慶的面她也議論過他母親。任何的話，到了她嘴裏就不大好聽。碧落的陪嫁的女傭劉媽就是為了不能忍耐她對於亡人的誣蔑，每每氣急敗壞地向其他的僕人辯白著。於是傳慶有機會聽到了一點他認為可靠的事實。

用現代的眼光看來，那一點事實是平淡得可憐。馮碧落結婚的那年是十八歲，在定親以前，她曾經有一個時期渴想著進學校讀書。在馮家這樣守舊的人家，那當然是不可能的。然而她還是和幾個表姐妹背地偷偷地計畫著。表妹們因為年紀小得多，父母又放縱些，終於如願以償了。她們決定投考中西女塾，請了一個遠房親戚來補課。言子夜輩分比她們小，年紀卻比她們長，在大學裏已經讀了兩年書。碧落一面艷羨著表妹們的幸運，一面對於進學校的夢依舊不甘放棄，因此對於她們投考的一切仍然是非常的關心。在表妹那兒她遇見了言子夜幾次。他們始終沒有單獨地談過話。

言家挽了人出來說親。碧落的母親還沒有開口回答，她祖父丟下的老姨娘坐在一旁吸水烟，先格吱一笑，插嘴道：「現在提這件事，可太早了一點！」那媒人陪笑道：「小姐年紀也不小了——」老姨娘笑道：「倒不是指她的年紀！常熟言家再強些也是個生意人家。他們少爺若是讀書發達，再傳個兩三代，再到我們這兒來提親，那還有個商量的餘地。現在……可太早了！」媒人見不是話，只得去回掉了言家。言子夜輾轉聽到了馮家的答覆，這一氣非同小可，便將這事擱了下來。

然而此後他們似乎還會面過一次。那絕對不能夠是偶然的機緣，因為既經提過親，雙方都要避嫌疑了。最後的短短的會晤，大約是碧落的主動。碧落暗示子夜重新再託人在她父母跟前疏通，因為她父母並沒有過斬釘截鐵的拒絕的表示。但是子夜年少氣盛，不願意再三地被斥為「高攀」，使他的家庭蒙受更嚴重的侮辱。他告訴碧落，他不久就打算出國留學。她可以採取斷然的行動，他們兩個人一同走。可是碧落不能這樣做。傳慶回想到這一部份不能不恨他的母親，但是他也承認，她有她的不得已。二十年前是二十年前呵！她得顧全她的家聲，她得顧全子夜的前途。

子夜單身出國去了。他回來的時候，馮家早把碧落嫁給了聶介臣，子夜先後也有幾段羅曼史。至於他怎樣娶了丹朱的母親，一個南國女郎，近年來怎樣移家到香港，傳慶卻沒有聽見說過。

關於碧落的嫁後生涯，傳慶可不敢揣想。她不是籠子裏的鳥。籠子裏的鳥，開了籠，還會飛出來。她是銹在屏風上的鳥——悒鬱的紫色緞子屏風上，織金雲朵裏的一隻白鳥。年深月久了，羽毛暗了，霉了，給蟲蛀了，死也還死在屏風上。

她死了，她完了，可是還有傳慶呢？憑什麼傳慶要受這個罪？碧落嫁到聶家來，至少是清醒的犧牲。傳慶生在聶家，可是一點選擇的權利也沒有。屏風上又添上了一隻鳥，打死他也不能飛下屏風去。他跟著他父親二十年，已經給製造成了一個精神上的殘廢，即使給了他自由，他也跑不了。

跑不了！跑不了！索性完全沒有避免的希望，倒也死心塌地了。但是他現在初次把所有的零星的傳聞與揣測，聚集在一起，拼湊成一段故事，他方才知道：二十多年前，他還沒有出世的時候，他有脫逃的希望。他的母親有嫁給言子夜的可能性，差一點，他就是言子夜的孩子，言丹朱的哥哥，也許他就是言丹朱。有了他，就沒有她。

第二天，在學校裏，上到中國文學史那一課，傳慶心裏亂極了，他遠遠的看見言丹朱抱著厚沉沉的漆皮筆記夾子，悄悄的溜了進來，在前排的左偏，教授的眼光射不到的地方，揀了一個座位，大概是惟恐引起了她父親的注意，分了他的心，她掉過頭來，向傳慶微微一笑。她身邊還有一個空位，傳慶隔壁的一個男學生便推了傳慶一下，慫恿他去坐在她身旁。傳慶搖搖頭。那人笑道：「就有你這樣的傻子，你是怕折了你的福還是怎麼著？你不去，我去！」說罷，剛剛站起身來，另有幾個學生早已一擁而前，其中有一個捷足先登，佔了那座位。

那時雖然還是晚春天氣，業已暴熱，丹朱在旗袍上加了一件長袖子的白紗外套。她側過身來和旁邊的人有說有笑的，一手托著腮。她那活潑的赤金色的臉和胳膊，在輕紗掩映中，像玻璃杯裏灩灩的琥珀酒。然而她在傳慶眼中，並不僅僅引起一種單純的美感。他在那裏想：她長得並不像言子夜。那麼，她一定是像她的母親，言子夜所娶的那南國姑娘。言子夜是蒼白的，略微有點瘦削。大部份的男子的美，是要到三十歲以後方才更為顯著，言子夜就是一個例子。

算起來他該過了四十五歲吧？可是看上去要年青得多。

言子夜進來了，走上了講台。傳慶彷彿覺得以前從來沒有見過他一般。傳慶這是第一次感覺到中國長袍的一種特殊的蕭條的美。傳慶自己為了經濟的緣故穿著袍褂，但是像一般的青年，他是喜歡西裝的。然而那寬大的灰色綢袍，那鬆垂的衣褶，在言子夜身上，更加顯出了身材的秀拔。傳慶不由地幻想著：如果他是言子夜的孩子，他長得像言子夜麼？十有八九是像的，因為他是男孩子，和丹朱不同。

言子夜翻開了點名簿：「李銘光、董德荃、王麗芬、王宗維、王孝貽、聶傳慶……」傳慶答應了一聲，自己疑心自己的聲音有些異樣，先把臉急紅了。然而言子夜繼續叫了下去：「秦德芬、張師賢……」一隻手撐在桌面上，一隻手悠閒地擎著點名簿——一個經過世道艱難，然而生命中並不缺少一些小小的快樂的人。

傳慶想著，在他的血管中，或許會流著這個人的血。呵，如果……如果該是什麼樣的果子呢？該是淡青色的晶瑩多汁的果子，像荔枝而沒有核，甜裏面帶著點辛酸。如果……如果他母親當初略微任性、自私一點，和言子夜訣別的最後一分鐘，在情感的支配下，她或者會改變了初衷，向他說：「從前我的一切，都是爹媽做的主。現在你……你替我做主罷！你說怎樣就怎樣。」如果她不是那麼瞻前顧後——顧後！她果真顧到了未來麼？她替她未來的子女設想過麼？她害了她的孩子！傳慶並不是不知道他對於他母親的譴責是不公平的。她那時候到底是一個十七八歲的女孩子，有那麼堅強的道德觀念，已經是難得的了。任何人遇到難以解決的問題，也只能夠「行其心之所安」罷了。他能怪他的母親麼？

言教授背過身去在黑板上寫字，學生都沙沙地抄寫著，可是傳慶的心不在書上。

吃了一個「如果」，再剝一個「如果」：譬如說，他母親和言子夜結了婚，他們的同居生活也許並不是悠久的無瑕的快樂。傳慶從劉媽那裏知道碧落是一個心細如髮的善感的女人，丹朱也曾經告訴他：言子夜的脾氣相當的「梗」，而且也喜歡多心，相愛著的人又是往往的愛鬧意見，反而是漠不相干的人能夠互相容忍。同時，碧落這樣的和家庭決裂了，也是為當時的社會所不容許的，子夜的婚姻，不免為他的前途上的牽累。近十年來，一般人的觀念固然改變了，然而子夜早已幾經蹉跎，減了銳氣。一個男子，事業上不得意，家裏的種種小誤會與口舌更是免不了的。那麼，這一切對於他們的孩子有不良的影響麼？

不，只有好！小小的憂愁與困難可以養成嚴肅的人生觀。傳慶相信，如果他是子夜和碧落的孩子，他比起現在的丹朱，一定較為深沉，有思想。同時，一個有愛情的家庭裏面的孩子，不論生活如何的不安定，仍舊是富於自信心與同情——積極、進取、勇敢。丹朱的優點他想必都有，丹朱沒有的他也有。

他的眼光又射到前排坐著的丹朱身上。丹朱凝神聽著言教授講書，偏著臉，嘴微微張著一點，用一支鉛筆輕輕叩著小而白的門牙。她的臉龐側影有極流麗的線條，尤其是那孩子氣的短短的鼻子。鼻子上亮瑩瑩地略微有點油汗，使她更加像一個噴水池裏濕濡的銅像。

她在華南大學專攻科學，可是也匀出一部份的時間來讀點文學史什麼的。她對於任何事物都感到廣泛的興趣，對於任何人也感到廣泛的興趣。她對於同學們的一視同仁，傳慶突然想出了兩個字的評語：濫交。她跟誰都搭訕，然而別人有了比友誼更進一步的要求的時候，她又躲開了，理由是他們都在求學時代，沒有資格談戀愛。那算什麼？畢了業，她又能做什麼事？歸根究底還不是嫁人！傳慶越想越覺得她淺薄無聊。如果他有了她這麼良好的家庭背景，他一定能夠利用機會，做一個完美的人。總之，他不喜歡丹朱。

他對於丹朱的憎恨，正像他對於言子夜的畸形的傾慕，與日俱增。在這種心理狀態下，當然他不能夠讀書。學期終了的時候，他的考試結果，樣樣都糟，惟有文學史更為悽慘，距離及格很遠。他父親把他大罵了一頓，然而還是託了人去向學校當局關說，再給他一個機會，秋季開學後讓他仍舊隨班上課。

傳慶重新到學校裏來的時候，精神上的病態，非但沒有痊癒，反而加深了。因為其中隔了一個暑假，他有無限的閒暇，從容地反省他的痛苦的根源。他和他父親聶介臣日常接觸的機會比以前更多了。他發現他有好些地方酷肖他父親，不但是面部輪廓與五官四肢，連步行的姿態與種種小動作都像。他深惡痛絕那存在於他自身內的聶介臣。他有方法可以躲避他父親，但是他自己是永遠寸步不離的跟在身邊的。

整天他伏在臥室角落裏那隻籐箱上做著「白日夢」。往往劉媽走過來愕然叫道：「那麼辣的太陽晒在身上，覺也不覺得？越大越糊塗，索性連冷熱也不知道了！還不快坐過去！」他懶得動，就坐在地上，昏昏地把額角抵在籐箱上，許久許久，額上滿是粼粼的凸凹的痕跡。

快開學的時候，他父親把他叫去告誡了一番道：「你再不學好，用不著往下念了！念也是白念，不過是替聶家丟人！」他因為不願意輟學，的確下了一番苦功。各種功課倒潦潦草草可以交代得過去了，惟有他父親認為他應當最有把握的文學史，依舊是一蹶不振，毫無起色。如果改選其他的一課，學分又要吃虧太多，因此沒奈何只得繼續讀下去。

照例耶誕節和新年的假期完畢後就要大考了。耶誕節的前夜，上午照常上課。言教授想要看看學生們的功課是否溫習得有些眉目了，特地舉行了一個非正式的口試。叫到了傳慶，連叫了他兩三聲，傳慶方才聽見了，言教授先就有了三分不悅，道：「關於七言詩的起源，你告訴我們一點。」傳慶乞乞縮縮站在那裏，眼睛不敢望著他，囁嚅道：「七言詩的起源……」滿屋子靜悄悄地。傳慶覺得丹朱一定在那裏看著他——看著他丟聶家的人。不，丟他母親的人！言子夜夫人的孩子，看著馮碧落的孩子出醜。他不能不說點什麼，教室裏這麼靜。他舐了舐嘴唇，緩緩地說道：「七言詩的起源……七言詩的起源……呃……呃……起源詩的七言！」

背後有人笑。連言丹朱也忍不住噗嗤一笑。有許多男生本來沒想笑，見言丹朱笑了，也都心癢癢地笑起來。言子夜見滿屋子人笑成一片，只當作傳慶有心打趣，便沉下了臉，將書重重的向桌上一擲，冷笑道：「哦，原來這是個笑話！對不起，我沒領略到你的幽默！」眾人一個個的漸漸斂起了笑容，子夜又道：「聶傳慶，我早就注意到你了。從上學期起，你就失魂落魄的。我在講台上說的話，有一句進你的腦子去沒有？你記過一句筆記沒有？——你若是不愛念書，誰也不逼著你念，趁早別來了，白耽擱了你的同班生的時候，也耽擱了我的時候！」

傳慶聽他這口氣與自己的父親如出一轍，忍不住哭了。他用手護著臉，然而言子夜還是看見了。子夜生平最恨人哭，連女人的哭泣他都覺得是一種弱者的要挾行為，至於淌眼抹淚的男子，那更是無恥之尤，因此分外的怒上心來，厲聲喝道：「你也不難為情！中國的青年都像了你，中國早該亡了！」

這句話更像錐子似的刺進傳慶心裏去，他索性坐下身來，伏在檯上放聲哭了起來。子夜道：「你要哭，到外面哭去！我不能讓你攪擾了別人。我們還要上課呢！」傳慶的哭，一發不可復制，嗚咽的聲音，一陣比一陣響。他的耳朵又有點聾，竟聽不見子夜後來說的話。子夜向前走了一步，指著門，大聲道：「你給我出去！」傳慶站起身，跌跌衝衝走了出去。

當天晚上，華南大學在半山中的男生宿舍裏舉行耶誕夜的跳舞會。傳慶是未滿一年的新生，所以也照例被迫購票參加。他父親覺得既然花錢買了票，不能不放他去，不然，白讓學校佔了他們一個便宜，因此就破天荒地容許他單身赴宴。傳慶乘車來到山腳下，並不打算赴會，只管向叢山中走去。他預備走一晚上的路，消磨這狂歡的耶誕夜。在家裏，他知道他不能夠睡覺，心緒過於紊亂了。

香港雖說是沒有嚴寒的季節，耶誕節夜卻也是夠冷的。滿山植著矮矮的松杉，滿天堆著石青的雲，雲和樹一般被風嘘溜溜吹著，東邊濃了，西邊稀了，推推擠擠，一會兒黑壓壓擁成了一團，一會兒又化為一蓬綠氣，散了開來。林子裏的風，嗚嗚吼著，像獅犬的怒聲，較遠的還有海面上的風，因為遠，就有點凄然，像哀哀的狗哭。

傳慶雙手筒在袖子裏，縮著頭，急急的順著石級走上來。走過了末了一盞路燈，以後的路是漆黑的，但是他走熟了，認得出水門汀道的淡白的邊緣。並且他喜歡黑，在黑暗中他可以暫時遺失了自己。腳底下的沙石切擦切擦的響，是誰？是聶傳慶麼？「中國的青年都像了他，中國就要亡了」的那個人？就是他？連自己也不知道是不是。太黑了，瞧不清。

他父親罵他為「豬，狗」再罵得厲害些也不打緊，因為他根本看不起他父親。可是言子夜輕輕的一句話就使他痛心疾首，死也不能忘記。

他只顧往前走，也不知走了多少時辰，摸著黑，許是又繞回來了。一轉彎，有一盞路燈。一羣年青人說著笑著，迎面走了過來。跳舞會該是散了罷？傳慶掉過頭來就朝著相反的方向走。他聽見丹朱的嗓子在後面叫：「傳慶！傳慶！」更加走得快。丹朱追了他幾步，站住了腳，又回過身來，向她的舞伴們笑道：「再會罷！我要趕上去跟我們那位愛鬧彆扭的姑娘說兩句話。」眾人道：「可是你總得有人送你回家！」丹朱道：「不要緊，我叫傳慶送我回去，也是一樣的！」眾人還有些躊躇，丹朱笑道：「行！行！真的不要緊！」說著，提起了她的衣服，就向傳慶追來。

傳慶見她真來了，只得放慢了腳步。丹朱跑得喘吁吁的，問道：「傳慶，你怎麼不來跳舞？」傳慶道：「我不會跳。」丹朱又道：「你在這裏做什麼？」傳慶道：「不做什麼。」丹朱道：「你送我回家，成麼？」傳慶不答，但是他們漸漸向山巔走去，她的家就在山巔。路還是黑的，只看見她的銀白的鞋尖在地上一亮一亮。

丹朱再開口的時候，傳慶覺得她說話從來沒有這麼的艱澀遲緩。她說：「你知道嗎？今天下課後我找了你半天，你已經回去了。你家的住址我知道，可是你一向不願意我們到你那兒去……」傳慶依舊是不贊一詞。丹朱又道：「今天的事，你得原諒我父親。他……他做事向來是太認真了，而華南大學的情形使一個認真教書的人不能不灰心——香港一般學生的中文這麼糟，可是還看不起中文，不肯虛心研究，你叫他怎麼不發急。只有你一個人，國文的根基比誰都強，你又使他失望。你……你想……你替他想想……」傳慶只是默然。

丹朱道：「他跟你發脾氣的原因，你現在明白了罷？……傳慶，你若是原諒了他，你就得向他解釋一下，為什麼你近來這樣的失常。你知道我爸爸是個熱心人，我相信他一定肯盡他的能力來幫助你。你告訴我，讓我來轉告他，行不行？」

告訴丹朱？告訴言子夜，他還記得馮碧落嗎？記也許記得，可是他是見多識廣的男子，一生的戀愛並不止這一次，而碧落只愛過他一個人……從前的女人，一點點小事便放在心上，輾轉，輾轉，輾轉思想著，在黃昏的窗前，在雨夜，在慘淡的黎明。呵，從前的人……

傳慶只覺得胸頭充塞了吐不出來的冤鬱。丹朱又逼緊了一步，問道：「傳慶，是你家裏的事麼？」傳慶淡淡的笑道：「你也太好管閒事了！」

丹朱並沒有生氣，反而跟著他笑了。她絕對想不到傳慶當真在那裏憎嫌她，因為誰都喜歡她。風颳下來的松枝子打到她頭上來，她「喲！」了一聲，向傳慶身後一躲，趁勢挽住了傳慶的臂膀，柔聲道：「到底為什麼？」傳慶洒開了她的手道：「為什麼！為什麼！我倒要問問你：為什麼你老是纏著我？女孩子家，也不顧個臉面！也不替你父親想想！」丹朱聽了這話，不由得倒退了一步。他在前面走，她在後面跟著，可是兩人距離著兩三尺遠。

她幽幽地嘆了口氣道：「對不起，我又忘了，男女有別！我老是以為我年紀還小呢！我家裏的人都拿我當孩子看待。」傳慶又跳了起來道：「三句話離不了你的家！誰不知道你有個模範家庭！就可惜你不是一個模範女兒！」丹朱道：「聽你的口氣，彷彿你就是熬不得我似的！彷彿我的快樂，使你不快樂。——可是，傳慶，我知道你不是那樣的人。你到底——」

傳慶道：「到底為什麼？還不是因為我妒忌你——妒忌你美，你聰明，你有人緣！」丹朱道：「你就不肯同我說一句正經話！傳慶，你知道我是你的朋友，我要你快樂——」傳慶道：「你要分點快樂給我，是不是？你飽了，你把桌上的麵包屑掃下來餵狗吃，是不是？我不要，我不要！我寧死也不要！」

山路轉了一個彎，豁然開朗，露出整個的天與海。路旁有一片懸空的平坦的山，圍了一圈半圓形的鐵闌干，傳慶在前面走著，一回頭，不見丹朱在後面，再一看，她卻倚在闌干上。崖腳下的松濤，奔騰澎湃，更有一種耐冷的樹，葉子一面兒綠一面兒白。大風吞著。滿山的葉子掀騰翻覆，只看見點點銀光四濺。雲開處，冬天的微黃的月亮出來了，白蒼蒼的天與海在丹朱身後張開了雲母石屏風。她披著翡翠綠天鵝絨的斗篷，上面連著風兜，風兜的裏子是白色天鵝絨。在嚴冬她也喜歡穿白的，因為白色和她黝暗的皮膚的鮮明的對照。傳慶從來沒有看見她這麼盛裝過，風兜半褪在她腦後，露出高高堆在頂上的鬈髮，背著光，她的臉看不分明，只覺得她的一雙眼睛，灼灼地注視著他。

傳慶垂下了眼睛，反剪了手，直挺挺站著，半晌，他重新抬起頭來，簡截地問道：「走不走？」

她那時已經掉過身去，背對著他。風越發猖狂了，把她的斗篷脹得圓鼓鼓地，直飄到她頭上去。她底下穿著一件綠陰陰的白絲絨長袍。乍一看，那斗篷浮在空中彷彿一柄偌大的降落傘，傘底下飄飄盪盪墜著她瑩白的身軀——是月宮裏派遣來的傘兵麼？

傳慶徐徐走到她身旁。丹朱在那裏戀愛著他麼？不能夠罷？然而，她的確是再三地謀與他接近。譬如說今天晚上，深更半夜她陪著他在空山裏亂跑，平時她和同學們玩是玩，笑是笑，似乎很有分寸，並不是一味放蕩的人。為什麼視他為例外呢？他再將她適才的言行回味了一番。在一個女孩子，那已經是很明顯的表示了罷？

他恨她，可是他是一個無能的人，光是恨，有什麼用？如果她愛他的話，他就有支配她的權力，可以對於她施行種種纖密的精神上的虐待。那是他唯一的報復的希望。

他顫聲問道：「丹朱，你有點兒喜歡我麼？……一點兒？」

她真不怕冷。赤裸著的手臂從斗篷裏伸出來，擱在闌干上。他雙手握住了它，傴下頭去，想把臉頰偎在她的手臂上，可是不知道為什麼，他在半空中停住了，眼淚紛紛地落下來。他伏在闌干上，枕著手臂——他自己的。

她有點愛他麼？他不要報復，只要一點愛——尤其是言家的人的愛。既然言家和他沒有血統關係，那麼，就是婚姻關係也行。無論如何，他要和言家有一點連繫。

丹朱把飛舞的斗篷拉了下來，緊緊地箍在身上，笑道：「不止一點兒，我不喜歡你，怎麼願意和你做朋友呢？」傳慶站直了身子，噓了一口氣道：「朋友！我並不要你做我的朋友。」丹朱道：「可是你需要朋友。」傳慶道：「單是朋友不夠。我要父親跟母親。」丹朱愕然望著他。他緊緊抓住了鐵闌干，彷彿那就是她的手，熱烈地說道：「丹朱，如果你同別人相愛著，對於他，你不過是一個愛人。可是對於我，你不單是一個愛人，你是一個創造者，一個父親，母親，一個新的環境，新的天地。你是過去與未來。你是神。」丹朱沉默了一會，悄然道：「恐怕我沒有那麼大的奢望。我如果愛上了誰，至少我只能做他的愛人與妻子。至於別的，我——我不能那麼自不量力。」

一陣風把傳慶堵得透不過氣來。他偏過臉去，雙手加緊地握著闌干，小聲道：「那麼，你不愛我。一點也不。」丹朱道：「我從來沒有考慮過。」傳慶道：「因為你把我當一個女孩子。」丹朱道：「不！不！真的……但是……」她先是有點窘，突然覺得煩了，皺著眉毛，疲乏地咳了一聲道：「你既然不愛聽這個話，何苦逼我說呢？」傳慶背過身去，咬牙道：「你拿我當一個女孩子。你——你——你簡直不拿我當人！」他對於他的喉嚨失去了控制力，說到末了，簡直叫喊起來。

丹朱吃了一驚，下意識地就三腳兩步離開了下臨深谷的闌干邊，換了一個較安全的地位。跑過去之後，又覺得自己神經過敏得可笑。定了一定神，向傳慶微笑道：「你要我把你當作一個男子看待，也行。我答應你，我一定試著用另一副眼光來看你。可是你也得放出點男子氣概來，不作興這麼動不動就哭了，工愁善病的——」——傳慶嘿嘿笑了幾聲道：「你真會哄孩子！『好孩子別哭！多大的人了，不作興哭的！』哈哈哈哈……」他笑著，抽身就走，自顧自下山去了。

丹朱站著發了一會楞。她沒有想到傳慶竟會愛上了她。當然，那也在情理之中。他的四周一個親近的人也沒有，惟有她屢屢向他表示好感。她引誘了他（雖然那並不是她的本心），而又不能給予他滿足。近來他顯然是有一件事使他痛苦著。就是為了她麼？那麼，歸根究底，一切的煩惱還是由她而起？她竭力的想幫助他，反而害了他！她不能讓他這樣瘋瘋癲癲走開了，若是闖下點什麼禍，她一輩子也不能夠饒恕她自己。

他的自私，他的無禮，他的不近人情處，她都原宥了他，因為他愛她。連這樣一個怪僻的人也愛著她——那滿足了她的虛榮心。丹朱是一個善女人，但是她終是一個女人。

他已經走得很遠了，然而她畢竟追上了他，一路喊著：「傳慶！你等一等，等一等！」傳慶只做不聽見。她追到了他的身邊，一時又覺得千頭萬緒，無從說起。她一面喘著氣，一面道：「你告訴我……你告訴我……」傳慶從牙齒縫裏迸出幾句話來道：「告訴你，我要你死！有了你，就沒有我。有了我，就沒有你，懂不懂？」

他用一隻手臂緊緊挾她的雙肩，另一隻手就將她的頭拼命地向下按，似乎要她的頭縮回到腔子裏去。她根本不該生到這世上來，他要她回去。他不知道從哪兒來的蠻力，不過他的手腳還是不夠俐落。她沒有叫出聲來，可是掙扎著，兩人一同骨碌碌順著石階滾下去。傳慶爬起身來，抬腿就向地下的人一陣子踢。一面踢，一面嘴裏流水似的咒罵著。話說得太快了，連他自己也聽不清，大概似乎是：「你就看準了我是個爛好人！半夜裏，單身和我在山上……換了一個人，你就不那麼放心罷？你就看準了我不會吻你、打你、殺你，是不是？是不是？聶傳慶——不要緊的！『不要緊，傳慶可以送我回家去！』……你就看準了我！」

第一腳踢下去，她低低的噯了一聲，從此就沒有聲音了。他不能不再狠狠的踢兩腳，怕她還活著。可是，繼續踢下去，他也怕。踢到後來，他的腿一陣陣的發軟發麻。在雙重的恐怖的衝突下，他終於丟下了她，往山下跑。身子就像在夢魘中似的，騰雲駕霧，腳不點地，只看見月光裏一層層的石階，在眼前兔起鶻落。

跑了一大段路，他突然停住了。黑山裏一個人也沒有——除了他和丹朱。兩個人隔了七八十碼遠，可是他恍惚，可以聽見她咻咻的艱難的呼吸聲。在這一剎那間，他與她心靈相通。他知道她沒有死。知道又怎樣？有這膽量再回去，結果了她？

他靜靜站著，不過兩三秒鐘，可是他以為是兩三個鐘頭。他又往下跑。這一次，他一停也不停，一直奔到了山下的汽車道，有車的地方。

家裏冷極了，白粉牆也凍得發了青。傳慶的房間裏沒有火爐，空氣冷得使人呼吸間鼻子發酸。然而窗子並沒有開，長久沒開了，屋子裏聞得見灰塵與頭髮的油膩的氣味。

傳慶臉朝下躺在床上。他聽見隔壁父親對他母親說：「這孩子漸漸的心野了。跳舞跳得這麼晚才回來！」他後母道：「看這樣子，該給他娶房媳婦了。」

傳慶的眼淚直淌下來，嘴部掣動了一下，彷彿想笑，可是動彈不得，臉上像凍上了一層冰殼子。身上也像凍上了一層冰殼子。

丹朱沒有死。隔兩天開學了，他還得在學校裏見到她。他跑不了。

——一九四三年六月

•初載於一九四三年七月上海《雜誌》第十一卷第四期。

聶傳慶與言丹朱

馮碧落與言子夜

# 心經

許小寒道：「綾卿，我爸爸沒有見過你，可是他背得出你的電話號碼。」

她的同學段綾卿詫異道：「怎麼？」

小寒道：「我爸爸記性壞透了，對於電話號碼卻是例外。我有時懶得把朋友的號碼寫下來，就說：爸爸，給我登記一下。他就在他腦子裏過了一過，登了記。」

眾人一齊笑了。小寒高高坐在白宮公寓屋頂花園的水泥闌干上，五個女孩子簇擁在她下面，一個小些的伏在她腿上，其餘的都倚著闌干。那是仲夏的晚上，瑩澈的天，沒有星，也沒有月亮，小寒穿著孔雀藍襯衫與白袴子，孔雀藍的襯衫消失在孔雀藍的夜裏，隱約中只看見她的沒有血色的玲瓏的臉，底下什麼也沒有，就接著兩條白色的長腿。她人並不高，可是腿相當長，從闌干上垂下來，格外的顯得長一點。她把兩隻手撐在背後，人向後仰著。她的臉是神話裏的小孩的臉，圓鼓鼓的腮幫子，小尖下巴，極長極長的黑眼睛，眼角向上剔著。短而直的鼻子。薄薄的紅嘴唇，微微下垂，有一種奇異的令人不安的美。

她坐在闌干上，彷彿只有她一個人在那兒。背後是空曠的藍綠色的天，藍得一點渣子也沒有——有是有的，沉澱在底下，黑漆漆、亮閃閃、烟烘烘、鬧嚷嚷的一片——那就是上海。這裏沒有別的，只有天與上海與小寒。不，天與小寒與上海，因為小寒所坐的地位是介於天與上海之間。她把手撐在背後，壓在粗糙的水泥上，時間久了，覺得痛，便坐直了身子，搓搓手心，笑道：「我爸爸成天鬧著說不喜歡上海，要搬到鄉下去。」

一個同學問道：「那對於他的事業，不大方便罷？」

小寒道：「我說的鄉下，不過是龍華江灣一帶。我爸爸這句話，自從我們搬進這公寓的時候就說起，一住倒住了七八年了。」

又一個同學讚道：「這房子可真不錯。」

小寒道：「我爸爸對於我們那幾間屋子很費了一點心血哩！單為了客廳裏另開一扇門，不知跟房東打了多少吵子！」

同學們道：「為什麼要添一扇門呢？」

小寒笑道：「我爸爸別的迷信沒有，對於陽宅風水倒下過一點研究。」

一個同學道：「年紀大的人……」

小寒打斷她的話道：「我爸爸年紀可不大，還不到四十呢。」

同學們道：「你今天過二十歲生日……你爸爸跟媽一定年紀很小就結了婚罷？」

小寒扭過身去望著天，微微點了個頭。許家就住在公寓的最高層，就在屋頂花園底下。下面的洋台有人向上喊：「小姐，這兒找您哪！您下來一趟！」小寒答應了一聲，跳下闌干，就蹬蹬下樓去了。

她同學中有一個，見她去遠了，便悄悄的問道：「只聽見她滿口的爸爸長爸爸短。她母親呢？還在世嗎？」

另一個答道：「在世。」

那一個又問道：「是她自己的母親麼？」

這一個答道：「是她自己的母親。」

另一個又追問道：「你見過她母親沒有？」

這一個道：「那倒沒有，我常來，可是她母親似乎是不大愛見客……」

又一個道：「我倒見過一次。」

眾人忙問：「是怎樣的一個人？」

那一個道：「不怎樣，胖胖的。」

正在喊喊喳喳，小寒在底下的洋台上喊道：「你們下來吃冰淇淋！自己家裏搖的！」

眾人一面笑，一面抓起吃剩下來的果殼向她擲去。小寒彎腰躲著，罵道：「你們作死呢！」眾人格格笑著，魚貫下樓，早有僕人開著門等著。客室裏，因為是夏天，主要的色調是清冷的檸檬黃與珠灰。不多幾件桃花心木西式家具，牆上卻疎疎落落掛著幾張名人書畫。在燈光下，我們可以看清楚小寒的同學們，一個戴著金絲腳的眼鏡，紫棠色臉，嘴唇染成橘黃色的是一位南洋小姐鄺彩珠。一個頎長潔白，穿一件櫻桃紅鴨皮旗袍的是段綾卿。其餘的三個是三姐妹，余公使的女兒，波蘭、芬蘭、米蘭；波蘭生著一張偌大的粉團臉，朱口黛眉，可惜都擠在一起，侷促的地方太侷促了，空的地方又太空了。芬蘭米蘭和她們的姐姐眉目相仿，只是臉盤子小些，便秀麗了許多。

米蘭才跨進客室，便被小寒一把揪住道：「準是你幹的！你這丫頭，活得不耐煩了是怎麼著？」米蘭摸不著頭腦，小寒抓著她一隻手，把她拖到洋台上去，指著地上一攤稀爛的楊梅道：「除了你，沒有別人！水果皮胡桃殼摔下來不算數，索性把這東西的溜溜往我頭上拋！幸而沒有弄髒我衣服，不然，仔細你的皮！」

眾人都跟了出來，幫著米蘭叫屈。綾卿道：「屋頂花園上還有幾個俄國孩子。想是他們看我們丟水果皮，也跟著湊熱鬧，闖了禍。」小寒叫人來掃地。彩珠笑道：「鬧了半天，冰淇淋的影子也沒有看見。」

小寒道：「罰你們，不給你們吃了。」

正說著，只見女傭捧著銀盤進來了。各人接過一盞冰淇淋，一面吃，一面說笑。女學生們聚到了一堆，「言不及義」，所談的無非是吃的、喝的、電影、戲劇與男朋友，波蘭把一隻染了胭脂的小銀匙點牢了綾卿，向眾人笑道：「我知道有一個人，對綾卿有點特別感情。」

小寒道：「是今年的新學生麼？」

波蘭搖頭道：「不是。」

彩珠道：「是我們的同班生罷？」

波蘭兀自搖頭。綾卿道：「波蘭，少造謠言罷！」

波蘭笑道：「別著急呀！我取笑你，你不會取笑我麼？」

綾卿笑道：「你要我取笑你，我偏不！」

小寒笑道：「嗳，嗳，嗳，綾卿，別那麼著，掃了大家的興。我來，我來！」便跳到波蘭跟前，羞著她的臉道：「呦！呦！……波蘭跟龔海立，波蘭跟龔海立……」

波蘭抿著嘴笑道：「你打哪兒聽見的？」

小寒道：「愛爾蘭告訴我的。」

眾人愕然道：「愛爾蘭又是誰？」

小寒道：「那是我給龔海立起的綽號。」

波蘭忙啐了她一口。眾人鬨笑道：「倒是貼切！」

彩珠道：「波蘭，你不否認？」

波蘭道：「隨你們編派去，我才不在乎呢！」說了這話，又低下頭去笑吟吟吃她的冰淇淋。

小寒拍手道：「還是波蘭大方！」

芬蘭米蘭卻滿心的不贊成她們姐姐這樣的露骨表示，覺得一個女孩子把對方沒有拿穩之前，絕對不能承認自己愛戀著對方，萬一事情崩了，徒然自己貶了千金身價。這時候，房裏的無線電正在低低的報告新聞。米蘭搭訕著去把機鈕撥了一下，轉到了一家電台，奏著中歐民間音樂。芬蘭叫道：「就這個好！我喜歡這個！」兩手一拍，便跳起舞來。她因為騎腳踏車，穿了一條茶青摺綢裙，每一個摺子裏襯著石榴紅裏子，靜靜立著的時候看不見；現在，跟著急急風的音樂，人飛也似的旋轉著，將裙子抖成一朵奇麗的大花。眾人不禁叫好。

在這一片喧囂聲中，小寒卻豎起了耳朵，辨認公寓裏電梯「工隆工隆」的響聲。那電梯一直開上八層樓來。小寒道：「我爸爸回來了。」

不一會，果然門一開，她父親許峯儀探頭來望了一望。她父親是一個高大身材，蒼黑臉的人。

小寒撅著嘴道：「等你吃飯，你不來！」

峯儀笑著向眾人點了個頭道：「對不起，我去換件衣服。」

小寒道：「你瞧你，連外衣都汗潮了！也不知道你怎麼忙來著！」

峯儀一面解外衣的鈕子，一面向內室走去。眾人見到了許峯儀，方才注意到鋼琴上面一對暗金攢花照相架裏的兩張照片，一張是小寒的，一張是她父親的。她父親那張照片的下方，另附著一張著色的小照片，是一個粉光脂艷的十五年前的時裝婦人，頭髮剃成男式，圍著白絲巾，蘋果綠水鑽盤花短旗袍，手裏攜著玉色軟緞錢袋，上面綉了一枝紫羅蘭。

彩珠道：「這是伯母從前的照片麼？」

小寒把手圈住了嘴，悄悄的說道：「告訴你們，你們可不准對我爸爸提起這件事！」又向四面張了一張，方才低聲道：「這是我爸爸。」

眾人一齊大笑起來，仔細一看，果然是她父親化了裝。

芬蘭道：「我們這麼大呼小叫的，伯母愛清靜，不嫌吵麼？」

小寒道：「不要緊的。我母親也喜歡熱鬧。她沒有來招待你們，一來你們不是客，二來她覺得有長輩在場，未免總有些拘束，今兒索性讓我們玩得痛快些！」

說著，她父親又進來了。小寒奔到他身邊道：「我來給你們介紹。這是段小姐，這是鄺小姐，這是三位余小姐。」又挽住了峯儀的胳膊道：「這是我爸爸。我要你們把他認清楚了，免得……」她格吱一笑接下去道：「免得下次你們看見他跟我在一起，又要發生誤會。」

米蘭不懂道：「什麼誤會？」

小寒道：「上次有一個同學，巴巴的來問我，跟你去看國泰的電影的那個高高的人，是你的男朋友麼？我笑了幾天——一提起來就好笑！這真是……哪兒想起來的事！」

眾人都跟她笑了一陣，峯儀也在內。小寒又道：「謝天謝地，我沒有這麼樣的一個男朋友！我難得過一次二十歲生日，他呀，禮到人不到！直等到大家飯也吃過了，玩也玩夠了，他才姍姍來遲，虛應個卯兒，未免太不夠交情了。」

峯儀道：「你請你的朋友們吃飯，要我這麼一個老頭兒攪得在裏面算什麼？反而拘得慌！」

小寒白了他一眼道：「得了！少在我面前搭長輩架子！」

峯儀含笑向大家伸了伸手道：「請坐！請坐！冰淇淋快化完了。請用罷！」

小寒道：「爸爸，你要麼？」

峯儀坐下身來，帶笑嘆了口氣道：「到我這年紀，你就不那麼愛吃冰淇淋了。」

小寒道：「你今天怎麼了？口口聲聲倚老賣老！」

峯儀向大家笑道：「你們瞧，她這樣興高采烈的過二十歲，就是把我們上一代的人往四十歲五十歲上趕呀！叫我怎麼不寒心呢？」又道：「剛才我回來的時候，好像聽見裏面有拍手的聲音。是誰在這裏表演什麼嗎？」

綾卿道：「是芬蘭在跳舞。」

彩珠道：「芬蘭，再跳一個！再跳一個！」

芬蘭道：「我那點本事，實在是見不得人，倒是綾卿唱個歌給我們聽罷！上個月你過生日那天唱的那調子就好！」

峯儀道：「段小姐也是不久才過的生日麼？」

綾卿含笑點點頭。米蘭代答道：「她也是二十歲生日。」

芬蘭關上了無線電，又過去掀開了鋼琴蓋道：「來，來，綾卿，你自己彈，你自己唱。」

小寒道：「我陪你，好不好？我們兩個人一齊唱。」

綾卿只是推辭。

綾卿笑著走到鋼琴前坐下道：「我嗓子不好，你唱罷，我彈琴。」

小寒道：「不，不，不，你得陪著我。有生人在座，我怯場呢！」說著，向她父親瞟了一眼，握著嘴一笑，跟在綾卿後面走到鋼琴邊，一隻手撐在琴上，一隻手搭在綾卿肩上。綾卿彈唱起來，小寒嫌燈太暗了，不住的彎下腰去辨認琴譜上印的詞句，頭髮與綾卿的頭髮揉擦著。峯儀所坐的沙發椅，恰巧在鋼琴的左偏，正對著她們倆。唱完了，大家拍手，小寒也跟著拍。

峯儀道：「咦？你怎麼也拍起手來？」

小寒道：「我沒唱，我不過虛虛的張張嘴，壯壯綾卿的膽罷了！……爸爸，綾卿的嗓子怎樣？」

峯儀答非所問，道：「你們兩個人長得有點像。」

綾卿笑道：「真的麼？」兩人走到一張落地大鏡前面照了一照，綾卿看上去凝重些，小寒彷彿是她立在水邊，倒映著的影子，處處比她短一點，流動閃爍。

眾人道：「倒的確有幾分相像！」

小寒伸手撥弄綾卿戴的櫻桃紅月牙式的耳環子，笑道：「我要是有綾卿一半美，我早歡喜瘋了！」

波蘭笑道：「算了罷！你已經夠瘋的了！」

老媽子進來向峯儀道：「老爺，電話！」

峯儀走了出去。波蘭看一看手錶道：「我們該走了。」

小寒道：「忙什麼？」

芬蘭道：「我們住得遠，在越界築路的地方。再晚一點，太冷靜了，還是趁早走罷。」

彩珠道：「我家也在越界築路那邊。你們是騎自行車來的麼？」

波蘭道：「是的。可要我們送你回去？你坐在我背後好了。」

彩珠道：「那好極了。」她們四人一同站起來告辭，叮囑小寒：「在伯父跟前說一聲。」

小寒向綾卿道：「你多坐一會兒罷，橫豎你家就在這附近。」

綾卿立在鏡子前面理頭髮，小寒又去撫弄她的耳環道：「你除下來讓我戴戴試試。」

綾卿褪了下來，替她戴上了，端詳了一會道：「不錯——只是使你看上去大了幾歲。」

小寒連忙從耳上摘了下來道：「老氣橫秋的！我一輩子也不配戴這個。」

綾卿笑道：「你難道打算做一輩子小孩子？」

小寒把下頦一昂道：「我就守在家裏做一輩子孩子，又怎麼著？不見得我家裏有誰容不得我！」

綾卿笑道：「你是因為剛才喝了那幾杯壽酒罷？怎麼動不動就像跟人拌嘴似的！」

小寒低頭不答。綾卿道：「我有一句話要勸你：關於波蘭……你就少逗著她罷！你明明知道龔海立對她並沒有意思。」

小寒道：「哦，是嗎？他不喜歡她，他歡喜誰？」

綾卿頓了一頓道：「他喜歡你。」

小寒笑道：「什麼話？」

綾卿道：「別裝佯了。你早知道了！」

小寒道：「天曉得，我真正一點影子也沒有。」

綾卿道：「你知道不知道，倒也沒有多大關係，反正你不喜歡他。」

小寒笑道：「你怎麼知道我不喜歡他？」

綾卿道：「人家要你，你不要人家，鬧得烏烟瘴氣，這也不是第一次了。」

小寒道：「怎麼獨獨這一次，你這麼關心呢？你也有點喜歡他罷？」

綾卿搖搖頭道：「你信也罷，不信也罷。我要走了。」

小寒道：「還不到十一點呢！伯母管得你這麼嚴麼？」

綾卿嘆道：「管得嚴，倒又好了！她老人家就壞在當著不著的，成天只顧抽兩筒烟，世事一概都不懂，耳朵根子又軟，聽了我嫂子的挑唆，無緣無故就找碴子跟人嘔氣！」

小寒道：「年紀大的人就是這樣。別理她就完了！」

綾卿道：「我看她也可憐。我父親死後，她辛辛苦苦把我哥哥撫養成人，娶了媳婦，偏偏我哥哥又死了。她只有我這一點親骨血，凡事我不能不順著她一點。」

說著，兩人一同走到穿堂裏，綾卿從衣架上取下她的白綢外套，小寒陪著她去撳電梯的鈴，不料撳了許久，不見上來。小寒笑道：「糟糕！開電梯的想必是盹著了！我送你從樓梯上走下去罷。」

樓梯上的電燈，可巧又壞了。兩人只得摸著黑，挨呀挨的，一步一步相偎相傍走下去。幸喜每一家門上都鑲著一塊長方形的玻璃，玻璃上也有糊著油綠描金花紙的，也有的罩著粉荷色縐褶紗幕，微微透出燈光，照出腳下仿雲母石的磚地。

小寒笑道：「你覺得這樓梯有什麼特點麼？」

綾卿想了一想道：「特別的長……」

小寒道：「也許那也是一個原因。不知道為什麼，無論誰，單獨的上去或是下來，總喜歡自言自語。好幾次，我無心中聽見買菜的回來的阿媽與廚子，都在那裏說夢話。我叫這樓梯『獨白的樓梯』。」

綾卿笑道：「兩個人一同走的時候，這樓梯對於他們也有神秘的影響麼？」

小寒道：「想必他們比尋常要坦白一點。」

綾卿道：「我就坦白一點。關於龔海立……」

小寒笑道：「你老是忘不了他！」

綾卿道：「你不愛他，可是你要他愛你，是不是？」

小寒失聲笑道：「我自己不能嫁給他，我又霸著他——天下也沒有這樣自私的人！」

綾卿不語。

小寒道：「你完全弄錯了。你不懂得我，我可以證明我不是那樣自私的人。」

綾卿還是不作聲。小寒道：「我可以使他喜歡你，我也可以使你喜歡他。」

綾卿道：「使我喜歡他，並不難。」

小寒道：「哦？你覺得他這麼有吸引力麼？」

綾卿道：「我倒不是單單指著他的。任何人……當然這『人』字是代表某一階級與年齡範圍內的未婚者……在這範圍內，我是『人盡可夫』的！」

小寒睜大了眼望著她，在黑暗中又看不出她的臉色。

綾卿道：「女孩子們急於結婚，大半是因為家庭環境不好，願意遠走高飛。我……如果你到我家裏來過，你就知道了。我是給迫急了……」

小寒道：「真的？你母親，你嫂嫂——」

綾卿道：「都是好人，但是她們是寡婦，沒有人，沒有錢，又沒有受過教育。我呢，至少我有個前途。她們恨我哪，雖然她們並不知道。」

小寒又道：「真的？真有這樣的事？」

綾卿笑道：「誰都像你呢，有這麼一個美滿的家庭！」

小寒道：「我自己也承認，像我這樣的家庭，的確是少有的。」她們走完了末一層樓。綾卿道：「你還得獨自爬上樓去？」

小寒道：「不，我叫醒開電梯的。」

綾卿笑道：「那還好。不然，你可仔細點，別在樓梯上自言自語的，洩漏了你的心事。」

小寒笑道：「我有什麼心事？」

兩人分了手，小寒乘電梯上來，回到客室裏，她父親已經換了浴衣拖鞋，坐在沙發上看晚報。小寒也向沙發上一坐，人溜了下去，背心抵在坐墊上，腿伸得長長的，兩手塞在袴袋裏。

峯儀道：「你今天吃了酒？」小寒點點頭，峯儀笑道：「女孩子們聚餐，居然喝得醉醺醺的，成何體統？」

小寒道：「不然也不至於喝得太多——等你不來，悶得慌。」

峯儀道：「我早告訴過你了，我今天有事。」

小寒道：「我早告訴過你了，你非來不可。人家一輩子只過一次二十歲的生日！」

峯儀握著她的手，微笑向她注視著道：「二十歲了。」沉默了一會，他又道：「二十年了……你生下來的時候，算命的說是剋母親，本來打算把你過繼給三舅母的，你母親捨不得。」

小寒道：「三舅母一直住在北方……」

峯儀點頭笑道：「真把你過繼出去，我們不會有機會見面的。」

小寒道：「我過二十歲生日，想必你總會來看我一次。」峯儀又點點頭，兩人都默然。半晌，小寒細聲道：「見了面，像外姓人似的……」如果那時候，她真是把她母親剋壞了……不，過繼了出去，照說就不剋了，然而……「然而」怎樣？他究竟還是她的父親，她究竟還是他的女兒，即使他沒有妻，即使她姓了另外一個姓。他們兩人同時下意識地向沙發的兩頭移了一移，坐遠了一點。兩人都有點羞慚。

峯儀把報紙摺疊起來，放在膝蓋上，人向背後一靠，緩緩的伸了個懶腰，無緣無故說道：「我老了。」

小寒又坐近了一點：「不，你累了。」

峯儀笑道：「我真的老了。你看，白頭髮。」

小寒道：「在哪兒？」峯儀低下頭來，小寒尋了半日，尋到了一根，笑道：「我替你拔掉它。」

峯儀道：「別替我把一頭頭髮全拔光了！」

小寒道：「哪兒就至於這麼多？況且你頭髮這麼厚，就拔個十根八根，也是九牛一毛。」

峯儀笑道：「好哇！你罵我！」

小寒也笑了，湊在他頭髮上聞了一聞，皺著眉道：「一股子雪茄味！誰抽的？」

峯儀道：「銀行裏的人。」

小寒輕輕用一隻食指沿著他鼻子滑上滑下，道：「你可千萬別抽上了，不然，就是個標準的摩登老太爺！」

峯儀拉住她的手笑，將她向這邊拖了一拖，笑道：「我說，你對我用不著時時刻刻裝出孩子氣的模樣，怪累的！」

小寒道：「你嫌我做作？」

峯儀道：「我知道你為什麼願意永遠不長大。」

小寒突然撲簌簌落下兩行眼淚，將臉埋在他肩膀上。

峯儀低聲道：「你怕你長大了，我們就要生疎了，是不是？」

小寒不答，只伸過一條手臂去兜住他的頸子。峯儀道：「別哭。別哭。」

這時夜深人靜，公寓裏只有許家一家，廚房裏還有嘩啦啦放水洗碗的聲音，是小寒做壽的餘波。穿堂裏一陣腳步響，峯儀道：「你母親來了。」

他們兩人仍舊維持著方才的姿勢，一動也不動，許太太開門進來，微笑望了他們一望，自去整理椅墊子，擦去鋼琴上茶碗的水漬，又把所有的烟灰都折在一個盤子裏。許太太穿了一件桃灰細格子綢衫，很俊秀的一張臉，只是因為胖，有點走了樣。眉心更有極深的兩條皺紋。她問道：「誰吃烟來著？」

小寒並不回過臉來，只咳嗽了一聲，把嗓子恢復原狀，方才答道：「鄺彩珠和那個頂大的余小姐。」

峯儀道：「這點大的女孩子就抽烟，我頂不贊成。你不吃罷？」

小寒道：「不。」

許太太笑道：「小寒說小也不小了，做父母的哪裏管得了那麼許多？二十歲的人了——」

小寒道：「媽又來了！照嚴格的外國計算法，我要到明年的今天才二十歲呢！」

峯儀笑道：「又犯了她的忌！」

許太太笑道：「好好好，算你十九歲，算你九歲也行！九歲的孩子，早該睡覺了。還不趕緊上床去！」

小寒道：「就來了。」

許太太又向峯儀道：「你的洗澡水預備好了。」

峯儀道：「就來了。」

許太太把花瓶送出去換水，順手把烟灰碟子也帶了出去。小寒抬起頭來，仰面看了峯儀一看，又把臉伏在他身上。

峯儀推她道：「去睡罷！」

小寒只是不應。良久，峯儀笑道：「已經睡著了？」硬把她的頭扶了起來，見她淚痕未乾，眼皮兒抬不起來，淚珠還是不斷的滾下來。峯儀用手替她拭了一下，又道：「去睡罷！」

小寒捧著臉站起身來，繞過沙發背後去，待要走，又彎下腰來，兩隻手扣住峯儀的喉嚨，下頦擱在他頭上。峯儀伸出兩隻手來，交疊按住她的手，又過了半晌，小寒方才去了。

第二天，給小寒祝壽的幾個同學，又是原班人馬，去接小寒一同去參觀畢業典禮。龔海立是本年度畢業生中的佼佼者，拿到了醫科成績最優獎，在課外活動中他尤其出過風頭，因此極為女學生們注意。小寒深知他傾心於自己，只怪她平時對於她的追求者，態度過於決裂，他是個愛面子的人，惟恐討個沒趣，所以遲遲的沒有表示。這一天下午，在歡送畢業生的茶會裏，小寒故意走到龔海立跟前，伸出一隻手來，握了他一下，笑道：「恭喜！」

海立道：「謝謝你。」

小寒道：「今兒你是雙喜呀！聽說你跟波蘭……訂婚了，是不是？」

海立道：「什麼？誰說的？」

小寒撥轉身來就走，彷彿是忍住兩泡眼淚，不讓他瞧見似的。海立呆了一呆，回過味來，趕了上去，她早鑽到人叢中，一混就不見了。

她種下了這個根，靜等著事情進一步發展。果然一切都不出她所料。

第二天，她父親辦公回來了，又是坐在沙發上看報，她坐在一旁，有意無意的說道：「你知道那龔海立？」

她父親彈著額角道：「我知道——他父親是龔某人——名字一時記不起來了。」

小寒微笑道：「大家都以為他要跟余公使的大女兒訂婚了。昨天我不該跟他開玩笑，賀了他一聲，誰知他就急瘋了，找我理論，我恰巧走開了。當著許多人，他抓住了波蘭的妹妹，問這謠言是誰造的。虧得波蘭脾氣好，不然早同他翻了臉了！米蘭孩子氣，在旁邊說：『我姐姐沒著急，倒要你跳得三丈高！』他就說：『別的不要緊，這話不能吹到小寒耳朵裏去！』大家覺得他這話希奇，迫著問他。他瞞不住了，老實吐了出來。這會子嚷嚷得誰都知道了。我再也想不到，他原來背地裏愛著我！」

峯儀笑道：「那他就可倒楣了！」

小寒斜瞟了他一眼道：「你怎見得他一定是沒有希望？」

峯儀笑道：「你若喜歡他，你也不會把這些事源源本本告訴我了。」

小寒低頭一笑，捏住一綹子垂在面前的鬈髮，編起小辮子來，編了又拆，拆了又編。

峯儀道：「來一個丟一個，那似乎是你的一貫政策。」

小寒道：「你就說得我那麼狠。這一次我很覺得那個人可憐。」

峯儀笑道：「那就有點危險性質。可憐是近於可愛呀！」

小寒道：「男人對於女人的憐憫，也許是近於愛。一個女人決不會愛上一個她認為楚楚可憐的男人。女人對於男人的愛，總得帶點崇拜性。」

峯儀這時候，卻不能繼續看他的報了，放下了報紙向她半皺著眉毛一笑，一半是喜悅，一半是窘。

隔了一會，他又問她道：「你可憐那姓龔的，你打算怎樣？」

小寒道：「我替他做媒，把綾卿介紹給他。」

峯儀道：「哦！為什麼單揀中綾卿呢？」

小寒道：「你說過的，她像我。」

峯儀笑道：「你記性真好！……那你不覺得委屈了綾卿麼？你把人家的心弄碎了，你要她去拾破爛，一小片一小片耐心的給拼起來，像孩子們玩拼圖遊戲似的——也許拼個十年八年也拼不全。」

小寒道：「綾卿不是傻子。龔海立有家產，又有作為，剛畢業就找到了很好的事。人雖說不漂亮，也很拿得出去，只怕將來羨慕綾卿的人多著呢！」

峯儀不語。過了半日，方笑道：「我還是說：『可憐的綾卿！』」

小寒睞著他道：「可是你自己說的：可憐是近於可愛！」

峯儀笑了一笑，又拿起他的報紙來，一面看，一面閒閒的道：「那龔海立，人一定是不錯，連你都把他誇得一枝花似的！」小寒瞪了他一眼，他只做沒看見，繼續說下去道：「你把這些話告訴我，我知道你有你的用意。」

小寒低聲道：「我不過要你知道我的心。」

峯儀道：「我早已知道了。」

小寒道：「可是你會忘記的，如果不常常提醒你。男人就是這樣！」

峯儀道：「我的記性不至於壞到這個田地罷？」

小寒道：「不是這麼說。」她牽著他的袖子，試著把手伸進袖口裏去，幽幽的道：「我是一生一世不打算離開你的。有一天我老了，人家都要說：她為什麼不結婚？她根本沒有過結婚的機會！沒有人愛過她！誰都這樣想──也許連你也這樣想。我不能不防到這一天，所以我要你記得這一切。」

峯儀鄭重地掉過身來，面對面注視著她，道：「小寒，我常常使你操心麼？我使你痛苦麼？」

小寒道：「不，我非常快樂。」

峯儀噓了一口氣道：「那麼，至少我們三個人之中，有一個是快樂的！」

小寒嗔道：「你不快樂？」

峯儀道：「我但凡有點人心，我怎麼能快樂呢！我眼看著你白耽擱了自己。你犧牲了自己，於我又有什麼好處？」

小寒只是瞪大了眼睛望著他。他似乎是轉念一想，又道：「當然哪，你給了我精神上的安慰！」他嘿嘿的笑了幾聲。

小寒銳聲道：「你別這麼笑，我聽了，渾身的肉都緊了一緊！」她站起身來，走到洋台上去，將背靠在玻璃門上。

峯儀忽然軟化了，他跟到門口去，可是兩個人一個在屋子裏面，一個在屋子外面。他把一隻手按在玻璃門上，垂著頭站著，簡直不像一個在社會上混了多年的有權力有把握的人。他囁嚅說道：「小寒，我們不能這樣下去了。我……我們得想個辦法，我打算把你送到你三舅母那兒去住些時……」

小寒背向著他，咬著牙微笑道：「你當初沒把我過繼給三舅母，現在可太晚了……你呢？你有什麼新生活的計畫？」

峯儀道：「我們也許到莫干山去過夏天。」

小寒道：「『我們』？你跟媽？」

峯儀不語。

小寒道：「你要是愛她，我在這兒你也一樣的愛她，你要是不愛她，把我充軍到西伯利亞去你也還是不愛她。」

隔著玻璃，峯儀的手按在小寒的胳膊上——象牙黃的圓圓的手臂，袍子是幻麗的花洋紗，硃漆似的紅底子，上面印著青頭白臉的孩子，無數的孩子在他的指頭縫裏蠕動。小寒——那可愛的大孩子，有著豐澤的，象牙黃的肉體的大孩子……峯儀猛力掣回他的手，彷彿給火燙了一下，臉色都變了，掉過身去，不看她。

天漸漸暗了下來，洋台上還有點光，屋子裏可完全黑了。他們背對著背說話。小寒道：「她老了，你還年青——這能夠怪在我身上？」

峯儀低聲道：「沒有你在這兒比著她，處處顯得她不如你，她不會老得這麼快。」

小寒扭過身來，望著他笑道：「嚇！你這話太不近情理了。她憔悴了，我使她顯得憔悴，她就更憔悴了。這未免有點不合邏輯。我也懶得跟你辯了。反正你今天是生了我的氣，怪我就怪我罷！」

峯儀斜簽在沙發背上，兩手插在袴袋裏，改用了平靜的，疲倦的聲音說道：「我不怪你。我誰也不怪，只怪我自己太糊塗了。」

小寒道：「聽你這口氣，彷彿你只怨自己上了我的當似的！彷彿我有意和母親過不去，離間了你們的愛！」

峯儀道：「我並沒有說過這句話。事情是怎樣開頭的，我並不知道。七八年了——你才那麼一點高的時候……不知不覺的……」

啊，七八年前……那是最可留戀的時候，父母之愛的黃金時期，沒有猜忌，沒有試探，沒有嫌疑……小寒叉著兩手擱在胸口，緩緩走到洋台邊上。沿著鐵闌干，編著一帶短短的竹籬笆，木槽裏種了青藤，爬在籬笆上，開著淡白的小花。夏季的黃昏，充滿了回憶。

峯儀跟了出來，靜靜的道：「小寒，我決定了。你不走開，我走開，我帶了你母親走。」

小寒道：「要走我跟你們一同走。」

他不答。

她把手插到陰涼的綠葉子裏去，捧著一球細碎的花，用明快的，唱歌似的調子，笑道：「你早該明白了，爸爸——」她嘴裏的這一聲「爸爸」滿含著輕藝與侮辱，「我不放棄你，你是不會放棄我的！」

籬上的藤努力往上爬，滿心只想越過籬笆去，那邊還有一個新的寬敞的世界。誰想到這不是尋常的院落，這是八層樓上的洋台。過了籬笆，什麼也沒有，空蕩蕩的，空得令人眩暈。她爸爸就是這條藤，他躲開了她又怎樣？他對於她母親的感情，早完了，一點也不剩。至於別的女人……她爸爸不是那樣的人！

她回過頭去看看，峯儀回到屋子裏去了，屋子裏黑洞洞的。

可憐的人！為了龔海立，他今天真有點不樂意呢！他後來那些不愉快的話，無疑地，都是龔海立給招出來的！小寒決定採取高壓手腕給龔海立與段綾卿做媒，免得她爸爸疑心她。

事情進行得非常順利。龔海立發覺他那天錯會了她的意思，正在深自懺悔，只恨他自己神經過敏，太冒失了。對於小寒他不但沒有反感，反而愛中生敬，小寒說一是一，說二是二。她告訴他，他可以從綾卿那裏得到安慰，他果然就覺得綾卿和她有七八分相像。綾卿那一方面自然是不成問題的，連她那脾氣疙瘩的母親與嫂子都對於這一頭親事感到幾分熱心。海立在上海就職未久，他父親又給他在漢口一個著名的醫院裏謀到了副主任的位置，一兩個月內就要離開上海。他父母不放心他單身出門，逼著他結了婚再動身。海立與綾卿二人，一個要娶，一個要嫁，在極短的時間裏，已經到了相當的程度了。小寒這是生平第一次為人拉攏，想不到第一炮就這麼的響，自然是很得意。

這一天傍晚，波蘭打電話來。小寒明知波蘭為了龔海立的事對她存了很深的芥蒂。波蘭那一方面，自然是有點誤會，覺得小寒玩弄了龔海立，又丟了他。破壞了波蘭與他的友誼不算，另外又介紹了一個綾卿給他，也難怪波蘭生氣。波蘭與小寒好久沒來往過了，兩人在電話上卻是格外的親熱。寒暄之下。波蘭問道：「你近來看見過綾卿沒有？」

小寒笑道：「她成天忙著應酬她的那一位，哪兒騰得出時間來敷衍我們呀？」

波蘭笑道：「我前天買東西碰見了她，也是在國泰看電影。」

小寒笑道：「怎麼叫『也』是？」

波蘭笑道：「可真巧，你記得，你告訴過我們，你同你父親去看電影，也是在國泰，人家以為他是你男朋友——」

小寒道：「綾卿——她沒有父親——」

波蘭笑道：「陪著她的，不是她的父親，是你的父親。」波蘭聽那邊半晌沒有聲音，便叫道：「喂！喂！」

小寒那邊也叫道：「喂！喂！怎麼電話繞了線？你剛才說什麼來著？」

波蘭笑道：「沒說什麼。你飯吃過了麼？」

小寒道：「菜剛剛放在桌上。」

波蘭道：「那我不耽擱你了，再會罷！有空打電話給我，別忘了！」

小寒道：「一定！一定！你來玩啊！再見！」她剛把電話掛上，又朗朗響了起來。小寒摘下耳機來一聽，原來是她爸爸。他匆匆的道：「小寒麼？叫你母親來聽電話。」

小寒待要和他說話，又嚥了下去，向旁邊的老媽子道：「太太的電話。」自己放下耳機，捧了一本書，坐在一旁。

許太太挾一捲桃花枕套進來了，一面走，一面低著頭把針插在大襟上。她拿起了聽筒：「喂……噢……唔，唔……曉得了。」便掛斷了。

小寒抬起頭來道：「他不回來吃飯？」

許太太道：「不回來。」

小寒笑道：「這一個禮拜裏，倒有五天不在家裏吃飯。」

許太太笑道：「你倒記得這麼清楚！」

小寒笑道：「爸爸漸漸的學壞了！媽，你也不管管他！」

許太太微笑道：「在外面做事的人，誰沒有一點應酬！」她從身上摘掉一點線頭兒，向老媽子道：「開飯罷！就是我跟小姐兩個人。中上的那荷葉粉蒸肉，用不著給老爺留著了，你們吃了它罷！我們兩個人都嫌膩。」

小寒當場沒再說下去，以後一有了機會，她總是勸她母親注意她父親的行蹤。許太太只是一味的不聞不問。有一天，小寒實在忍不住了，向許太太道：「媽，你不趁早放出兩句話來，等他的心完全野了，你要干涉就太遲了！你看他這兩天，家裏簡直沒有看見他的人。難得在家的時候，連脾氣都變了。你看他今兒早上，對您都是粗聲大氣的……」

許太太嘆息道：「那算得了什麼？比這個難忍的，我也忍了這些年了。」

小寒道：「這些年？爸爸從來沒有這麼荒唐過。」

許太太道：「他並沒有荒唐過，可是……一家有一家的難處。我要是像你們新派人脾氣，跟他來一個釘頭碰鐵頭，只怕你早就沒有這個家了！」

小寒道：「他如果外頭有了女人，我們還保得住這個家麼？保全了家，也不能保全家庭的快樂！我看這情形，他外頭一定有了人。」

許太太道：「女孩子家，少管這些事罷！你又懂得些什麼？」

小寒賭氣到自己屋裏去了，偏偏僕人又來報說有一位龔先生來看她。小寒心裏撲通撲通跳著，對著鏡子草草用手攏了一攏頭髮，就出來了。

那龔海立是茁壯身材，低低的額角，黃黃的臉，鼻直口方，雖然年紀很輕，卻帶著過度的嚴肅氣氛，背著手在客室裏來回的走。見了小寒，便道：「許小姐，我是給您辭行來的。」

小寒道：「你——這麼快就要走了？你一個人走？」

海立道：「是的。」

小寒道：「綾卿……」

海立向她看了一眼，又向洋台上看了一眼。小寒見她母親在涼棚底下捉花草上的小蟲，便掉轉口氣來，淡淡的談了幾句。海立起身道辭。小寒道：「我跟你一塊兒下去。我要去買點花。」

在電梯上，海立始終沒開過口。到了街上，他推著腳踏車慢慢的走，車夾在他們兩人之間。小寒心慌意亂的，路也不會走了，不住的把腳絆到車上。強烈的初秋的太陽晒在青浩浩的長街上。已經是下午五點鐘了。一座座白色的，糙黃的住宅，在蒸籠裏蒸了一天，像饅頭似的脹大了一些。什麼都脹大了——車輛、行人、郵筒、自來水桶……街上顯得異常的擁擠。小寒躲開了肥胖的綠色郵筒，躲開了紅衣的胖大的俄國婦人，躲開了一輛碩大無朋的小孩子的臥車，頭一陣陣的暈。

海立自言自語似的說：「你原來不知道。」

小寒舐了一舐嘴唇道：「不知道。……你跟綾卿鬧翻了麼？」

海立道：「鬧翻倒沒有鬧翻。昨天我們還見面來著。她很坦白的告訴我，她愛你的父親。他們現在正忙著找房子。」

小寒把兩隻手沉重地按在腳踏車的扶手上，車停了，他們倆就站定了。小寒道：「她發了瘋了！這……這不行的！你得攔阻她。」

海立道：「我沒有這個權利，因為我所給她的愛，是不完全的。她也知道。」

他這話音裏的暗示，似乎是白費了。小寒簡直沒聽見，只顧說她的：「你得攔阻她！她瘋了。可憐的綾卿，她還小呢，她才跟我同年！她不懂這多麼危險。她跟了我父親，在法律上一點地位也沒有，一點保障也沒有……誰都看不起她！」

海立道：「我不是沒勸過她，社會上像她這樣的女人太多了，為了眼前的金錢的誘惑——」

小寒突然叫道：「那倒不見得！我爸爸喜歡誰，就可以得到誰，倒用不著金錢的誘惑！」

海立想不到這句話又得罪了她，招得她如此激烈地袒護她爸爸。他被她堵得紫漲了臉道：

「我……我並不是指著你父親說的。他們也許是純粹的愛情的結合。惟其因為這一點，我更沒有權利干涉他們了，只有你母親可以站出來說話。」

小寒道：「我母親不行，她太軟弱了。海立，你行，你有這個權利，綾卿不過是一時的糊塗，她實在是愛你的。」

海立道：「但是那只是頂浮泛的愛。她自己告訴過我，這一點愛，別的不夠，結婚也許夠了。許多號稱戀愛結婚的男女，也不過如此罷了。」

小寒迅速地，滔滔不絕地說道：「你信她的！我告訴你！綾卿骨子裏是老實人，可是她有時候故意發驚人的論調，她以為是時髦呢。我認識她多年了。我知道她。她愛你的！她愛你的！」

海立道：「可是……我對她……也不過如此。小寒，對於你，我一直是……」

小寒垂下頭去，看著腳踏車上的鈴。海立不知不覺伸過手去掩住了鈴上的太陽光，小寒便抬起眼來，望到他眼睛裏去。

海立道：「我怕你，我一直沒敢對你說，因為你是我所見到的最天真的女孩子，最純潔的。」

小寒微笑道：「是嗎？」

海立道：「還有一層，你的家庭太幸福，太合乎理想了。我縱使把我的生命裏最好的一切獻給你，恐怕也不能夠使你滿意。現在，你爸爸這麼一來……我知道我太自私了，可是我不由得替我自己高興，也許你願意離開你的家……」

小寒伸出一隻手去抓住他的手。她的手心裏滿是汗，頭髮裏也是汗，連嗓子裏都彷彿是汗，水汪汪的堵住了。眼睛裏一陣燙，滿臉都濕了。她說：「你太好了！你待我太好了！」

海立道：「光是好，有什麼用？你還是不喜歡我！」

小寒道：「不，不，我……我真的……」

海立還有點疑疑惑惑的道：「你真的……」

小寒點點頭。

海立道：「那麼……」

小寒又點點頭。她抬起手擦眼淚，道：「你暫時離開了我罷。我……我不知道為什麼，你如果在我跟前，我忍不住要哭……街上……不行……」

海立忙道：「我送你回去。」

小寒哆嗦道：「不……不……你快走！我這就要……管不住我自己了！」

海立連忙跨上自行車走了。小寒竭力捺住了自己，回到公寓裏來，恰巧誤了電梯，眼看著它冉冉上升。小寒重重的撳鈴，電梯又下來了。門一開，她倒退了一步，裏面的乘客原來是她父親！她木木地走進電梯，在黯黃的燈光下，她看不見他臉上有任何表情。這些天了，他老是躲著她，不給她一個機會與他單獨談話。她不能錯過了這一剎那，二樓……三樓……四樓。她低低的向他道：「爸爸，我跟龔海立訂婚了。」

他的回答也是頂低頂低的，僅僅是嘴唇的翕動，他們從前常常在人叢中用這種方式進行他們的秘密談話。他道：「你不愛他。你再仔細想想。」

小寒道：「我愛他。我一直瞞著人愛著他。」

峯儀道：「你再考慮一下。」

八樓。開電梯的嘩喇喇拉開了鐵柵欄，峯儀很快的走了出去，掏出鑰匙來開門。小寒趕上去，急促地道：「我早考慮過了。我需要一點健康的，正常的愛。」

峯儀淡淡的道：「我是極其贊成健康的，正常的愛。」一面說，一面走了進去，穿過客堂，往他的書房裏去了。

小寒站在門口，楞了一會，也走進客室裏來。洋台上還晒著半邊太陽，她母親還蹲在涼棚底下修剪盆景。小寒三腳兩步奔到洋台上，豁朗一聲，把那綠磁花盆踢到水溝裏去。許太太吃了一驚，扎煞著兩手望著她，還沒說出話來，小寒順著這一踢的勢子，倒在竹籬笆上，待要哭，卻哭不出來，臉掙得通紅，只是乾咽氣。

許太太站起身來，大怒道：「你這算什麼？」

小寒回過一口氣來，咬牙道：「你好！你縱容得他們好！爸爸跟段綾卿同居了，你知道不知道？」

許太太道：「我知道不知道，干你什麼事？我不管，輪得著你來管？」

小寒把兩手反剪在背後，顫聲道：「你別得意！別以為你幫著他們來欺負我，你就報了仇——」

許太太聽了這話，臉也變了，刷的打了她一個嘴巴子，罵道：「你胡說些什麼？你犯了失心瘋了？你這是對你母親說話麼？」

小寒挨了打，心地卻清楚了一些，只是嘴唇還是雪白的，上牙忒楞楞打著下牙。她是有生以來第一次看見她母親這樣發脾氣，因此一時也想不到抗拒。兩手捧住腮頰，閉了一會眼睛，再一看，母親不在洋台上，也不在客室裏。她走進屋裏去，想到書房裏去見她父親，又沒有勇氣。她知道他還在裏面，因為有人在隔壁窸窸窣窣翻抽斗，清理文件。

她正在猶疑，她父親提了一隻皮包從書房裏走了出來。小寒很快的搶先跑到門前，把背抵在門上。峯儀便站住了腳。

小寒望著他。都是為了他，她受了這許多委屈！她不由得滾下淚來。在他們之間，隔著地板，隔著檸檬黃與珠灰方格子的地蓆，隔著睡熟的狸花貓、痰盂、小撮的烟灰、零亂的早上的報紙……她的粉碎了的家！……短短的距離，然而滿地似乎都是玻璃屑，尖利的玻璃片，她不能夠奔過去。她不能夠近他的身。

她說：「你以為綾卿真的愛上了你？她告訴我過的，她是『人盡可夫』！」

峯儀笑了，像是感到了興趣，把皮包放在沙發上道：「哦，是嗎？她有過這話？」

小寒道：「她說她急於結婚，因為她不能夠忍受家庭的痛苦。她嫁人的目的不過是換個環境，碰到誰就是誰！」

峯儀道：「但是她現在碰到了我！」

小寒道：「她先遇見了龔海立，後遇見了你。你比他有錢，有地位——」

峯儀道：「但是我有妻子！她不愛我到很深的程度，她肯不顧一切地跟我麼？她敢冒這個險麼？」

小寒道：「啊，原來你自己也知道你多麼對不起綾卿！你不打算娶她。你愛她，你不能害了她！」

峯儀笑道：「你放心。現在的社會上的一般人不像從前那麼嚴格了。綾卿不會怎樣吃苦的。你剛剛說過：我有錢，我有地位。你如果為綾卿担憂的話，大可以不必了！」

小寒道：「我才不為她担憂呢！她是多麼有手段的人！我認識她多年了，我知道她，你別以為她是個天真的女孩子！」

峯儀微笑道：「也許她不是一個天真的女孩子。天下的天真的女孩子，大約都跟你差不多罷！」

小寒跳腳道：「我有什麼不好？我犯了什麼法？我不該愛我父親，可是我是純潔的！」

峯儀道：「我沒說你不純潔呀！」

小寒哭道：「你看不起我，因為我愛你！你哪裏有點人心哪——你是個禽獸！你——你看不起我！」

她撲到他身上去，打他，用指甲抓他。峯儀捉住她的手，把她摔到地上去。她在掙扎中，尖尖的長指甲劃過了她自己的腮，血往下直淌。穿堂裏一陣細碎的腳步聲。峯儀沙聲道：「你母親來了。」

小寒在迎面的落地大鏡中瞥見了她自己，失聲叫道：「我的臉！」她臉上又紅又腫，淚痕狼藉，再加上鮮明的血迹。

峯儀道：「快點！」他把她從地上曳過這邊來，使她伏在他膝蓋上，遮沒了她的面龐。

許太太推門進來，問峯儀道：「你今兒回家吃飯麼？」

峯儀道：「我正要告訴你呢。我有點事要上天津去一趟，耽擱多少時候卻說不定。」

許太太道：「噢。幾時動身？」

峯儀道：「今兒晚上就走。我說，我不在這兒的時候，你有什麼事，可以找行裏的李慕仁，或是我的書記。」

許太太道：「知道了。我去給你打點行李去。」

峯儀道：「你別費事了，讓張媽她們動手好了。」

許太太道：「別的沒有什麼，最要緊的就是醫生給你配的那些藥，左一樣，右一樣，以後沒人按時弄給你吃，只怕你自己未必記得。我還得把藥方子跟服法一樣一樣交代給你。整理好了，你不能不過一過目。」

峯儀道：「我就來了。」

許太太出去之後，小寒把臉揿在她父親腿上，雖然極力抑制著，依舊肩膀微微聳動著，在那裏靜靜的啜泣。峯儀把她的頭搬到沙發上，站起身來，抹了一抹袴子上的縐紋，提起皮包，就走了出去。

小寒伏在沙發上，許久許久，忽然跳起身來，爐台上的鐘指著七點半。她決定去找綾卿的母親。這是她最後的一著。綾卿曾告訴過她，段老太太是怎樣的一個人——糊塗而又暴躁，固執起來非常的固執。既然綾卿的嫂子能夠支配這老太太，未見得小寒不能夠支配她！她十有八九沒有知道綾卿最近的行動。知道了，她決不會答應的。綾卿雖然看穿了她的為人，母女的感情很深。她的話一定有相當的力量。

小寒匆匆的找到她的皮夾子，一刻也不耽擱，就出門去了。她父親想必早離開了家。母親大約在廚房裏，滿屋子鴉雀無聲，只隱隱聽見廚房裏油鍋的爆炸。

小寒趕上了一部公共汽車。綾卿的家，遠雖不遠，卻是落荒的地方。小寒在暮色蒼茫中一家一家挨次看過，認門牌認了半天，好容易尋著了。是一座陰慘慘的灰泥住宅，洋鐵水管上生滿了青黯的霉苔。只有一扇窗裏露出燈光，燈上罩著破報紙，彷彿屋裏有病人似的。小寒到了這裏，卻躊躇起來，把要說的話，在心上盤算了又盤算。天黑了，忽然下起雨來。那雨勢來得猛，嘩嘩潑到地上，地上起了一層白烟。小寒回頭一看，雨打了她一臉，淋得她透不過氣來。她掏出手絹子來擦乾了一隻手，舉手揿鈴。揿不了一會，手又是濕淋淋的。她怕觸電，只得重新揩乾了手，再揿。鈴想必壞了，沒有人來開門。小寒正待敲門，段家的門口來了一輛黃包車。一個婦人跨出車來，車上的一盞燈照亮了她那桃灰細格子綢衫的稀濕的下角。小寒一呆，看清了這是她母親，正待閃過一邊去，卻來不及了。

她母親慌慌張張迎上前來，一把拉住了她道：「你還不跟我來！你爸爸——在醫院裏——」

小寒道：「怎麼？汽車出了事？還是——」

她母親點了點頭，向黃包車夫道：「再給我們叫一部。」

不料這地方偏僻，又值這傾盆大雨，竟沒有第二部黃包車。車夫道：「將就點，兩個人坐一部罷。」

許太太與小寒只得鑽進車去。兜起了油布的篷。小寒道：「到底是怎麼一回事？爸爸怎麼了？」

許太太道：「我從窗戶裏看見你上了公共汽車。連忙趕了下來，跳上了一部黃包車，就追了上來。」

小寒道：「爸爸怎麼會到醫院裏去的？」

許太太道：「他好好在那裏。我不過是要你回來，哄你的。」

小寒聽了這話，心頭火起，攀開了油布就要往下跳，許太太扯住了她，喝道：「你又發瘋了？趁早給我安靜點！」

小寒鬧了一天，到了這個時候，業已筋疲力盡，竟扭不過她母親。雨下得越發火熾了，啪啊啦濺在油布上。油布外面是一片滔滔的白，油布裏面是黑沉沉的。視覺的世界早已消滅了，留下的僅僅是嗅覺的世界——雨的氣味，打潮了的灰土的氣味，油布的氣味，油布上的泥垢的氣味，水滴滴的頭髮的氣味。她的腿緊緊壓在她母親的腿上——自己的骨肉！她突然感到一陣強烈的厭惡與恐怖。怕誰？恨誰？她母親？她自己？她們只是愛著同一個男子的兩個女人。她憎嫌她自己的肌肉與那緊緊擠著她的，溫暖的，他人的肌肉。呵，她自己的母親！

她痛苦地叫喚道：「媽，你早也不管管我！你早在那兒幹什麼？」

許太太低聲道：「我一直不知道……我有點知道，可是我不敢相信——一直到今天，你逼著我相信……」

小寒道：「你早不管！你——你裝著不知道！」

許太太道：「你叫我怎麼能夠相信呢？——總拿你當個小孩子！有時候我也疑心。過後我總怪我自己小心眼兒，『門縫裏瞧人，把人都瞧扁了』。我不許我自己那麼想，可是我還是一樣的難受。有些事，多半你早忘了：我三十歲以後，偶然穿件美麗點的衣裳，或是對他稍微露一點感情，你就笑我。……他也跟著笑……我怎麼能恨你呢？你不過是一個天真的孩子！」

小寒劇烈地顫抖了一下，連她母親也感到那震動。她母親也打了個寒戰，沉默了一會，朗聲道：「現在我才知道你是有意的。」

小寒哭了起來。她犯了罪，她將她父母之間的愛慢吞吞的殺死了，一塊一塊割碎了——愛的凌遲！雨從簾幕下面橫掃進來，大點大點寒颼颼落在腿上。

許太太的聲音空而遠。她說：「過去的事早已過去了。好在現在只剩了我們兩個人了。」

小寒急道：「你難道就讓他們去？」

許太太道：「不讓他們去，又怎麼樣？你爸爸不愛我，又不能夠愛你——留得住他的人，留不住他的心。他愛綾卿。他眼見得就要四十了，人活在世上，不過短短的幾年。愛，也不過短短的幾年。由他們去罷！」

小寒道：「可是你——你預備怎麼樣？」

許太太嘆了口氣道：「我麼？我一向就是不要緊的人，現在也還是不要緊。要緊的倒是你——你年紀輕著呢。」

小寒哭道：「我只想死！我死了倒乾淨！」

許太太道：「你怪我沒早管你，現在我雖然遲了一步，有一分力，總得出一分力。你明天就動身，到你三舅母那兒去。」

小寒聽見「三舅母」那三個字，就覺得肩膀向上一聳一聳的，煞不住要狂笑。把她過繼出去？

許太太又道：「那不過是暫時的事。你在北方住幾個月，定下心來，仔細想想。你要到哪兒去繼續念書，或是找事，或是結婚，你計畫好了，寫信告訴我。我再替你佈置一切。」

小寒道：「我跟龔海立訂了婚了。」

許太太道：「什麼？你就少胡鬧罷！你又不愛他，你惹他做什麼？」

小寒道：「有了愛的婚姻往往是痛苦的。你自己知道。」

許太太道：「那也不能一概而論。你的脾氣這麼壞，你要是嫁個你所不愛的人，你會給他好日子過？你害苦了他，也就害苦了你自己。」

小寒垂頭不語。許太太道：「明天，你去你的。這件事你丟給我好了。我會對他解釋的。」

小寒不答。隔著衣服，許太太覺得她身上一陣一陣細微的顫慄，便問道：「怎麼了？」

小寒道：「你——你別對我這麼好呀！我受不了！我受不了！」

許太太不言語了。車裏靜悄悄的，每隔幾分鐘可以聽到小寒一聲較高的嗚咽。

車到了家。許太太吩咐女傭道：「讓小姐洗了澡，喝杯熱牛奶，趕緊上床睡罷！明天她還要出遠門呢。」

小寒在床上哭了一會，又迷糊一會。半夜裏醒了過來，只見屋裏點著燈，許太太蹲在地上替她整理衣箱，雨還澌澌地下著。

小寒在枕上撐起胳膊，望著她。許太太並不理會，自顧自拿出幾雙襪子，每一雙打開來看過了，沒有洞，沒有撕裂的地方，重新捲了起來，安插在一疊一疊的衣裳裏。頭髮油、冷霜、雪花膏、漱盂，都用毛巾包了起來。小寒爬下床來，跪在箱子的一旁，看著她做事。看了半日，突然彎下腰來，把額角抵在箱子的邊沿上，一動也不動。

許太太把手擱在她頭髮上，遲鈍地說道：「你放心。等你回來的時候，我一定還在這兒……」

小寒伸出手臂來，攀住她母親的脖子，哭了。

許太太斷斷續續的道：「你放心……我……我自己會保重的……等你回來的時候……」

——一九四三年七月

・初載於一九四三年八月、九月上海《萬象》第三年第二期、第三期。

許小寒與許峯儀

許小寒與許太太

許小寒與段綾卿

# 封鎖

開電車的人開電車。在大太陽底下，電車軌道像兩條光瑩瑩的，水裏鑽出來的曲蟮，抽長了，又縮短了；抽長了，又縮短了，就這麼樣往前移——柔滑的，老長老長的曲蟮，沒有完，沒有完……開電車的人眼睛釘住了這兩條蠕蠕的車軌，然而他不發瘋。

如果不碰到封鎖，電車的進行是永遠不會斷的。封鎖了。搖鈴了。「叮玲玲玲玲玲，」每一個「玲」字是冷冷的一小點，一點一點連成一條虛線，切斷了時間與空間。

電車停了，馬路上的人卻開始奔跑，在街的左面的人們奔到街的右面，在右面的人們奔到左面。商店一律的沙啦啦拉上鐵門。女太太們發狂一般扯動鐵柵欄，叫道：「讓我們進來一會兒！我這兒有孩子哪，有年紀大的人！」然而門還是關得緊騰騰的。鐵門裏的人和鐵門外的人眼睜睜對看著，互相懼怕著。

電車裏的人相當鎮靜。他們有座位可坐，雖然設備簡陋一點，和多數乘客的家裏的情形比較起來，還是略勝一籌。街上漸漸的也安靜下來，並不是絕對的寂靜，但是人聲逐漸渺茫，像睡夢裏所聽到的蘆花枕頭裏的窸窣聲。這龐大的城市在陽光裏盹著了，重重的把頭擱在人們的肩上，口涎順著人們的衣服緩緩流下去，不能想像的巨大的重量壓住了每一個人。上海似乎從來沒有這麼靜過——大白天裏！一個乞丐趁著鴉雀無聲的時候，提高了喉嚨唱將起來：「阿有老爺太太先生小姐做做好事救救我可憐人哇？阿有老爺太太……」然而他不久就停了下來，被這不經見的沉寂嚇噤住了。

還有一個較有勇氣的山東乞丐，毅然打破了這靜默。他的嗓子渾圓嘹亮：「可憐啊可憐！一個人啊沒錢！」悠久的歌，從一個世紀唱到下一個世紀。音樂性的節奏傳染上了開電車的，開電車的也是山東人。他長長的嘆了一口氣，抱著胳膊，向車門上一靠，跟著唱了起來：「可憐啊可憐！一個人啊沒錢！」

電車裏，一部份的乘客下去了。剩下的一羣中，零零落落也有人說句把話。靠近門口的幾個公事房裏回來的人繼續談講下去。一個人撒喇一聲抖開了扇子，下了結論道：「總而言之，他別的毛病沒有，就吃虧在不會做人。」另一個鼻子裏哼了一聲，冷笑道：「說他不會做人，他對上頭敷衍得挺好的呢！」

一對長得頗像兄妹的中年夫婦把手吊在皮圈上，雙雙站在電車的正中。她突然叫道：「當心別把袴子弄髒了！」他吃了一驚，抬起他的手，手裏拈著一包燻魚。他小心翼翼使那油汪汪的紙口袋與他的西裝袴子維持二寸遠的距離。他太太兀自絮叨道：「現在乾洗是什麼價錢？做一條袴子是什麼價錢？」

坐在角落裏的呂宗楨，華茂銀行的會計師，看見了那燻魚，就聯想到他夫人託他在銀行附近一家麵食攤子上買的菠菜包子。女人就是這樣！彎彎扭扭最難找的小胡同裏買來的包子必定是價廉物美的！她一點也不為他著想——一個齊齊整整穿著西裝戴著玳瑁邊眼鏡提著公事皮包的人，抱著報紙裏的熱騰騰的包子滿街跑，實在是不像話！然而無論如何，假使這封鎖延長下去，耽誤了他的晚飯，至少這包子可以派用場。他看了看手錶，才四點半。該是心理作用罷？他已經覺得餓了。他輕輕揭開報紙的一角，向裏面張了一張。一個個雪白的，噴出淡淡的麻油氣味。一部份的報紙黏住了包子，他謹慎地把報紙撕了下來，包子上印了鉛字，字都是反的，像鏡子裏映出來的，然而他有這耐心，低下頭去逐個認了出來：「訃告……申請……華股動態……隆重登場候教……」都是得用的字眼兒，不知道為什麼轉載到包子上，就帶點開玩笑性質。也許因為「吃」是太嚴重的一件事了，相形之下，其他的一切都成了笑話。呂宗楨看著也覺得不順眼，可是他並沒有笑，他是一個老實人。他從包子上的文章看到報紙上的文章，把半頁舊報紙讀完了，若是翻過來看，包子就得跌出來，只得罷了。他在這裏看報，全車的人都學了樣，有報的看報，沒有報的看發票，看章程，看名片。任何印刷物都沒有的人，就看街上的市招。他們不能不填滿這可怕的空虛——不然，他們的腦子也許會活動起來。思想是痛苦的一件事。

只有呂宗楨對面坐著一個老頭子，手心裏骨碌碌骨碌碌搓著兩隻油光水滑的核桃，有板有眼的小動作代替了思想。他剃著光頭，紅黃皮色，滿臉浮油。打著皺，整個的頭像一個核桃。他的腦子就像核桃仁，甜的，滋潤的，可是沒有多大意思。

老頭子右首坐著吳翠遠，看上去像是一個教會派的少奶奶，但是還沒有結婚。她穿著一件白洋紗旗袍，滾一道窄窄的藍邊——深藍與白，很有點訃聞的風味。她攜著一把藍白格子小遮陽傘。頭髮梳成千篇一律的式樣，惟恐喚起公眾的注意。然而她實在沒有過分觸目的危險。她長得不難看，可是她那種美是一種模稜兩可的，彷彿怕得罪了誰的美，臉上一切都是淡淡的，鬆弛的，沒有輪廓。連她自己的母親也形容不出她是長臉還是圓臉。

在家裏她是一個好女兒，在學校裏她是一個好學生。大學畢了業後，翠遠就在母校服務，担任英文助教。她現在打算利用封鎖的時間改改卷子。翻開了第一篇，是一個男生作的，大聲疾呼抨擊都市的罪惡，充滿了正義感的憤怒，用不很合文法的，吃吃艾艾的句子，罵著：「紅嘴唇的賣淫婦……大世界……下等舞場與酒吧間。」翠遠略略沉吟了一會，就找出紅鉛筆來批了一個「A」字。若在平時，批了也就批了，可是今天她有太多的考慮的時間，她不由得要質問自己，為什麼她給了他這麼好的分數？不問倒也罷了，一問，她竟漲紅了臉。她突然明白了：因為這學生是膽敢這麼毫無顧忌地對她說這些話的唯一的一個男子。

他拿她當作一個見多識廣的人看待；他拿她當作一個男人，一個心腹。他看得起她。翠遠在學校裏老是覺得誰都看不起她——從校長起，教授、學生、校役……學生們尤其憤慨得厲害：「中大越來越糟了！一天不如一天！用中國人教英文，照說，已經是不應當，何況是沒有出過洋的中國人！」翠遠在學校裏受氣，在家裏也受氣。吳家是一個新式的，帶著宗教背景的模範家庭。家裏竭力鼓勵女兒用功讀書，一步一步往上爬，爬到了頂兒尖兒上——一個二十幾歲的女孩子在大學裏教書！打破了女子職業的新紀錄。然而家長漸漸對她失掉了興趣，寧願她當初在書本上馬虎一點，勻出點時間來找一個有錢的女婿。

她是一個好女兒，好學生。她家裏都是好人，天天洗澡，看報，聽無線電向來不聽中曲滑稽京戲什麼的，而專聽貝多芬、瓦格涅的交響樂，聽不懂也要聽。世界上的好人比真人多……翠遠不快樂。

生命像聖經，從希伯來文譯成希臘文，從希臘文譯成拉丁文，從拉丁文譯成英文，從英文譯成國語。翠遠讀它的時候，國語又在她腦子裏譯成了上海話。那未免有點隔膜。

翠遠擱下了那本卷子，雙手捧著臉。太陽滾熱的晒在她背脊上。

隔壁坐著個奶媽，懷裏躺著小孩，孩子的腳底心緊緊抵在翠遠的腿上。小小的老虎頭紅鞋包著柔軟而堅硬的腳……這至少是真的。

電車裏，一個醫科學生拿出一本圖畫簿，孜孜修改一張人體骨骼的簡圖。其他的乘客以為他在那裏速寫他對面盹著的那個人。大家閒著沒事幹，一個一個聚攏來，三三兩兩，撐著腰，背著手，圍繞著他，看他寫生。拈著燻魚的丈夫向他妻子低聲道：「我就看不慣現在興的這種立體派，印象派！」他妻子附耳道：「你的褲子！」

那醫科學生細細填寫每一根骨頭、神經、筋絡的名字。有一個公事房裏回來的人將摺扇半掩著臉，悄悄向他的同事解釋道：「中國畫的影響。現在的西洋畫也時行題字了，倒真是『東風西漸』！」

呂宗楨沒湊熱鬧，孤零零的坐在原處。他決定他是餓了。大家都走開了，他正好從容地吃他的菠菜包子。偏偏他一抬頭，瞥見了三等車廂裏有他一個親戚，是他太太的姨表妹的兒子。他恨透了這董培芝。培芝是一個胸懷大志的清寒子弟，一心只想娶個略具資產的小姐，作為上進的基礎。呂宗楨的大女兒今年方才十三歲，已經被培芝看在眼裏，心裏打著如意算盤，腳步兒越發走得勤了。呂宗楨一眼望見了這年青人，暗暗叫聲不好，只怕培芝看見了他，要利用這絕好的機會向他進攻。若是在封鎖期間和這董培芝困在一間屋子裏，這情形一定是不堪設想！他匆匆收拾起公事皮包和包子，一陣風奔到對面一排座位上，坐了下來。現在他恰巧被隔壁的吳翠遠擋住了，他表姪絕對不能夠看見他。翠遠回過頭來，微微瞪了他一眼。糟了！這女人準是以為他無緣無故換了一個座位，不懷好意。他認得出那被調戲的女人的臉譜——臉板得紋絲不動，眼睛裏沒有笑意，嘴角也沒有笑意，連鼻窪裏都沒有笑意，然而不知道什麼地方有一點顫巍巍的微笑，隨時可以散佈開來。覺得自己是太可愛了的人，是熬不住要笑的。

該死，董培芝畢竟看見了他，向頭等車廂走過來了，謙卑地，老遠的就躬著腰，紅噴噴的長長的面頰，含有僧尼氣息的灰布長衫——一個吃苦耐勞，守身如玉的青年，最合理想的乘龍快婿。宗楨迅疾地決定將計就計，順手推舟，伸出一隻手臂來擱在翠遠背後的窗台上，不聲不響宣佈了他的調情的計畫。他知道他這麼一來，並不能嚇退了董培芝，因為培芝眼中的他素來是一個無惡不作的老年人。由培芝看來，過了三十歲的人都是老年人，老年人都是一肚子的壞。培芝今天親眼看見他這樣下流，少不得一五一十去報告給他太太聽——氣氣他太太也好！

誰叫她給他弄上這麼一個表姪！氣，活該氣！

他不怎麼喜歡身邊這女人。她的手臂，白倒是白的，像擠出來的牙膏。她的整個的人像擠出來的牙膏，沒有款式。

他向她低聲笑道：「這封鎖，幾時完哪？真討厭！」翠遠吃了一驚，掉過頭來，看見了他擱在她身後的那隻胳膊，整個身子就僵了一僵。宗楨無論如何不能容許他自己抽回那隻胳膊。他的表姪正在那裏雙眼灼灼望著他，臉上帶著點會心的微笑。如果他夾忙裏跟他表姪對一對眼光，也許那小子會怯怯地低下頭去——處女風的窘態；也許那小子會向他擠一擠眼睛——誰知道？

他咬一咬牙，重新向翠遠進攻。他道：「你也覺著悶罷？我們說兩句話，總沒有什麼要緊！我們——我們談談！」他不由自主的，聲音裏帶著哀懇的調子。翠遠重新吃了一驚，又掉回頭來看了他一眼。他現在記得了，他瞧見她上車的——非常戲劇化的一剎那，但是那戲劇效果是碰巧得到的呢，並不能歸功於她。他低聲道：「你知道麼？我看見你上車，車前頭的玻璃上貼的廣告，撕破了一塊，從這破的地方我看見你的側面，就只一點下巴。」是乃絡維奶粉的廣告，畫著一個胖孩子，孩子的耳朵底下突然出現了這女人的下巴，仔細想起來是有點嚇人的。「後來你低下頭去從皮包裏拿錢，我才看見你的眼睛、眉毛、頭髮。」拆開來一部份一部份的看，她未嘗沒有她的一種風韻。

翠遠笑了，看不出這人倒也會花言巧語——以為他是個靠得住的生意人模樣！她又看了他一眼。太陽紅紅地晒穿他鼻尖下的軟骨。他擱在報紙上的那隻手，從袖口裏伸出來，黃色的，敏感的——一個真的人！不很誠實，也不很聰明，但是一個真的人！她突然覺得熾熱、快樂，她背過臉去，細聲道：「這種話，少說些罷！」

宗楨道：「嗯？」他早忘了他說了些什麼。他眼睛釘著他表姪的背影——那知趣的青年覺得他在這兒是多餘的，他不願得罪了表叔，以後他們還要見面呢，大家都是快刀斬不斷的好親戚；他竟退回三等車廂去了。董培芝一走，宗楨立刻將他的手臂收回，談吐也正經起來。他搭訕著望了一望她膝上攤著的練習簿，道：「申光大學……您在申光讀書？」

他以為她這麼年青？她還是一個學生？她笑了，沒作聲。

宗楨道：「我是華濟畢業的。華濟。」她頸子上有一粒小小的棕色的痣，像指甲刻的印子。宗楨下意識地用右手捻了一捻左手的指甲，咳嗽了一聲，接下去問道：「您讀的是哪一科？」

翠遠注意到他的手臂不在那兒了，以為他態度的轉變是由於她端凝的人格潛移默化所致。這麼一想，倒不能不答話了，便道：「文科。你呢？」宗楨道：「商科。」他忽然覺得他們的對話，道學氣太濃了一點，便道：「當初在學校裏的時候，忙著運動。出了學校，又忙著混飯吃。書，簡直沒念多少！」翠遠道：「你公事忙麼？」宗楨道：「忙得沒頭沒腦。早上乘車上公事房去，下午又乘車回來，也不知道為什麼去，為什麼來！我對於我的工作一點也不感到興趣。說是為了掙錢罷，也不知道是為誰掙的！」翠遠道：「誰都有點家累。」宗楨道：「你不知道——我家裏——咳，別提了！」翠遠暗道：「來了！他太太一點都不同情他！世上有了太太的男人，似乎都是急切需要別的女人的同情。」宗楨遲疑了一會，方才吞吞吐吐，萬分為難地說道：「我太太——一點都不同情我。」

翠遠皺著眉毛望著他，表示充分了解。宗楨道：「我簡直不懂我為什麼天天到了時候就回家去。回哪兒去？實際上我是無家可歸的。」他褪下眼鏡來，迎著亮，用手絹子拭去上面的水漬，道：「咳，混著也就混下去了，不能想——就是不能想！」近視眼的人當眾摘下眼鏡子，翠遠覺得有點穢褻，彷彿當眾脫衣服似的，不成體統。宗楨繼續說道：「你——你不知道她是怎麼樣的一個女人！」翠遠道：「那麼，你當初……」宗楨道：「當初我也反對來著。她是我母親給訂下的。我自然是願意讓自己揀，可是……她從前非常的美……我那時又年青……年青的人，你知道……」翠遠點點頭。

宗楨道：「她後來變成了這麼樣的一個人——連我母親都跟她鬧翻了，倒過來怪我不該娶了她！她——她那脾氣——她連小學都沒有畢業。」翠遠不禁微笑道：「你彷彿非常看重那一紙文憑！其實，女子受教育也不過是那麼一回事！」她不知道為什麼說出這句話來，傷了她自己的心。宗楨道：「當然哪，你可以在旁邊說風涼話，因為你是受過高等教育的。你不知道她是怎麼樣的一個——」他頓住了口，上氣不接下氣，剛戴上了眼鏡子，又褪下來擦鏡片。翠遠道：「你說得太過分了一點罷？」宗楨手裏捏著眼鏡，艱難地做了一個手勢道：「你不知道她是——」翠遠忙道：「我知道，我知道。」她知道他們夫婦不和，決不能單怪他太太。他自己也是一個思想簡單的人。他需要一個原諒他，包涵他的女人。

街上一陣亂，轟隆轟隆來了兩輛卡車，載滿了兵。翠遠與宗楨同時探頭出去張望；出其不意地，兩人的面龐異常接近。在極短的距離內，任何人的臉部和尋常不同，像銀幕上特寫鏡頭一般的緊張。宗楨和翠遠突然覺得他們倆還是第一次見面。在宗楨的眼中，她的臉像一朵淡淡幾筆的白描牡丹花，額角上兩三根吹亂的短髮便是風中的花蕊。

他看著她，她紅了臉。她一臉紅，讓他看見了，他顯然是很愉快。她的臉就越發紅了。

宗楨沒有想到他能夠使一個女人臉紅，使她微笑，使她背過臉去，使她掉過頭來。在這裏，他是一個男子。平時，他是會計師，他是孩子的父親，他是家長，他是車上的搭客，他是店裏的主顧，他是市民。可是對於這個不知道他的底細的女人，他只是一個單純的男子。

他們戀愛著了。他告訴她許多話，關於他們銀行裏，誰跟他最好，誰跟他面和心不和，家裏怎樣鬧口舌，他的秘密的悲哀，他讀書時代的志願……無休無歇的話，可是她並不嫌煩。戀愛著的男子向來是喜歡說，戀愛著的女人破例地不大愛說話，因為下意識地她知道：男人徹底地懂得了一個女人之後，是不會愛她的。

宗楨斷定了翠遠是一個可愛的女人——白、稀薄、溫熱，像冬天裏你自己嘴裏呵出來的一口氣。你不要她，她就悄悄的飄散了。她是你自己的一部份，她什麼都懂，什麼都寬宥你。你說真話，她為你心酸；你說假話，她微笑著，彷彿說：「瞧你這張嘴！」

宗楨沉默了一會，忽然說道：「我打算重新結婚。」翠遠連忙做出驚慌的神氣，叫道：

「你要離婚？那……恐怕不行罷？」宗楨道：「我不能夠離婚。我得顧全孩子們的幸福。我大女兒今年十三歲了，才考進了中學，成績很不錯。」翠遠暗道：「這跟當前的問題又有什麼關係？」她冷冷的道：「哦，你打算娶妾。」宗楨道：「我預備將她當妻子看待。我——我會替她安排好的。我不會讓她為難。」翠遠道：「可是，如果她是個好人家的女孩子，只怕她未見得肯罷？種種法律上的麻煩……」宗楨嘆了口氣道：「是的，你這話對。我沒有權利。我根本不該起這種念頭……我年紀太大了。我已經三十五歲了。」翠遠緩緩的道：「其實，照現在的眼光來看，那倒也不算大。」宗楨默然，半晌方說道：「你……幾歲？」翠遠低下頭去道：「二十五。」宗楨頓了一頓，又道：「你是自由的麼？」翠遠不答。宗楨道：「你不是自由的。即使你答應了，你家裏人也不會答應的，是不是？……是不是？」

翠遠抿緊了嘴唇。她家裏的人——那些一塵不染的好人——她恨他們！他們哄夠了她。他們要她找個有錢的女婿，宗楨沒有錢而有太太——氣氣他們也好！氣！活該氣！

車上的人又漸漸多了起來，外面許是有了「封鎖行將開放」的謠言，乘客一個一個上來，坐下，宗楨與翠遠給他們擠得緊緊的，坐近一點，再坐近一點。

宗楨與翠遠奇怪他們剛才怎麼這樣的糊塗，就想不到自動的坐近一點。宗楨覺得他太快樂了，不能不抗議。他用苦楚的聲音向她說：「不行！這不行！我不能讓你犧牲了你的前程！你是上等人，你受過這樣好的教育……我——我又沒有多少錢，我不能坑了你的一生！」可不是，還是錢的問題。他的話有理。翠遠想道：「完了。」以後她多半會嫁人的，可是她的丈夫決不會像一個萍水相逢的人一般的可愛——封鎖中的電車上的人……一切再也不會像這樣自然。再也不會……呵，這個人，這麼笨！這麼笨！她只要他的生命中的一部份，誰也不希罕的一部份。他白糟蹋了他自己的幸福。多麼愚蠢的浪費！她哭了，可是那不是斯斯文文的，淑女式的哭。她簡直把她的眼淚唾到他臉上。他是個好人——世界上的好人又多了一個！

向他解釋有什麼用？如果一個女人必須倚仗著她的言語來打動一個男人，她也就太可憐了。

宗楨一急，竟說不出話來，連連用手去搖撼她手裏的陽傘。她不理他，他又去搖撼她的手，道：「我說——我說——這兒有人哪！別！別！別這樣！待會兒我們在電話上仔細談。你告訴我你的電話。」翠遠不答。他逼著問道：「你無論如何得給我一個電話號碼。」翠遠飛快的說了一遍道：「七五三六九。」宗楨道：「七五三六九？」她又不作聲了。宗楨嘴裏喃喃重複著：「七五三六九，」伸手在上下的口袋裏掏摸自來水筆，越忙越摸不著。翠遠皮包裏有紅鉛筆，但是她有意的不拿出來。她的電話號碼，他理該記得，記不得，他是不愛她，他們也就用不著往下談了。

封鎖開放了。「叮玲玲玲玲玲」搖著鈴，每一個「玲」字是冷冷的一點，一點一點連成一條虛線，切斷時間與空間。

一陣歡呼的風颼過這大城市，電車噹噹噹往前開了。宗楨突然站起身來，擠到人叢中，不見了。翠遠偏過頭去，只做不理會。他走了，對於她，他等於死了。電車加足了速力前進，黃昏的人行道上，賣臭豆腐干的歇下了担子，一個人捧著文王神的匣子，閉著眼霍霍的搖。一個大個子的金髮女人，背上揹著大草帽，露出大牙齒來向一個義大利水兵一笑，說了句玩話。翠遠的眼睛看到了他們，他們就活了，只活那麼一剎那。車往前噹噹的跑，他們一個個的死去了。

翠遠煩惱地合上了眼。他如果打電話給她，她一定管不住自己的聲音，對他分外的熱烈，因為他是一個死去了又活過來的人。

電車裏點上了燈，她一睜眼望見他遙遙坐在他原來的位子上。她震了一震——原來他並沒有下車去！她明白他的意思了：封鎖期間的一切，等於沒有發生。整個的上海打了個盹，做了個不近情理的夢。

開電車的放聲唱道：「可憐啊可憐！一個人啊沒錢！可憐啊可——」一個縫窮婆子慌裏慌張掠過車頭，橫穿過馬路。開電車的大喝道：「豬玀！」

——一九四三年八月

・初載於一九四三年十一月上海《天地》第二期。

# 傾城之戀

上海為了「節省天光」，將所有的時鐘都撥快了一小時，然而白公館裏說：「我們用的是老鐘，」他們的十點鐘是人家的十一點。他們唱歌唱走了板，跟不上生命的胡琴。

胡琴咿咿啞啞拉著，在萬盞燈的夜晚，拉過來又拉過去，說不盡的蒼涼的故事——不問也罷！……胡琴上的故事是應當由光艷的伶人來搬演的，長長的兩片紅胭脂夾住瓊瑤鼻，唱了、笑了，袖子擋住了嘴……然而這裏只有白四爺單身坐在黑沉沉的破洋台上，拉著胡琴。

正拉著，樓底下門鈴響了。這在白公館是一件希罕事，按照從前的規矩，晚上絕對不作興出去拜客。晚上來了客，或是憑空裏接到一個電報，那除非是天字第一號的緊急大事，多半是死了人。

四爺凝身聽著，果然三爺三奶奶四奶奶一路嚷上樓來，急切間不知他們說些什麼。洋台後面的堂屋裏，坐著六小姐、七小姐、八小姐，和三房四房的孩子們，這時都有些皇皇然，四爺在洋台上，暗處看亮處，分外眼明，只見門一開，三爺穿著汗衫短袴，揸開兩腿站在門檻上，背過手去，啪啦啪啦打股際的蚊子，遠遠的向四爺叫道：「老四你猜怎麼著？六妹離掉的那一位，說是得了肺炎，死了！」四爺放下胡琴往房裏走，問道：「是誰來給的信？」三爺道：「徐太太。」說著，回過頭用扇子去攆三奶奶道：「你別跟上來湊熱鬧呀，徐太太還在樓底下呢，她胖，怕爬樓，你還不去陪陪她！」三奶奶去了，四爺若有所思道：「死的那個不是徐太太的親戚麼？」三爺道：「可不是。看這樣子，是他們家特為託了徐太太來遞信給我們的，當然是有用意的。」四爺道：「他們莫非是要六妹去奔喪？」三爺用扇子柄刮了刮頭皮道：「照說呢，倒也是應該……」他們同時看了六小姐一眼，白流蘇坐在屋子的一角，慢條斯理綉著一雙拖鞋，方才三爺四爺一遞一聲說話，彷彿是沒有她發言的餘地，這時她便淡淡的道：「離過婚了，又去做他的寡婦，讓人家笑掉了牙齒！」她若無其事地繼續做她的鞋子，可是手頭上直冒冷汗，針澀了，再也拔不過去。

三爺道：「六妹，話不是這樣說。他當初有許多對不起你的地方，我們全知道。現在人已經死了，難道你還記在心裏？他丟下的那兩個姨奶奶，自然是守不住的。你這會子堂堂正正的回去替他戴孝主喪，誰敢笑你？你雖然沒生下一男半女，他的姪子多著呢，隨你挑一個，過繼過來。家私雖然不剩什麼了，他家是個大族，就是撥你看守祠堂，也餓不死你母子。」白流蘇冷笑道：「三哥替我想得真周到，就可惜晚了一步，婚已經離了這麼七八年了。依你說，當初那些法律手續都是糊鬼不成？我們可不能拿著法律鬧著玩哪！」三爺道：「你別動不動就拿法律來嚇人，法律呀，今天改，明天改，我這天理人情，三綱五常，可是改不了！你生是他家的人，死是他家的鬼，樹高千丈，落葉歸根——」流蘇站起身來道：「你這話，七八年前為什麼不說？」三爺道：「我只怕你多了心，只當我們不肯收容你。」流蘇道：「哦？現在你就不怕我多了心？你把我的錢用光了，你就不怕我多心了？」三爺直問到她臉上道：「我用了你的錢？我用了你幾個大錢？你住在我們家，吃我們的，喝我們的，從前還罷了，添個人不過添雙筷子，現在你去打聽打聽看，米是什麼價錢？我不提錢，你倒提起錢來了！」

四奶奶站在三爺背後，笑了一聲道：「自己骨肉，照說不該提錢的話。提起錢來，這話可就長了！我早就跟我們老四說過——我說：老四你去勸勸三爺，你們做金子，做股票，不能用六姑奶奶的錢哪，沒的沾上了晦氣！她一嫁到了婆家，丈夫就變成了敗家子。回到娘家來，眼見得娘家就要敗光了——天生的掃帚星！」三爺道：「四奶奶這話有理。我們那時候，如果沒讓她入股子，決不至於弄得一敗塗地！」

流蘇氣得渾身亂顫，把一雙綉了一半的拖鞋面子抵住了下頷，下頷抖得彷彿要落下來。三爺又道：「想當初你哭哭啼啼回家來，鬧著要離婚，怪只怪我是個血性漢子，眼見你給他打成那個樣子，心有不忍，一拍胸脯子站出來說：『好！我白老三窮雖窮，我家裏短不了我妹子這一碗飯！』我只道你們年少夫妻，誰沒有個脾氣？大不了回娘家來個三年五載的，兩下裏也就回心轉意了。我若知道你們認真是一刀兩斷，我會幫著你辦離婚麼！拆散人家夫妻，是絕子絕孫的事。我白老三是有兒子的人，我還指望著他們養老呢！」流蘇氣到了極點，反倒放聲笑了起來道：「好，好，都是我的不是，你們窮了，是我把你們吃窮了。你們虧了本，是我帶累了你們。你們死了兒子，也是我害了你們傷了陰騭！」四奶奶一把揪住了她兒子的衣領，把她兒子的頭去撞流蘇，叫道：「赤口白舌的咒起孩子來了！就憑你這句話，我兒子死了，我就得找著你！」流蘇連忙一閃身躲過了，抓住了四爺道：「四哥你瞧，你瞧——你——你倒是評評理看！」四爺道：「你別著急呀，有話好說，我們從長計議。三哥這都是為你打算——」流蘇賭氣撒開了手，一逕進裏屋去了。

屋裏沒有燈，影影綽綽的只看見珠羅紗帳子裏，她母親躺在紅木大床上，緩緩揮動白團扇。流蘇走到床跟前，雙膝一軟，就跪了下來，伏在床沿上，哽咽道：「媽。」白老太太耳朵還好，外間屋裏說的話，她全聽見了。她咳嗽了一聲，伸手在枕邊摸索到了小痰罐子，吐了一口痰，方才說道：「你四嫂就是這樣碎嘴子，你可不能跟她一樣的見識。你知道，各人有各人的難處，你四嫂天生的強要性兒，一向管著家，偏生你四哥不爭氣，狂嫖濫賭，玩出一身病來不算，不該挪了公賬上的錢，害得你四嫂面上無光，只好讓你三嫂當家，心裏嚥不下這口氣，著實不舒坦。你三嫂精神又不濟，支持這份家，可不容易！種種地方，你得體諒他們一點。」流蘇聽她母親這話風，一味的避重就輕，自己覺得沒意思，只得一言不發。白老太太翻身朝裏睡了，又道：「先兩年，東拼西湊的，賣一次田，還夠兩年吃的。現在可不行了。我年紀大了，說聲走，一撒手就走了，可顧不得你們。天下沒有不散的筵席，你跟著我，總不是長久之計。倒是回去是正經。領個孩子過活，熬個十幾年，總有你出頭之日。」

正說著，門簾一動，白老太太道：「是誰？」四奶奶探頭進來道：「媽，徐太太還在樓下呢，等著跟您說七妹的婚事。」白老太太道：「我這就起來，你把燈捻開。」屋裏點上了燈，四奶奶扶著老太太坐起身來，伺候她穿衣下床。白老太太問道：「徐太太那邊找到了合適的人？」四奶奶道：「聽她說得怪好的，就是年紀大了幾歲。」白老太太咳了一聲道：「寶絡這孩子，今年也二十四了，真是我心上一個疙瘩。白替她操了心，還讓人家說我：她不是我親生的，我存心耽擱了她！」四奶奶把老太太攙到外房去，老太太道：「你把我那兒的新茶葉拿出來，給徐太太泡一碗，綠洋鐵筒子裏的是大姑奶奶去年帶來的龍井，高罐兒裏的是碧螺春，別弄錯了。」四奶奶答應著，一面叫喊道：「來人哪！開燈！」只聽見一陣腳步響，來了些粗手大腳的孩子們，幫著大媽子把老太太搬運下樓去了。

四奶奶一個人在外間屋裏翻箱倒櫃找尋老太太的私房茶葉，忽然笑道：「咦！七妹，你打哪兒鑽出來了，嚇我一跳！我說怎麼的，剛才你一晃就不見影兒了！」寶絡細聲道：「我在洋台上乘涼。」四奶奶格格笑道：「害臊呢！我說，七妹，趕明兒你有了婆家，凡事可得小心一點，別那麼由著性兒鬧。離婚豈是容易的事？要離就離了，稀鬆平常！果真那麼容易，你四哥不成材，我幹嘛不離婚哪！我也有娘家呀，我不是沒處可投奔的。可是這年頭兒，我不能不給他們划算划算，我是有點人心的，就得顧著這一點，不能靠定了人家，把人家拖窮了。我還有三分廉恥呢！」

白流蘇在她母親床前淒淒涼涼跪著，聽見了這話，把手裏的綉花鞋幫子緊緊按在心口上，戳在鞋上的一枚針，扎了手也不覺得疼。小聲道：「這屋子裏可住不得了！……住不得了！」她的聲音灰暗而輕飄，像斷斷續續的塵灰吊子。她彷彿做夢似的，滿頭滿臉都掛著塵灰吊子，迷迷糊糊向前一撲，自己以為是枕住了她母親的膝蓋，嗚嗚咽咽哭了起來道：「媽，媽，你老人家給我做主！」她母親呆著臉，笑嘻嘻的不作聲。她摟住她母親的腿，使勁搖撼著，哭道：「媽！媽！」恍惚又是多年前，她還只十來歲的時候，看了戲出來，在傾盆大雨中和家裏人擠散了。她獨自站在人行道上，瞪著眼看人，人也瞪著眼看她，隔著雨淋淋的車窗，隔著一層層無形的玻璃罩——無數的陌生人。人人都關在他們自己的小世界裏，她撞破了頭也撞不進去，她似乎是魘住了。忽然聽見背後有腳步聲，猜著是她母親來了。便竭力定了一定神，不言語。她所祈求的母親與她真正的母親根本是兩個人。

那人走到床前坐下了，一開口，卻是徐太太的聲音。徐太太勸道：「六小姐，別傷心了，起來，起來，大熱的天……」流蘇撐著床勉強站了起來，道：「嬸子，我……我在這兒再也待不下去了。早就知道人家多嫌著我，就只差明說。今兒當面鑼，對面鼓，發過話了，我可沒有臉再住下去了！」徐太太扯她在床沿上一同坐下，悄悄的道：「你也太老實了，不怪人家欺侮你，你哥哥們把你的錢盤來盤去盤光了！就養活你一輩子也是應該的。」流蘇難得聽見這幾句公道話，且不問她是真心還是假意，先就從心裏熱起來，淚如雨下，道：「誰叫我自己糊塗呢！就為了這幾個錢，害得我要走也走不開。」徐太太道：「年紀輕輕的人，不怕沒有活路。」流蘇道：「有活路，我早走了！我又沒念過兩年書，肩不能挑，手不能提，我能做什麼事？」徐太太道：「找事，都是假的，還是找個人是真的。」流蘇道：「那怕不行，我這一輩子早完了。」徐太太道：「這句話，只有有錢的人，不愁吃，不愁穿，才有資格說。沒錢的人，要完也完不了哇！你就剃了頭髮當姑子去，化個緣罷，也還是塵緣——離不了人！」流蘇低頭不語。徐太太道：「你這件事，早兩年託了我，又要好些。」流蘇微微一笑道：「可不是，我已經二十八了。」徐太太道：「放著你這樣好的人才，二十八也不算什麼，我替你留心著。說著我又要怪你了，離了婚七八年了，你早點兒拿定了主意，遠走高飛，少受多少氣！」流蘇道：「嬸子你又不是不知道，像我們這樣的家庭，哪兒肯放我們出去交際？倚仗著家裏人罷，別說他們根本不贊成，就是贊成了，我底下還有兩個妹妹沒出閣，三哥四哥的幾個女孩子也漸漸的長大了，張羅她們還來不及呢！還顧得到我？」

徐太太笑道：「提起你妹妹，我還等著他們的回話呢。」流蘇道：「七妹的事，有希望麼？」徐太太道：「說得有幾分眉目了。剛才我有意的讓娘兒們自己商議商議，我說我上去瞧瞧六小姐就來；現在可該下去了。你送我下去，成不成？」流蘇只得扶著徐太太下樓，樓梯又舊，徐太太又胖，走得吱吱格格一片響。到了堂屋裏，流蘇欲待開燈，徐太太道：「不用了，看得見。他們就在東廂房裏。你跟我來，大家說說笑笑，事情也就過去了，不然，明兒吃飯的時候免不了要見面的，反而僵得慌。」流蘇聽不得「吃飯」這兩個字，心裏一陣刺痛，哽著嗓子，強笑道：「多謝嬸子——可是我這會子身子有點不舒服，實在不能夠見人，只怕失魂落魄的，說話闖了禍，反而辜負了您待我的一片心。」徐太太見流蘇一定不肯，也就罷了，自己推門進去。

門掩上了，堂屋裏暗著，門的上端的玻璃格子裏透進兩方黃色的燈光，落在青磚地上。朦朧中可以看見堂屋裏順著牆高高下下堆著一排書箱，紫檀匣子，刻著綠泥款識。正中天然几上，玻璃罩子裏，擱著琺藍自鳴鐘，機括早壞了，停了多年。兩旁垂著硃紅對聯，閃著金色壽字團花，一朵花托住一個墨汁淋漓的大字。在微光裏，一個個的字都像浮在半空中，離著紙老遠。流蘇覺得自己就是對聯上的一個字，虛飄飄的，不落實地。白公館有這麼一點像神仙的洞府：這裏悠悠忽忽過了一天，世上已經過了一千年。可是這裏過了一千年，也同一天差不多，因為每天都是一樣的單調與無聊。流蘇交叉著胳膊，抱住她自己的頸項。七八年一霎眼就過去了。你年青麼？不要緊，過兩年就老了，這裏，青春是不希罕的。他們有的是青春——孩子一個個的被生出來，新的明亮的眼睛，新的紅嫩的嘴，新的智慧。一年又一年的磨下來，眼睛鈍了，人鈍了，下一代又生出來了。這一代便被吸收到硃紅洒金的輝煌的背景裏去，一點一點的淡金便是從前的人的怯怯的眼睛。

流蘇突然叫了一聲，掩住自己的眼睛，跌跌衝衝往樓上爬，往樓上爬……上了樓，到了她自己的屋子裏，她開了燈，撲在穿衣鏡上，端詳她自己。還好，她還不怎麼老。她那一類的嬌小的身軀是最不顯老的一種，永遠是纖瘦的腰，孩子似的萌芽的乳。她的臉，從前是白得像磁，現在由磁變為玉——半透明的輕青的玉。上頷起初是圓的，近年來漸漸的尖了，越顯得那小小的臉，小得可愛。臉龐原是相當的窄，可是眉心很寬。一雙嬌滴滴，滴滴嬌的清水眼。洋台上，四爺又拉起胡琴來了，依著那抑揚頓挫的調子，流蘇不由得偏著頭，微微飛了個眼風，做了個手勢。她對鏡子這一表演，那胡琴聽上去便不是胡琴，而是笙簫琴瑟奏著幽沉的廟堂舞曲。她向左走了幾步，又向右走了幾步，她走一步路都彷彿是合著失了傳的古代音樂的節拍。她忽然笑了——陰陰的，不懷好意的一笑，那音樂便戛然而止。外面的胡琴繼續拉下去，可是胡琴訴說的是一些遼遠的忠孝節義的故事，不與她相關了。

這時候，四爺一個人躲在那裏拉胡琴，卻是因為他自己知道樓下的家庭會議中沒有他置喙的餘地。徐太太走了之後，白公館裏少不得將她的建議加以研究和分析。徐太太打算替寶絡做媒說給一個姓范的，那人最近和徐先生在礦務上有相當密切的聯絡，徐太太對於他的家世一向就很熟悉，認為絕對可靠。那范柳原的父親是一個著名的華僑，有不少的產業分佈在錫蘭馬來西亞等處。范柳原今年三十二歲，父母雙亡。白家眾人質問徐太太，何以這樣的一個標準夫婿到現在還是獨身的，徐太太告訴他們范柳原從英國回來的時候，無數的太太們緊扯白臉的把女兒送上門來，硬要推給他，勾心鬥角，各顯神通，大大熱鬧過一番。這一捧卻把他捧壞了，從此他把女人看成他腳底下的泥。由於幼年時代的特殊環境，他脾氣本來就有點怪僻。他父母的結合是非正式的，他父親一次出洋考察，在倫敦結識了一個華僑交際花，兩人秘密地結了婚。原籍的太太也有點風聞。因為懼怕太太的報復，那二夫人始終不敢回國，范柳原就是在英國長大的。他父親故世以後，雖然大太太有兩個女兒，范柳原要在法律上確定他的身分，卻有種種棘手之處。他孤身流落在英倫，很吃過一些苦，然後方才獲得了繼承權。至今范家的族人還對他抱著仇視的態度，因此他總是住在上海的時候多，輕易不回廣州老宅裏去。他年紀輕的時候受了些刺激，漸漸的就往放浪的一條路上走，嫖賭吃著，樣樣都來，獨獨無意於家庭幸福。白四奶奶就說：「這樣的人，想必喜歡是存心挑剔。我們七妹是庶出的只怕人家看不上眼。放著這麼一門好親戚，怪可惜了兒的！」三爺道：「他自己也是庶出。」四奶奶道：「可是人家多厲害呀，就憑我們七丫頭那股子傻勁兒，還指望拿得住他？倒是我那個大女孩機靈些，別瞧她，人小心不小，真識大體！」三奶奶道：「那似乎年歲差得太多了。」四奶奶道：「喲！你不知道，越是那種人，越是喜歡那年紀輕的。我那個大的若是不成，還有二的呢。」三奶奶笑道：「你那個二的比姓范的小二十歲。」四奶奶悄悄扯了她一把，正顏厲色的道：「三嫂，你別那麼糊塗！你護著七丫頭，她是白家什麼人？隔了一層娘肚皮，就差遠了。嫁了過去，誰也別想在她身上得點什麼好處！我這都是為了大家的好。」然而白老太太一心一意只怕親戚議論她虧待了沒娘的七小姐，決定照原來的計畫，由徐太太擇日請客，把寶絡介紹給范柳原。

徐太太雙管齊下，同時又替流蘇物色到一個姓姜的，在海關裏做事，新故了太太，丟下了五個孩子，急等著續弦，徐太太主張先忙完了寶絡，再替流蘇撮合，因為范柳原不久就要上新加坡去了。白公館裏對於流蘇的再嫁，根本就拿它當一個笑話，只是為了要打發她出門，沒奈何，只索不聞不問，由著徐太太鬧去。為了寶絡這頭親，卻忙得鴉飛雀亂，人仰馬翻。一樣是兩個女兒，一方面如火如荼，一方面冷冷清清，相形之下，委實使人難堪。白老太太將全家的金珠細軟，盡情搜括出來，能夠放在寶絡身上的都放在寶絡身上。三房裏的女孩子過生日的時候，乾娘給的一件巢絲衣料，也被老太太逼著三奶奶拿了出來，替寶絡製了旗袍。老太太自己歷年攢下的私房，以皮貨居多，暑天裏又不能穿著皮子，只得典質了一件貂皮大襖，用那筆款子去把幾件首飾改鑲了時新款式。珍珠耳墜子、翠玉手鐲、綠寶戒指，自不必說，務必把寶絡打扮得花團錦簇。

到了那天，老太太、三爺、三奶奶、四爺、四奶奶自然都是要去的。寶絡輾轉聽到四奶奶的陰謀，心裏著實惱著她，執意不肯和四奶奶的兩個女兒同時出場，又不好意思說不要她們，便下死勁拖流蘇一同去。一部出差汽車黑壓壓坐了七個人，委實再擠不下了，四奶奶的女兒金枝金蟬便慘遭淘汰。他們是下午五點鐘出發的，到晚上十一點方才回家。金枝金蟬哪裏放得下心，睡得著覺？眼睜睜盼著他們回來了，卻又是大夥兒啞口無言。寶絡沉著臉走到老太太房裏，一陣風把所有的插戴全剝了下來，還了老太太，一言不發回房去了。金枝金蟬把四奶奶拖到洋台上，一疊連聲追問怎麼了。四奶奶怒道：「也沒有看見像你們這樣的女孩子家，又不是你自己相親，要你這樣熱辣辣的！」三奶奶跟了出來，柔聲緩氣說道：「你這話，別讓人家多了心去！」四奶奶索性衝著流蘇的房間嚷道：「我就是指桑罵槐，罵了她了，又怎麼著？又不是千年萬代沒見過男子漢，怎麼一聞見生人氣，就痰迷心竅，發了瘋了？」金枝金蟬被她罵得摸不著頭腦，三奶奶做好做歹穩住了她們的娘，又告訴她們道：「我們先去看電影的。」金枝詫異道：「看電影？」三奶奶道：「可不是透著奇怪，專為看人去的，倒去坐在黑影子裏，什麼也瞧不見。後來徐太太告訴我說都是那范先生的主張，他在那裏掏壞呢。他要把人家擱個兩三個鐘頭，臉上出了油，胭脂花粉褪了色，他可以看得親切些。那是徐太太的猜想。據我看來，那姓范的始終就沒有誠意。他要看電影，就為著懶得跟我們應酬。看完了戲，他不是就想溜麼？」四奶奶忍不住插嘴道：「哪兒的話，今兒的事，一上來挺好的，要不是我們自己窩兒裏的人在裏頭搗亂，準有個七八成！」金枝金蟬齊聲道：「三媽，後來呢？後來呢？」三奶奶道：「後來徐太太拉住了他，要大家一塊兒去吃飯。他就說他請客。」四奶奶拍手道：「吃飯就吃飯，明知我們七小姐不會跳舞，上跳舞場去乾坐著，算什麼？不是我說，這就要怪三哥了，他也是外面跑跑的人，聽見姓范的吩咐汽車夫上舞場去，也不攔一聲！」三奶奶忙道：「上海這麼多的飯店，他怎麼知道哪一個飯店有跳舞，哪一個飯店沒有跳舞？他可比不得四爺是個閒人哪，他沒那麼多的工夫去調查這個！」金枝金蟬還要打聽此後的發展，三奶奶給四奶奶幾次一打岔，興致索然。只道：「後來就吃飯，吃了飯，就回來了。」

金蟬道：「那范柳原是怎樣的一個人？」三奶奶道：「我哪兒知道？統共沒聽見他說過三句話。」又尋思了一會，道：「跳舞跳得不錯罷！」金枝咦了一聲道：「他跟誰跳來著？」四奶奶搶先答道：「還有誰，還不是你那六姑！我們詩禮人家，不准學跳舞的，就只她結婚之後跟她那不成材的姑爺學會了這一手！好不害臊，人家問你，說不會跳不就結了？不會也不是丟臉的事。像你三媽，像我，都是大戶人家的小姐，活過這半輩子了，什麼世面沒見過？我們就不會跳！」三奶奶嘆了口氣道：「跳了一次，說是敷衍人家的面子，還跳第二次，第三次！」金枝金蟬聽到這裏，不禁張口結舌。四奶奶又向那邊喃喃罵道：「豬油蒙了心，你若是以為你破壞了你妹子的事，你就有指望了，我叫你早早的歇了這個念頭！人家連多少小姐都看不上眼呢，他會要你這敗柳殘花？」

流蘇和寶絡住著一間屋子，寶絡已經上床睡了，流蘇蹲在地下摸著黑點蚊烟香，洋台上的話聽得清清楚楚，可是她這一次卻非常的鎮靜，擦亮了洋火，眼看著它燒過去，火紅的小小三角旗，在它自己的風中搖擺著，移，移到她手指邊，她噗的一聲吹滅了它，只剩下一截紅艷的小旗桿，旗桿也枯萎了，垂下灰白蜷曲的鬼影子。她把燒焦的火柴丟在烟盤子裏。今天的事，她不是有意的，但無論如何，她給了她們一點顏色看看。她們以為她這一輩子已經完了麼？早哩！她微笑著。寶絡心裏一定也在罵她，罵得比四奶奶的話還要難聽。可是她知道寶絡恨雖恨她，同時也對她刮目相看，肅然起敬。一個女人，再好些，得不著異性的愛，也就得不著同性的尊重。女人們就是這點賤。

范柳原真心喜歡她麼？那倒也不見得。他對她說的那些話，她一句也不相信。她看得出他是對女人說慣了謊的，她不能不當心——她是個六親無靠的人，她只有她自己了。床架子上掛著她脫下來的月白蟬翼紗旗袍。她一歪身坐在地上，摟住了長袍的膝部，鄭重地把臉偎在上面。蚊香的綠烟一蓬一蓬浮上來，直薰到腦子裏去。她的眼睛裏，眼淚閃著光。

隔了幾天，徐太太又來到白公館。四奶奶早就預言過：「我們六姑奶奶這樣的胡鬧，眼見得七丫頭的事是吹了。徐太太豈有不惱的？徐太太怪了六姑奶奶，還肯替她介紹人麼？這叫做偷雞不著蝕把米。」徐太太果然不像先前那麼一盆火似的了，遠兜遠轉先解釋她這兩天為什麼沒上門。家裏老爺有要事上香港去接洽，如果一切順利，就打算在香港租下房子，住個一年半載的，所以她這兩天忙著打點行李，預備陪他一同去。至於寶絡的那件事，姓范的已經不在上海了，暫時只得擱一擱。流蘇的可能的對象姓姜的，徐太太打聽了出來，原來他在外面有了人，若要拆開，還有點麻煩。據徐太太看來，這種人不甚可靠，還是算了罷。三奶奶四奶奶聽了這話，彼此使了個眼色，撇著嘴笑了一笑。

徐太太接下去皺眉說道：「我們的那一位，在香港倒有不少的朋友，就可惜遠水救不著近火……六小姐若是能夠到那邊去走一趟，倒許有很多的機會。這兩年，上海人在香港的，真可以說是人才濟濟。上海人自然是喜歡上海人，所以同鄉的小姐們在那邊聽說是很受歡迎。六小姐去了，還愁沒有相當的人？真可以抓起一把來揀揀！」眾人覺得徐太太真是善於辭令。前兩天轟轟烈烈鬧著做媒，忽然烟消火滅了，自己不得下場，便姑作遁辭，說兩句風涼話，白老太太便嘆了口氣道：「到香港去一趟，談何容易！單講——」不料徐太太很爽快的一口剪斷了她的話道：「六小姐若是願意去，我請她，我答應幫她忙，就得幫到底。」大家不禁面面相覷，連流蘇都怔住了。她估計著徐太太當初自告奮勇替她做媒，想必倒是一時仗義，真心同情她的境遇。為了她跑跑腿尋尋門路，治一桌酒席請請那姓姜的，這點交情是有的。但是出盤纏帶她到香港去，那可是所費不貲。為什麼徐太太憑空的要在她身上花這些錢？世上的好人雖多，可沒有多少傻子願意在銀錢上做好人。徐太太一定是有背景的，難不成是那范柳原的鬼計？徐太太曾經說過她丈夫與范柳原在營業上有密切接觸，夫婦兩個大約是很熱心地捧著范柳原。犧牲一個不相干的孤苦的親戚來巴結他，也是可能的事。流蘇在這裏胡思亂想著，白老太太便道：「那可不成呀，總不能讓您——」徐太太打了個哈哈道：「沒關係，這點小東，我還做得起！

再說，我還指望著六小姐幫我的忙呢。我拖著兩個孩子，血壓又高，累不得，路上有了她，凡事也有個照應。我是不拿她當外人的，以後還要她多多的費神呢！」白老太太忙代流蘇客氣一番。徐太太掉過頭來，單刀直入的問道：「那麼六小姐，你一準跟我們跑一趟罷！就算是逛逛，也值得。」流蘇低下頭去，微笑道：「您待我太好了。」她迅速地盤算了一下，姓姜的那件事是無望了，以後即使有人替她做媒，也不過是和那姓姜的不相上下，也許還不如他。流蘇的父親是一個有名的賭徒，為了賭而傾家蕩產，第一個領著他們往破落戶的路上走。流蘇的手沒有沾過骨牌和骰子，然而她也是喜歡賭的，她決定用她的前途來下注。如果她輸了，她聲名掃地，沒有資格做五個孩子的後母。如果賭贏了，她可以得到眾人虎視眈眈的目的物范柳原，出淨她胸中這一口氣。

她答應了徐太太，徐太太在一星期內就要動身。流蘇便忙著整理行裝。雖說家無長物，根本沒有什麼可整理的，卻也亂了幾天。變賣了幾件零碎東西，添製了幾套衣服。徐太太在百忙中還騰出時間來替她做顧問。徐太太這樣的籠絡流蘇，被白公館裏的人看在眼裏，漸漸的也就對流蘇發生了新的興趣，除了懷疑她之外，又存了三分顧忌，背後嘰嘰咕咕議論著，當面卻不那麼指著臉子罵了，偶然也還叫聲「六妹」、「六姑」、「六小姐」，只怕她當真嫁到香港的闊人，衣錦榮歸，大家總得留個見面的餘地，不犯著得罪她。

徐太太徐先生帶著孩子一同乘車來接了她上船，坐的是一隻荷蘭船的頭等艙。船小，顛簸得厲害，徐先生徐太太一上船便雙雙睡倒，吐個不休，旁邊兒啼女哭，流蘇倒著實服侍了他們好幾天。好容易船靠了岸，她方才有機會到甲板上看看海景，那是個火辣辣的下午，望過去最觸目的便是碼頭上圍列著的巨型廣告牌，紅的、橘紅的、粉紅的，倒映在綠油油的海水裏，一條條，一抹抹刺激性的犯沖的色素，竄上落下，在水底下廝殺得異常熱鬧。流蘇想著，在這誇張的城市裏，就是栽個跟斗，只怕也比別處痛些，心裏不由得七上八下起來。忽然覺得有人奔過來抱住她的腿，差一點把她推了一跤，倒吃了一驚，再看原來是徐太太的孩子，連忙定了定神，過去助著徐太太照料一切，誰知那十來件行李與兩個孩子，竟不肯被歸著在一堆，行李齊了，一轉眼又少了個孩子，流蘇疲於奔命，也就不去看野眼了。

上了岸，叫了兩部汽車到淺水灣飯店。那車馳出了鬧市，翻山越嶺，走了多時，一路只見黃土崖，紅土崖，土崖缺口處露出森森綠樹，露出藍綠色的海。近了淺水灣，一樣是土崖與叢林，卻漸漸的明媚起來。許多遊了山回來的人，乘車掠過他們的車，一汽車一汽車載滿了花，風裏吹落了零亂的笑聲。

到了旅館門前，卻看不見旅館在哪裏。他們下了車，走上極寬的石級，到了花木蕭疏的高台上，方見再高的地方有兩幢黃色房子。徐先生早定下了房間，僕歐們領著他們沿著碎石小徑走去，進了昏黃的飯廳，經過昏黃的穿堂，往二層樓上走，一轉彎，有一扇門通著一個小洋台，搭著紫藤花架，晒著半壁斜陽。洋台上有兩個人站著說話，只見一個女的，背向著他們，披著一頭漆黑的長髮直垂到腳踝上，腳踝上套著赤金扭麻花鐲子，光著腿，底下看不仔細是否趿著拖鞋，上面微微露出一截印度式窄腳袴。被那女人擋住的一個男子，卻叫了一聲：「咦！

徐太太！」便走了過來，向徐先生徐太太打招呼，又向流蘇含笑點頭。流蘇見是范柳原，雖然早就料到這一著，一顆心依舊不免跳得厲害。洋台上的女人一閃就不見了。柳原伴著他們上樓。一路上大家彷彿他鄉遇故知似的，不斷的表示驚訝與愉快。那范柳原雖然夠不上稱做美男子，粗枝大葉的，也有他的一種風度。徐先生夫婦指揮著僕歐們搬行李，柳原與流蘇走在前面，流蘇含笑問道：「范先生，你沒有上新加坡去？」柳原輕輕的答道，「我在這兒等著你呢。」流蘇想不到他這樣直爽，倒不便深究，只怕說穿了，不是徐太太請她上香港而是他請的，自己反而下不落台，因此只當他說玩話，向他笑了一笑。

柳原問知她的房間是一百三十號，便站住了腳道：「到了。」僕歐拿鑰匙開了門，流蘇一進門便不由得向窗口畢直走過去，那整個的房間像暗黃的畫框，鑲著窗子裏一幅大畫。那澎湃的海濤，直濺到窗簾上，把簾子的邊緣都染藍了。柳原向僕歐道：「箱子就放在櫥跟前。」流蘇聽他說話的聲音就在耳根子底下，不覺震了一震，回過臉來，只見僕歐已經出去了，房門卻沒有關上。柳原倚著窗台，伸出一隻手來撐在窗格子上，擋住了她的視線，只管望著她微笑。流蘇低下頭去。柳原笑道：「你知道麼？你的特長是低頭。」流蘇抬頭笑道：「什麼？我不懂。」柳原道：「有人善於說話，有的人善於笑，有的人善於管家，你是善於低頭的。」流蘇道：「我什麼都不會，我是頂無用的人。」柳原笑道：「無用的女人是最最厲害的女人。」流蘇笑著走開了道：「不跟你說了，到隔壁去看看罷。」柳原道：「隔壁？我的房還是徐太太的房？」流蘇又震了一震道：「你就住在隔壁？」柳原已經替她開了門道：「我屋裏亂七八糟

「偏有這些廢話！」柳原道：「不說話又怪我不說話了，說話，又嫌嘮叨！」流蘇笑道：「我問你，你為什麼不願意我上跳舞場去？」柳原道：「一般的男人，喜歡把女人教壞了，又喜歡去感化壞女人，使她變為好女人。我可不像那麼沒事找事做。我認為好女人還是老實些的好。」流蘇瞟了他一眼道：「你以為你跟別人不同麼？我看你也是一樣的自私。」柳原笑道：「怎樣自私？」流蘇心裏想著：「你最高明的理想是一個冰清玉潔而又富於挑逗性的女人。冰清玉潔，是對於他人。挑逗，是對於你自己。如果我是一個徹底的好女人，你根本就不會注意到我！」她向他偏著頭笑道：「你要我在旁人面前做一個好女人，在你面前做一個壞女人。」柳原想了一想道：「不懂。」流蘇又解釋道：「你要我對別人壞，獨獨對你好。」柳原笑道：「怎麼又顛倒過來了？越發把人家搞糊塗了！」他又沉吟了一會道：「你這話不對。」流蘇笑道：「哦，你懂了。」柳原道：「你好也罷，壞也罷，我不要你改變。難得碰見像你這樣的一個真正的中國女人。」流蘇微微嘆了一口氣道：「我不過是一個過了時的人罷了。」柳原道：「真正的中國女人是世界上最美的，永遠不會過了時。」流蘇笑道：「像你這樣的一個新派人——」柳原道：「你說新派，大約就是指的洋派。我的確不能算一個真正的中國人，直到最近幾年才漸漸的中國化起來。可是你知道，中國化的外國人，頑固起來，比任何老秀才都要頑固。」流蘇笑道：「你也頑固，我也頑固。你說過的，香港飯店又是最頑固的跳舞場……」他們同聲笑了起來，音樂恰巧停了。柳原扶著她回到座上，對眾人笑道：「白小姐有些頭痛，我先送她回去罷。」流蘇沒提防他有這一著，一時想不起怎樣對付，又不願意得罪了他，因為交情還不夠深，沒有到吵嘴的程度，只得由他替她披上外衣，向眾人道了歉，一同走了出來。

迎面遇見一羣洋紳士，眾星捧月一般簇擁著一個女人。流蘇先就注意到那人的漆黑的長髮，結成雙股大辮，高高盤在頭上。那印度女人，這一次雖然是西式裝束，依舊帶著濃厚的東方色彩。玄色輕紗氅底下，她穿著金魚黃緊身長衣，蓋住了手，只露出晶亮的指甲。領口挖成極狹的V形，直開到腰際，那是巴黎最新的款式，有個名式，喚做「一線天」。她的臉色黃而油潤，像飛了金的觀音菩薩，然而她的影沉沉的大眼睛裏躲著妖魔。古典型的直鼻子，只是太尖，太薄一點。粉紅的厚重的小嘴唇，彷彿腫著似的。柳原站住了腳，向她微微鞠了一躬。流蘇在那裏看她，她也昂然望著流蘇，那一雙驕矜的眼睛，如同隔著幾千里地，遠遠的向人望過來。柳原便介紹道：「這是白小姐。這是薩黑荑妮公主。」流蘇不覺肅然起敬。薩黑荑妮伸出一隻手來，用指尖碰了一碰流蘇的手，問柳原道：「這位白小姐，也是上海來的？」柳原點點頭。薩黑荑妮微笑道：「她倒不像上海人。」柳原笑道：「像哪兒的人呢？」薩黑荑妮把一隻食指按在腮幫子上，想了一想，翹著十指尖尖，彷彿是要形容而又形容不出的樣子，聳肩笑了一笑，往裏走去。柳原扶著流蘇繼續往外走，流蘇雖然聽不大懂英文，鑒貌辨色，也就明白了，便笑道：「我原是個鄉下人。」柳原道：「我剛才對你說過了，你是個道地的中國人，那自然跟她所謂的上海人有點不同。」

他們上了車，柳原又道：「你別看她架子搭得十足。她在外面招搖，說是克力希納•柯蘭姆帕王公的親生女，只因王妃失寵，賜了死，她也就被放逐了，一直流浪著，不能回國。其實，不能回國倒是真的，其餘的，可沒有人能夠證實。」流蘇道：「她到上海去過麼？」柳原道：「人家在上海也是很有名的。後來她跟著一個英國人上香港來。你看見她背後那個老頭子麼？現在就是他養活著她。」流蘇笑道：「你們男人就是這樣。當面何嘗不奉承著她，背後就說得她一個錢不值。像我這樣一個窮遺老的女兒，身分還不及她高的人，不知道你對別人怎樣的說我呢！」柳原笑道：「誰敢一口氣把你們兩人的名字說在一起？」流蘇撇了撇嘴道：「也許因為她的名字太長了。一口氣唸不完。」柳原道：「你放心。你是什麼樣的人，我就拿你當什麼樣的人看待，準沒錯。」流蘇做出安心的樣子，向車窗上一靠，低聲道：「真的？」他這句話，似乎並不是挖苦她的，因為她漸漸發覺了，他們單獨在一起的時候，他總是斯斯文文的，君子人模樣。不知道為什麼，他背著人這樣穩重，當眾卻喜歡放肆。她一時摸不清那到底是他的怪脾氣，還是他另有作用。

到了淺水灣，他攙著她下車，指著汽車道旁鬱鬱的叢林道：「你看那種樹，是南邊的特產。英國人叫它『野火花』。」流蘇道：「是紅的麼？」柳原道：「紅！」黑夜裏，她看不出那紅色，然而她直覺地知道它是紅得不能再紅了，紅得不可收拾，一蓬蓬一蓬蓬的小花，窩在參天大樹上，壁栗剝落燃燒著，一路燒過去，把那紫藍的天也薰紅了。她仰著臉望上去。柳原道：「廣東人叫它『影樹』，你看這葉子。」葉子像鳳尾草，一陣風過，那輕纖的黑色剪影零零落落顫動著，耳邊恍惚聽見一串小小的音符，不成腔，像簷前鐵馬的叮噹。

柳原道：「我們到那邊去走走。」流蘇不作聲。他走，她就緩緩的跟了過去。時間橫豎還早，路上散步的人多著呢——沒關係。從淺水灣飯店過去一截子路，空中飛跨著一座橋樑，橋那邊是山，橋這邊是一堵灰磚砌成的牆壁，攔住了這邊的山。柳原靠在牆上，流蘇也就靠在牆上，一眼看上去，那堵牆極高極高，望不見邊。牆是冷而粗糙，死的顏色。她的臉，托在牆上，反襯著，也變了樣——紅嘴唇、水眼睛、有血、有肉、有思想的一張臉。柳原看著她道：「這堵牆，不知為什麼使我想起地老天荒那一類的話。……有一天，我們的文明整個的毀掉了，什麼都完了——燒完了、炸完了、坍完了，也許還剩下這堵牆。流蘇，如果我們那時候在這牆根底下遇見了……流蘇，也許你會對我有一點真心，也許我會對你有一點真心。」

流蘇嗔道：「你自己承認你愛裝假，可別拉扯上我！你幾時捉出我說謊來著？」柳原嗤的一笑道：「不錯，你是再天真也沒有的一個人。」流蘇道：「得了，別哄我了！」

柳原靜了半晌，嘆了口氣。流蘇道：「你有什麼不稱心的事？」柳原道：「多著呢。」流蘇嘆道：「若是像你這樣自由自在的人，也要怨命，像我這樣的，早就該上吊了。」柳原道：「我知道你是不快樂的。我們四周的那些壞事、壞人，你一定是看夠了。可是，如果你這是第一次看見他們，你一定更看不慣，更難受。我就是這樣，我回中國來的時候，已經二十四了。關於我的家鄉，我做了好些夢。你可以想像到我是多麼的失望。我受不了這個打擊，不由自主的就往下溜。你……你如果認識從前的我，也許你會原諒現在的我。」流蘇試著想像她是第一次看見她四嫂。她猛然叫道：「還是那樣的好，初次瞧見，再壞些，再髒些，是你外面的人。你外面的東西。你若是混在那裏頭長久了，你怎麼分得清，哪一部份是他們，哪一部份是你自己？」柳原默然，隔了一會方道：「也許你是對的。也許我這些話無非是藉口，自己糊弄自己。」他突然笑了起來道：「其實我用不著什麼藉口呀！我愛玩——我有這個錢，有這個時間，還得去找別的理由？」他思索了一會，又煩躁起來，向她說道：「我自己也不懂得我自己——可是我要你懂得我！我要你懂得我！」他嘴裏這麼說著，心裏早已絕望了，然而他還是固執地，哀懇似的說著：「我要你懂得我！」

流蘇願意試試看。在某種範圍內，她什麼都願意。她側過臉去向著他，小聲答應著：「我懂得，我懂得。」她安慰著他，然而她不由得想到了她自己的月光中的臉，那嬌脆的輪廓，眉與眼，美得不近情理，美得渺茫，她緩緩垂下頭去。柳原格格的笑了起來，他換了一副聲調，笑道：「是的，別忘了，你的特長是低頭。可是也有人說，只有十來歲的女孩子們適宜於低頭。適宜於低頭的，往往一來就喜歡低頭。低了多年的頭，頸子上也許要起皺紋的。」流蘇變了臉，不禁抬起手來撫摸她的脖子，柳原笑道：「別著急，你決不會有的。待會兒回前房裏去，沒有人的時候，你再解開衣領上的鈕子，看個明白。」流蘇不答，掉轉身就走，柳原追了上去，笑道：「我告訴你為什麼你保得住你的美。薩黑荑妮上次說：她不敢結婚，因為印度女人一閒下來，待在家裏，整天坐著，就發胖了。我就說：中國女人呢，光是坐著，連發胖都不肯發胖——因為發胖至少還需要一點精力。懶倒也有懶的好處！」

流蘇只是不理他，他一路陪著小心，低聲下氣，說說笑笑，她到了旅館裏，面色方才和緩下來，兩人也就各自歸房安置。流蘇自己忖量著，原來范柳原是講究精神戀愛的。她倒也贊成，因為精神戀愛的結果永遠是結婚，而肉體之愛往往就停頓在某一階段，很少結婚的希望，精神戀愛只有一個毛病：在戀愛過程中，女人往往聽不懂男人的話。然而那倒也沒有多大關係。後來總還是結婚、找房子、置家具、僱傭人——那些事上，女人可比男人在行得多。她這麼一想，今天這點小誤會，也就不放在心上。

第二天早晨，她聽徐太太屋裏鴉雀無聲，知道她一定起來得很晚。徐太太彷彿說過的，這裏的規矩，早餐叫到屋裏來吃，另外要付費，還要給小賬，因此流蘇決定替人家節省一點，到食堂裏去吃。她梳洗完了，剛跨出房門，一個候守在外面的僕歐，看見了她，便去敲范柳原的門。柳原立刻走了出來，笑道：「一塊兒吃早飯去。」一面走，他一面問道：「徐先生徐太太還沒升帳？」流蘇笑道：「昨兒他們玩得太累了罷！我沒聽見他們回來，想必一定是近天亮。」他們在餐室外面的走廊上揀了個桌子坐下。石闌干外生著高大的棕櫚樹，那絲絲縷縷披散著的葉子在太陽光裏微微發抖，像光亮的噴泉。樹底下也有噴水池子，可沒有那麼偉麗。柳原問道：「徐太太他們今天打算怎麼玩？」流蘇道：「聽說是要找房子去。」柳原道：「他們找他們的房子，我們玩我們的。你喜歡到海灘上去還是到城裏去看看？」流蘇前一天下午已經用望遠鏡看了看附近的海灘，紅男綠女，果然熱鬧非凡，只是行動太自由了一點，她不免略具戒心，因此便提議進城去。他們趕上了一輛旅館裏特備的公共汽車，到了市中心區。

柳原帶她到大中華去吃飯。流蘇一聽，僕歐們是說上海話的，四座也是鄉音盈耳，不覺詫異道：「這是上海館子？」柳原笑道：「你不想家麼？」流蘇笑道：「可是……專誠到香港來吃上海菜，總似乎有點傻。」柳原道：「跟你在一起，我就喜歡做各種的傻事。甚至於乘著電車兜圈子，看一張看過了兩次的電影……」流蘇道：「因為你被我傳染上了傻氣，是不是？」柳原笑道：「你愛怎麼解釋，就怎麼解釋。」

吃完了飯，柳原舉起玻璃杯來將裏面剩下的茶一飲而盡，高高的擎著那玻璃杯，只管向裏看著。流蘇道：「有什麼可看的，也讓我看看。」柳原道：「你迎著亮瞧瞧，裏頭的景致使我想起馬來的森林。」杯裏的殘茶向一邊傾過來，綠色的茶葉黏在玻璃上，橫斜有致，迎著光，看上去像一棵生生的芭蕉。底下堆積著的茶葉，蟠結錯雜，就像沒膝的蔓草和蓬蒿。流蘇湊在上面看，柳原就探身來指點著。隔著那綠陰陰的玻璃杯，流蘇忽然覺得他的一雙眼睛似笑非笑的瞅著她，她放下了杯子，笑了。柳原道：「我陪你到馬來亞去。」流蘇道：「做什麼？」柳原道：「回到自然。」他轉念一想，又道：「只是一件，我不能想像你穿著旗袍在森林裏跑。……不過我也不能想像你不穿著旗袍。」流蘇連忙沉下臉來道：「少胡說。」柳原道：「我這是正經話。我第一次看見你，就覺得你不應當光著膀子穿這種時髦的長背心，不過你也不應當穿西裝。滿洲的旗袍，也許倒合適一點，可是線條又太硬。」流蘇道：「總之，人長得難看，怎麼打扮著也不順眼！」柳原笑道：「別又誤會了，我的意思是：你看上去不像這世界上的人。你有許多小動作，有一種羅曼蒂克的氣氛，很像唱京戲。」流蘇抬起了眉毛，冷笑道：「唱戲，我一個人也唱不成呀！我何嘗愛做作——這也是逼上梁山。人家跟我耍心眼兒，我不跟人家耍心眼兒，人家還拿我當傻子呢，準得找著我欺侮！」柳原聽了這話，倒有點黯然，他舉起了空杯，試著喝了一口，又放下了，嘆道：「是的，都怪我。我裝慣了假，也是因為人人都對我裝假。只有對你，我說過句把真話，你聽不出來。」流蘇道：「我又不是你肚裏的蛔蟲。」柳原道：「是的，都怪我。可是我的確為你費了不少的心機。在上海第一次遇見你，我想著，離開了你家裏那些人，你也許會自然一點。好容易盼著你到了香港……現在，我又想把你帶到馬來亞，到原始人的森林裏去……」他笑他自己，聲音又啞又澀，不等笑完他就喊僕歐拿賬單來。他們付了賬出來，他已經恢復原狀，又開始他的上等的情調──頂文雅的一種。

他每天伴著她到處跑，什麼都玩到了，電影、廣東戲、賭場、格羅士打飯店、思豪酒店、青鳥咖啡館、印度綢緞莊、九龍的四川菜……晚上他們常常出去散步，直到深夜，她自己都不能夠相信，他連她的手都難得碰一碰。她總是提心吊膽，怕他突然摘下假面具，對她做冷不防的襲擊，然而一天又一天的過去了，他維持著他的君子風度，她如臨大敵，結果毫無動靜。她起初倒覺得不安，彷彿下樓梯的時候踏空了一級似的，心裏異常怔忡，後來也就慣了。

只有一次，在海灘上。這時候流蘇對柳原多了一層認識，覺得到海邊上去去也無妨，因此他們到那裏去消磨了一個上午，他們並排坐在沙上，可是一個面朝東，一個面朝西，流蘇嚷有蚊子。柳原道：「不是蚊子，是一種小蟲，叫沙蠅，咬一口，就是個小紅點，像硃砂痣。」流蘇又道：「這太陽真受不了。」柳原道：「稍微晒一會兒，我們可以到涼棚底下去，我在那邊租了一個棚。」那口渴的太陽汩汩地吸著海水，漱著、吐著，嘩嘩的響，人身上的水分全給它喝乾了，人成了金色的枯葉子，輕飄飄的。流蘇漸漸感到那怪異的眩暈與愉快，但是她忍不住又叫了起來：「蚊子咬！」她扭過頭去，一巴掌打在她裸露的背脊上。柳原笑道：「這樣好吃力。我來替你打罷，你來替我打。」流蘇果然留心著，照準他臂上打去，叫道：「哎呀，讓牠跑了！」柳原也替她留心著。兩人噼噼啪啪打著，笑成一片。流蘇突然被得罪了，站起身來往旅館裏走，柳原這一次並沒有跟上來。流蘇走到樹蔭裏，兩座蘆蓆棚之間的石徑上，停了下來，抖一抖短裙子上的沙，回頭一看，柳原還在原處，仰天躺著，兩手墊在頸項底下，顯然是又在那裏做著太陽裏的夢了，人又晒成了金葉子。流蘇回到了旅館裏，又從窗戶裏用望遠鏡望出來，這一次，他的身邊躺著一個女人，瓣子盤在頭上。就把那薩黑荑妮燒了灰，流蘇也認識她。

從這天起柳原整日價的和薩黑荑妮廝混著，他大約是下了決心把流蘇冷一冷。流蘇本來天天出去慣了，忽然閒了下來，在徐太太面前交代不出理由，只得說傷了風，在屋裏坐了兩天。幸喜天公識趣，又下起纏綿雨來，越發有了藉口，用不著出門。有一天下午，她打著傘在旅舍的花園裏兜了個圈子回來，天漸漸黑了，約摸徐太太他們看房子也該回來了，她便坐在廊簷上等候他們，將那把鮮明的油紙傘撐開了橫擱在闌干上，遮住了臉。那傘是粉紅地子，石綠的荷葉圖案，水珠一滴滴從筋紋下滑下來。那雨下得大了。雨中有汽車潑喇潑喇行駛的聲音，一羣男女嘻嘻哈哈推著挽著上階來，打頭的便是范柳原。薩黑荑妮被他攙著，卻是夠狼狽的，裸腿上濺了一點點的泥漿。她脫去了大草帽，便洒了一地的水。柳原瞥見流蘇的傘，便在扶梯口上和薩黑荑妮說了幾句話，薩黑荑妮單獨上樓去了，柳原走了過來，掏出手絹子來不住的擦他身上臉上的水漬子。流蘇和他不免寒暄了幾句。柳原坐了下來道：「前兩天聽說有點不舒服？」

流蘇一念及此，不覺咬了咬牙，恨了一聲。面子上仍舊照常跟他敷衍著。徐太太已經在跑馬地租下了房子，就要搬過去了。流蘇欲待跟過去，又覺得白擾了人家一個多月，再要長住下去，實在不好意思。這樣僵持下去，也不是事。進退兩難，倒煞費躊躇。這一天，在深夜裏，她已經上了床多時，只是翻來覆去，好容易朦朧了一會，床頭的電話鈴突然朗朗響了起來。她一聽，卻是柳原的聲音，道：「我愛你。」就掛斷了。流蘇心跳得撲通撲通，握住了耳機，發了一會楞，方才輕輕的把它放回原處，誰知才擱上去，又是鈴聲大作。她再度拿起聽筒，柳原在那邊問道：「我忘了問你一聲，你愛我麼？」流蘇咳嗽了一聲再開口，喉嚨還是沙啞的。她低聲道：「你早該知道了，我為什麼上香港來？」柳原嘆道：「我早知道了，可是明擺著的是事實，我就是不肯相信。流蘇，你不愛我。」流蘇道：「怎見得我不？」柳原不語，良久方道：「詩經上有一首詩——」流蘇忙道：「我不懂這些。」柳原不耐煩道：「知道你不懂，若你懂，也用不著我講了！我唸你聽：『死生契闊——與子相悅，執子之手，與子偕老。』我的中文根本不行，可不知道解釋得對不對。我看那是最悲哀的一首詩，生與死與離別，都是大事，不由我們支配的。比起外界的力量，我們人是多麼小，多麼小！可是我們偏要說：『我永遠和你在一起；我們一生一世都別離開。』——好像我們自己做得了主似的！」

流蘇沉思了半晌，不由得惱了起來道：「你乾脆說不結婚，不就完了，還得繞著大彎子，什麼做不了主？連我這樣守舊的人家，也還說『初嫁從親，再嫁從身』哩！你這樣無拘無束的人，你自己不能做主，誰替你做主？」柳原冷冷的道：「你不愛我，你有什麼辦法，你做得了主麼？」流蘇道：「你若真愛我的話，你還顧得了這些？」柳原道：「我不至於那麼糊塗，我犯不著花了錢娶一個對我毫無感情的人來管束我。那太不公平了。對於你那也不公平。噢，也許你不在乎。根本你以為婚姻就是長期的賣淫——」流蘇不等他說完，拍的一聲把耳機摜下了，臉氣得通紅。他敢這樣侮辱她，他敢！她坐在床上，炎熱的黑暗包著她像葡萄紫的絨毯子。一身的汗，癢癢的，頸上與背脊上的頭髮梢也刺惱得難受，她把兩隻手按在腮頰上，手心卻是冰冷的。

鈴又響了起來。她不去接電話，讓它響去。「的玲玲……的玲玲……」聲浪分外的震耳，在寂靜的房間裏，在寂靜的旅舍裏，在寂靜的淺水灣。流蘇突然覺悟了，她不能吵醒整個的淺水灣飯店。第一，徐太太就在隔壁。她戰戰兢兢拿起聽筒來，擱在褥單上。可是四周太靜了，雖是離了這麼遠，她也聽得見柳原的聲音在那裏心平氣和地說：「流蘇，你的窗子裏看得見月亮麼？」流蘇不知道為什麼，忽然哽咽起來。淚眼中的月亮大而模糊，銀色的，有著綠的光稜。柳原道：「我這邊，窗子上面吊下一枝藤花，擋住了一半。也許是玫瑰，也許不是。」他不再說話了，可是電話始終沒掛上。許久許久，流蘇疑心他可是睡著了，然而那邊終於撲禿一聲，輕輕掛斷了。流蘇用顫抖的手從褥單上拿起她的聽筒，放回架子上。她怕他第四次再打來，但是他沒有。這都是一個夢——越想越像夢。

第二天早上她也不敢問他，因為他準會嘲笑她——「夢是心頭想」，她這麼迫切的想念他，連睡夢裏他都會打電話來說「我愛你」？他的態度也和平時沒有什麼不同。他們照常出去玩了一天。流蘇忽然發覺拿他們當作夫婦的人很多很多——僕歐們，旅館裏和她搭訕的幾個太太老太太，原不怪他們誤會。柳原跟她住在隔壁，出入總是肩並肩，夜深還到海岸上去散步，一點都不避嫌疑。一個保姆推著孩子的車走過，向流蘇點點頭，喚了一聲「范太太。」流蘇臉上一僵，笑也不是，不笑也不是，只得皺著眉向柳原睃了一眼，低聲道：「他們不知道怎麼想著呢！」柳原笑道：「喚你范太太的人，且不去管他們；倒是喚你做白小姐的人，才不知道他們怎麼想呢！」流蘇變色。柳原用手撫摸著下巴，微笑道：「你別枉担了這個虛名！」

流蘇吃驚地朝他望望，驀地裏悟到他這人多麼惡毒。他有意的當著人做出親狎的神氣，使她沒法可證明他們沒有發生關係。她勢成騎虎，回不得家鄉，見不得爺娘，除了做他的情婦之外沒有第二條路。然而她如果遷就了他，不但前功盡棄，以後更是萬劫不復了。她偏不！就算她枉担了虛名，他不過口頭上佔了她一個便宜。歸根究底，他還是沒得到她。既然他沒有得到她，或許他有一天還會回到她這裏來，帶了較優的議和條件。

她打定了主意，便告訴柳原她打算回上海去，柳原卻也不堅留，自告奮勇要送她回去。流蘇道：「那倒不必了。你不是要到新加坡去麼？」柳原道：「反正已經耽擱了，再耽擱些時也不妨事。上海也有事等著料理呢。」流蘇知道他還是一貫政策，惟恐眾人不議論他們倆。眾人越是說得鑿鑿有據，流蘇越是百喙莫辯，自然在上海不能安身。流蘇盤算著，即使他不送她回去，一切也瞞不了她家裏的人。她是豁出去了，也就讓他送她一程。徐太太見他們倆正打得火一般熱，忽然要拆開了，詫異非凡，問流蘇，問柳原，兩人雖然異口同聲的為彼此洗刷，徐太太太哪裏肯信。

在船上，他們接近的機會很多，可是柳原既能抗拒淺水灣的月色，就能抗拒甲板上的月色。他對她始終沒有一句紮實的話。他的態度有點淡淡的，可是流蘇看得出他那閒適是一種自滿的閒適——他拿穩了她跳不出他的手掌心去。

到了上海，他送她到家，自己沒有下車，白公館裏早有了耳報神，探知六小姐在香港和范柳原實行同居了。如今她陪人家玩了一個多月，又若無其事的回來了，分明是存心要丟白家的臉。

流蘇勾搭上了范柳原，無非是圖他的錢。真弄到了錢，也不會無聲無臭的回家來了，顯然是沒得到他什麼好處。本來，一個女人上了男人的當，就該死；女人給當給男人上，那更是淫婦；如果一個女人想給當給男人上而失敗了，反而上了人家的當，那是雙料的淫惡，殺了她也還污了刀。平時白公館裏，誰有了一點芝蔴大的過失，大家便炸了起來。逢到了真正聳人聽聞的大逆不道，爺奶奶們興奮過度，反而吃吃艾艾，一時發不出話來，大家先議定了：「家醜不可外揚」，然後分頭去告訴親戚朋友，迫他們宣誓保守秘密，然後再向親友們一個個的探口氣，打聽他們知道了沒有，知道了多少。最後大家覺得到底是瞞不住，爽性開誠佈公，打開天窗說亮話，拍著腿感慨一番。他們忙著這種種手續，也忙了一秋天，因此遲遲的沒向流蘇採取斷然行動。流蘇何嘗不知道，她這一次回來，更不比往日。她和這家庭早是恩斷義絕了。她未嘗不想出去找個小事，胡亂混一碗飯吃。再苦些，也強如在家裏受氣。但是尋了個低三下四的職業，就失去了淑女的身分。那身分，食之無味，棄之可惜。尤其是現在，她對范柳原還沒有絕望，她不能先自貶身價，否則他更有了藉口，拒絕和她結婚了。因此她無論如何得忍些時。

熬到了十一月底，范柳原果然從香港來了電報。那電報，整個的白公館裏的人都傳觀過了。老太太方才把流蘇叫去，遞到她手裏。只有寥寥幾個字：「乞來港。船票已由通濟隆辦妥。」白老太太長嘆了一聲道：「既然是叫你去，你就去罷！」她就這樣的下賤麼？她眼裏掉下淚來。這一哭，她突然失去了自制力，她發現她已經是忍無可忍了。一個秋天，她已經老了兩年——她可禁不起老！於是第二次離開了家上香港來。這一趟，她早失去了上一次的愉快的冒險的感覺，她失敗了。固然，人人是喜歡被屈服的，但是那只限於某種範圍內。如果她是純粹為范柳原的風儀與魅力所征服，那又是一說了，可是內中還摻雜著家庭的壓力——最痛苦的成分。

范柳原在細雨迷濛的碼頭上迎接她。他說她的綠色玻璃雨衣像一隻瓶，又註了一句：「藥瓶。」她以為他在那裏諷嘲她的孱弱，然而他又附耳加了一句：「你就是醫我的藥。」她紅了臉，白了他一眼。

他替她定下了原先的房間。這天晚上，她回到房裏來的時候，已經兩點鐘了。在浴室裏晚妝，熄了燈出來，方才記起了，她房裏的電燈開關裝置在床頭，只得摸著黑過來，一腳踩在地板上的一隻皮鞋上，差一點栽了一交，正怪自己疏忽，沒把鞋子收好，床上忽然有人笑道：「別嚇著了！是我的鞋。」流蘇停了一會，問道：「你來做什麼？」柳原道：「我一直想從你的窗戶裏看月亮。這邊屋裏比那邊看得清楚些。」……那晚上的電話的確是他打來的——不是夢！他愛她。這毒辣的人，他愛她，然而他待她也不過如此！她不由得心寒，撥轉身走到梳妝檯前。十一月尾的纖月，僅僅是一鈎白色，像玻璃窗上的霜花。然而海上畢竟有點月意，映到窗子裏來，那薄薄的光就照亮了鏡子。流蘇慢騰騰摘下了髮網，把頭髮一攪，攪亂了，夾叉叮鈴噹啷掉下地來。她又戴上網子，把那髮網的梢頭狠狠的啣在嘴裏，擰著眉毛，蹲下身去把夾叉一隻一隻揀了起來。柳原已經光著腳走到她後面，一隻手擱在她頭上，把她的臉倒扳了過來，吻她的嘴。髮網滑下地去了。這是他第一次吻她，然而他們兩人都疑惑不是第一次，因為在幻想中已經發生過無數次了。從前他們有過許多機會——適當的環境，適當的情調；他也想到過，她也顧慮到那可能性。然而兩方面都是精刮的人，算盤打得太仔細了，始終不肯冒失。現在這忽然成了真的，兩人都糊塗了。流蘇覺得她的溜溜走了個圈子，倒在鏡子上，背心緊緊抵著冰冷的鏡子。他的嘴始終沒有離開過她的嘴。他還把她往鏡子上推，他們似乎是跌到鏡子裏面，另一個昏昏的世界裏去了，涼的涼，燙的燙，野火花直燒上身來。

第二天，他告訴她，他一禮拜後就要上英國去。她要求他帶她一同去，但是他回說那是不可能的。他提議替她在香港租下一幢房子住下，等到一年半載，他也就回來了。她如果願意在上海住家，也聽她的便。她當然不肯回上海。家裏那些人——離他們越遠越好。獨自留在香港，孤單些就孤單些。問題卻在他回來的時候，局勢是否有了改變，那全在他了。一個禮拜的愛吊得住他的心麼？可是從另一方面看來，柳原是一個沒長性的人，這樣匆匆的聚了又散了，他沒有機會厭倦，未始不是於她有利的。一個禮拜往往比一年值得懷念。……他果真帶著熱情的回憶重新來找她，她也許倒變了呢！近三十的女人，往往有著反常的嬌嫩，一轉眼就憔悴了。總之，沒有婚姻的保障而要長期抓住一個男人，是一件艱難的、痛苦的事，幾乎是不可能的。啊，管它呢！她承認柳原是可愛的，他給她美妙的刺激，但是她跟他的目的究竟是經濟上的安全。這一點，她知道她可以放心。

他們一同在巴丙頓道看了一所房子，坐落在山坡上。屋子粉刷完了，僱定了一個廣東女傭，名喚阿栗。家具只置辦了幾件最重要的，柳原就該走了。其餘的都丟給流蘇慢慢的去收拾，家裏還沒有開火倉，在那冬天的傍晚，流蘇送他上船時，便在船上的大餐間胡亂的吃了些三明治。流蘇因為滿心的不得意，多喝了幾杯酒，被海風一吹，回來的時候，便帶著三分醉。到了家，阿栗在廚房裏燒水替她隨身帶著的那孩子洗腳。流蘇到處瞧了一遍，到一處開一處的燈。客室裏門窗上的綠漆還沒乾，她用食指摸著試了一試，然後把那黏黏的指尖貼在牆上，一貼一個綠跡子。為什麼不？這又不犯法？這是她的家！她笑了，索性在那蒲公英的粉牆上打了一個鮮明的綠手印。

她搖搖晃晃走到隔壁房裏去。空房，一間又一間——清空的世界。她覺得她可以飛到天花板上去。她在空蕩蕩的地板上行走，就像是在潔無纖塵的天花板上。房間太空了，她不能不用燈光來裝滿它。光還是不夠，明天她得記著換上幾隻較強的燈泡。

她走上樓梯去。空得好，她急需著絕對的靜寂。她累得很，取悅於柳原是太吃力的事，他脾氣向來就古怪；對於她，因為是動了真感情，他更古怪了，一來就不高興。他走了，倒好，讓她鬆下這口氣。現在她什麼人都不要——可憎的人，可愛的人，她一概都不要。從小時候起，她的世界就嫌過於擁擠。推著、擠著、踩著、抱著、馱著、老的小的、全是人。一家二十來口，合住一幢房子，你在屋子裏剪個指甲也有人在窗戶眼裏看著。好容易遠走高飛，到了這無人之境。如果她正式做了范太太，她就有種種的責任，她離不了人。現在她不過是范柳原的情婦，不露面的，她份該躲著人，人也該躲著她。清靜是清靜了，可惜除了人之外，她沒有旁的興趣。她所僅有的一點學識，憑著這點本領，她能夠做一個賢慧的媳婦，一個細心的母親；在這裏她可是英雄無用武之地。「持家」罷，根本無家可持。看管孩子罷，柳原根本不要孩子。省儉著過日子罷，她根本用不著為了錢操心。她怎樣消磨這以後的歲月？找徐太太打牌去，看戲？然後漸漸的姘戲子，抽鴉片，往姨太太們的路子上走？她突然站住了，挺著胸，兩隻手在背後緊緊互扭著。那倒不至於！她不是那種下流人，她管得住她自己。但是……她管得住她自己不發瘋麼？樓上品字式的三間屋，樓下品字式的三間屋，全是堂堂地點著燈。新打了蠟的地板，照得雪亮。沒有人影兒。一間又一間，呼喊著的空虛……流蘇躺到床上去，又想下去關燈，又動彈不得。後來她聽見阿栗拖著木屐上樓來，一路撲托撲托關著燈，她緊張的神經方才漸歸鬆弛。

那天是十二月七日，一九四一年，十二月八日，砲聲響了。一砲一砲之間，冬晨的銀霧漸漸散開，山巔、山窪子裏，全島上的居民都向海面上望去，說「開仗了，開仗了。」誰都不能夠相信，然而畢竟是開仗了。流蘇孤身留在巴丙頓道，哪裏知道什麼。等到阿栗從左鄰右舍探到了消息，倉皇喚醒了她，外面已經進入酣戰階段。巴丙頓道的附近有一座科學試驗館，屋頂上架著高射砲，流彈不停的飛過來，尖溜溜一聲長叫：「吱呦呃呃呃呃……」然後「砰」，落下地去。那一聲聲的「吱呦呃呃呃呃……」撕裂了空氣，撕毀了神經。淡藍的天幕被扯成一條一條，在寒風中簌簌飄動。風裏同時飄著無數剪斷了的神經尖端。

流蘇的屋子是空的，心裏是空的，家裏沒有置辦米糧，因此肚子裏也是空的。空穴來風，所以她感受恐怖的襲擊分外強烈。打電話到跑馬地徐家，久久打不通，因為全城裝有電話的人沒有一個不在打電話，詢問哪一區較為安全，做避難的計畫。流蘇到下午方才接通了，可是那邊鈴儘管響著，老是沒有人來聽電話，想必徐先生徐太太已經匆匆出走，遷到平靖一些的地帶。流蘇沒了主意，砲火卻逐漸猛烈了。鄰近的高射砲成為飛機注意的焦點。飛機蠅蠅地在頂上盤旋，「孜孜孜……」繞了一圈又繞回來，「孜孜……」痛楚地，像牙醫的螺旋電器，直挫進靈魂的深處。阿栗抱著她的哭泣著的孩子坐在客室的門檻上，人彷彿入了昏迷狀態，左右搖擺著，喃喃唱著囈語似的歌唱，哄著拍著孩子。窗外又是「吱呦呃呃呃呃……」一聲，「砰」削去屋簷的一角，沙石嘩啦啦落下來。阿栗怪叫一聲，跳起身來，抱著孩子就往外跑。流蘇在大門口追上了她，一把揪住她問道：「你上哪兒去？」阿栗道：「這兒登不得了！我——我帶她到陰溝裏去躲一躲。」流蘇道：「你瘋了！你去送死！」阿栗連聲道：「你放我走！我這孩子——就只這麼一個——死不得的……陰溝裏躲一躲……」流蘇拚命扯住了她，阿栗將她一推，她跌倒了，阿栗便闖出門去。正在這當口，轟天震地一聲響，整個的世界黑了下來，像一隻碩大無朋的箱子，拍地關上了蓋。數不清的羅愁綺恨，全關在裏面了。

流蘇只道是沒有命了，誰知道還活著。一睜眼，只見滿地的玻璃屑，滿地的太陽影子。她掙扎著爬起身來，去找阿栗，阿栗緊緊摟著孩子，垂著頭，把額角抵在門洞子裏的水泥牆上，人是震糊塗了。流蘇拉了她進來，就聽見外面喧嚷著隔壁落了個炸彈，花園裏炸出一個大坑。這一次巨響，箱子蓋關上了，依舊不得安靜。繼續的砰砰砰，彷彿在箱子蓋上用鎚子敲釘，搥不完地搥。從天明搥到天黑，又從天黑搥到天明。

流蘇也想到了柳原，不知道他的船有沒有駛出港口，有沒有被擊沉。可是她想起他便覺得有些渺茫，如同隔世。現在的這一段，與她的過去毫不相干，像無線電的歌，唱了一半，忽然受了惡劣的天氣影響，噼噼啪啪炸了起來，炸完了，歌是仍舊要唱下去的，就只怕炸完了，歌已經唱完了，那就沒得聽了。

第二天，流蘇和阿栗母子分著吃完了罐子裏的幾件餅乾，精神漸漸衰弱下來，每一個呼嘯著的子彈的碎片便像打在她臉上的耳刮子。街頭轟隆轟隆馳來一輛軍用卡車，意外地在門前停下了。鈴一響，流蘇自己去開門，見是柳原，她捉住他的手，緊緊的摟住他的手臂，像阿栗摟住孩子似的。人向前一撲，把頭磕在門洞子裏的水泥牆上。柳原用另外的一隻手托住她的頭，急促地道：「受了驚嚇罷？別著急，別著急。你去收拾點得用的東西，我們到淺水灣去。快點，快點！」流蘇跌跌衝衝奔了進去，一面問道：「淺水灣那邊不要緊麼？」柳原道：「都說不會在那邊上岸的。而且旅館裏吃的方面總不成問題，他們收藏得很豐富。」流蘇道：「你的船……」柳原道：「船沒開出去。他們把頭等艙的乘客送到了淺水灣飯店。本來昨天就要來接你的，叫不到汽車，公共汽車又擠不上。好容易今天設法弄到了這部卡車。」流蘇哪裏還定得下心來整理行裝，胡亂紮了個小包裹。柳原給了阿栗兩個月的工錢，囑咐她看家，兩個人上了車，面朝下並排躺在運貨的車廂裏，上面蒙著黃綠色油布篷，一路顛簸著，把肘彎與膝蓋上的皮都磨破了。

柳原嘆道：「這一炸，炸斷了多少故事的尾巴！」流蘇也愴然，半晌方道：「炸死了你，我的故事就該完了。炸死了我，你的故事還長著呢！」柳原笑道：「你打算替我守節麼？」他們兩人都有點神經失常，無緣無故，齊聲大笑。而且一笑便止不住。笑完了，渾身只打顫。

卡車在「吱呦呃呃……」的流彈網裏到了淺水灣。淺水灣飯店樓下駐紮著軍隊，他們仍舊住到樓上的老房間裏。住定了，方才發現，飯店裏儲藏雖富，都是留著給兵吃的。除了罐頭裝的牛乳、牛羊肉、水果之外，還有一麻袋一麻袋的白麵包，麩皮麵包。分配給客人的，每餐只有兩塊蘇打餅乾，或是兩塊方糖，餓得大家奄奄一息。

先兩日淺水灣還算平靜，後來突然情勢一變，漸漸火熾起來。樓上沒有掩蔽物，眾人容身不得，都來到樓下，守在食堂裏，食堂裏大開著玻璃門，門前堆著沙袋，英國兵就在那裏架起了大砲往外打。海灣裏的軍艦摸準了砲彈的來源，少不得也一一還敬。隔著棕櫚樹與噴水池子，子彈穿梭般來往。柳原與流蘇跟著大家一同把背貼在大廳的牆上。那幽暗的背景便像古老的波斯地毯，織出各色人物，爵爺、公主、才子、佳人。毯子被挂在竹竿上，迎著風撲打上面的灰塵，拍拍打著，下勁打，打得上面的人走投無路。砲子兒朝這邊射來，他們便奔到那邊；朝那邊射來，便奔到這邊。到後來一間敞廳打得千瘡百孔，牆也坍了一面，逃無可逃了，只得坐下地來，聽天由命。

流蘇到了這個地步，反而懊悔她有柳原在身邊，一個人彷彿有了兩個身體，也就蒙了雙重危險。一彈子打不中她，還許打中他，他若是死了，若是殘廢了，她的處境更是不堪設想。她若是受了傷，為了怕拖累他，也只有橫了心求死。就是死了，也沒有孤身一個人死得乾淨爽利。她料著柳原也是這般想。別的她不知道，在這一剎那，她只有他，他也只有她。

停戰了。困在淺水灣飯店的男女們緩緩向城中走去。過了黃土崖、紅土崖，又是紅土崖、黃土崖，幾乎疑心是走錯了道，繞回去了。然而不，先前的路上沒有這炸裂的坑，滿坑的石子。柳原與流蘇很少說話。從前他們坐一截子汽車，也有一席話，現在走上幾十里的路，反而無話可說了。偶然有一句話，說了一半，對方每每就知道了下文，沒有往下說的必要。柳原道：「你瞧，海灘上。」流蘇道：「是的。」海灘上佈滿了橫七豎八割裂的鐵絲網，鐵絲網外面，淡白的海水汩汩吞吐淡黃的沙。冬季的晴天也是淡漠的藍色。野火花的季節已經過去了。流蘇道：「那堵牆……」柳原道：「也沒有去看看。」流蘇嘆了口氣道：「算了罷。」柳原走得熱了起來，把大衣脫下來擱在臂上，臂上也出了汗。流蘇道：「你怕熱，讓我給你拿著。」若在往日，柳原絕對不肯，可是他現在不那麼紳士風了，竟交了給她。再走了一程子，山漸漸高了起來。不知道是風吹著樹呢，還是雲影的飄移，青黃的山麓緩緩地暗了下來。細看時，不是風也不是雲，是太陽悠悠地移過山頭，半邊山麓埋在巨大的藍影子裏。山上有幾座房屋在燃燒，冒著烟——山陰的烟是白的，山陽的是黑烟——然而太陽只是悠悠地移過山頭。

到了家，推開了虛掩著的門，拍著膀翅飛出一羣鴿子來。穿堂裏滿積著灰塵與鴿糞。流蘇走到樓梯口，不禁叫了一聲「哎呀。」二層樓上歪歪斜斜大張口躺著她新置的箱籠，也有兩隻順著樓梯滾了下來，梯腳便淹沒在綾羅綢緞的洪流裏。流蘇彎下腰來，撿起一件蜜合色襯絨旗袍，卻不是她自己的東西，滿是汗垢，香烟洞與賤價的香水氣味。她又發現了許多陌生女人的用品，破雜誌，開了蓋的罐頭荔枝，淋淋漓漓流著殘汁，混在她的衣服一堆。這屋子裏駐過兵過？——帶有女人的英國兵？去得彷彿很倉卒。挨戶洗劫的本地的貧民，多半沒有光顧過，不然，也不會留下這一切。柳原幫著她大聲喚阿栗。末一隻灰背鴿，斜刺裏穿出來，掠過門洞子裏的黃色的陽光，飛了出去。

阿栗是不知去向了。然而屋子裏的主人們，少了她也還得活下去。他們來不及整頓房屋，先去張羅吃的，費了許多事，用高價買進一袋米。煤氣的供給幸而沒有斷，自來水卻沒有。柳原提了鉛桶到山裏去汲了一桶泉水，煮起飯來。以後他們每天只顧忙著吃喝與打掃房間。柳原各樣粗活都來得，掃地、拖地板、幫著流蘇擰絞沉重的褥單。流蘇初次上灶做菜，居然帶點家鄉風味。因為柳原忘不了馬來菜，她又學會了做油炸「沙袋」、咖哩魚。他們對於飯食上雖然感到空前的興趣，還是極力的撙節著。柳原身邊的港幣帶得不多，一有了船，他們還得設法回上海。

在劫後的香港住下去究竟不是久長之計。白天這麼忙忙碌碌也就混了過去。一到晚上，在那死的城市裏，沒有燈，沒有人聲，只有那莽莽的寒風，三個不同的音階，「喔……呵……嗚……」無窮無盡地叫喚著，這個歇了，那個又漸漸響了，三條駢行的灰色的龍，一直線地往前飛，龍身無限制地延長下去，看不見尾。「喔……呵……嗚……」叫喚到後來，索性連蒼龍也沒有了，只是一條虛無的氣，真空的橋樑，通入黑暗，通入虛空的虛空。這裏是什麼都完了。剩下點斷堵頹垣，失去記憶力的文明人在黃昏中跌跌蹌蹌摸來摸去，像是找著點什麼，其實是什麼都完了。

流蘇擁被坐著，聽著那悲涼的風。她確實知道淺水灣附近，灰磚砌的那一面牆，一定還屹然站在那裏。風停了下來，像三條灰色的龍，蟠在牆頭，月光中閃著銀鱗。她彷彿做夢似的，又來到牆根下，迎面來了柳原，她終於遇見了柳原。……在這動盪的世界裏，錢財、地產、天長地久的一切，全不可靠了。靠得住的只有她腔子裏的這口氣，還有睡在她身邊的這個人。她突然爬到柳原身邊，隔著他的棉被，擁抱著他。他從被窩裏伸出手來握住她的手。他們把彼此看得透明透亮。僅僅是一剎那的徹底的諒解，然而這一剎那夠他們在一起和諧地活個十年八年。

他不過是一個自私的男子，她不過是一個自私的女人。在這兵荒馬亂的時代，個人主義者是無處容身的，可是總有地方容得下一對平凡的夫妻。

有一天，他們在街上買菜，碰著薩黑荑妮公主。薩黑荑妮黃著臉，把蓬鬆的辮子胡亂編了個麻花髻，身上不知從哪裏借來一件青布棉袍穿著，腳下卻依舊趿著印度式七寶嵌花紋皮拖鞋。她同他們熱烈地握手，問他們現在住在哪裏，急欲看看他們的新屋子。又注意到流蘇的籃子裏有去了殼的小蠔，願意跟流蘇學習燒製清蒸蠔湯。柳原順口邀了她來吃便飯，她很高興的跟了他們一同回去。她的英國人進了集中營，她現在住在一個熟識的，常常為她當點小差的印度巡捕家裏。她有許久沒有吃飽過。她喚流蘇「白小姐。」柳原笑道：「這是我太太。你該向我道喜呢！」薩黑荑妮道：「真的麼？你們幾時結婚的？」柳原聳聳肩道：「就在中國報上登了個啟事，你知道，戰爭期間的婚姻，總是潦草的……」流蘇沒聽懂他們的話。薩黑荑妮吻了他又吻了她。然而他們的飯菜畢竟是很寒苦，而且柳原聲明他們也難得吃一次蠔湯。薩黑荑妮從此沒有再上門過。

當天他們送她出去，流蘇站在門檻上，柳原立在她身後，把手掌合在她的手掌上，笑道：「我說，我們幾時結婚呢？」流蘇聽了，一句話也沒有，只低下了頭，落下淚來。柳原拉住她的手道：「來來，我們今天就到報館裏去登報啟事，不過你也許願意候些時，等我們回到上海，大張旗鼓的排場一下，請請親戚們。」流蘇道：「呸！他們也配！」說著，嗤的笑了出來，往後順勢一倒，靠在他身上。柳原伸手到前面去羞她的臉道：「又是哭，又是笑！」

兩人一同走進城去，走到一個峯迴路轉的地方，馬路突然下瀉，眼前只是一片空靈——淡墨色的，潮濕的天。小鐵門口挑出一塊洋磁招牌，寫的是：「趙祥慶牙醫」。風吹得招牌上的鐵鉤子吱吱響，招牌背後只是那空靈的天。

柳原歇下腳來望了半晌，感到那平淡中的恐怖，突然打起寒戰來，向流蘇道：「現在你可該相信了：『死生契闊』，我們自己哪兒做得了主？轟炸的時候，一個不巧——」流蘇嗔道：「到了這個時候，你還說做不了主的話！」柳原笑道：「我並不是打退堂鼓。我的意思是——」他看了看她的臉色，笑道：「不說了，不說了，」他們繼續走路，柳原又道：「鬼使神差地，我們倒真的戀愛起來了！」流蘇道：「你早就說過你愛我。」柳原笑道：「那不算。我們那時候太忙著談戀愛了，哪裏還有工夫戀愛？」

結婚啟事在報上刊出了，徐先生徐太太趕了來道喜，流蘇因為他們在圍城中自顧自搬到安全地帶去，不管她的死活，心中有三分不快，然而也只得笑臉相迎。柳原辦了酒菜，補請了一次客。不久，港滬之間恢復了交通，他們便回上海來了。

白公館裏流蘇只回去過一次，只怕人多嘴多，惹出是非來。然而麻煩是免不了的，四奶奶決定和四爺進行離婚，眾人背後都派流蘇的不是。流蘇離了婚再嫁，竟有這樣驚人的成就，難怪旁人要學她的榜樣。流蘇蹲在燈影裏點蚊烟香。想到四奶奶，她微笑了。

柳原現在從來不跟她鬧著玩了，他把他的俏皮話省下來說給旁的女人聽。那是值得慶幸的好現象，表示他完全把她當作自家人看待——名正言順的妻，然而流蘇還是有點悵惘。

香港的陷落成全了她。但是在這不可理喻的世界裏，誰知道什麼是因，什麼是果？誰知道呢？也許就因為要成全她，一個大都市傾覆了。成千上萬的人死去，成千上萬的人痛苦著，跟著是驚天動地的大改革……流蘇並不覺得她在歷史上的地位有什麼微妙之點。她只是笑吟吟的站起身來，將蚊烟香盤踢到桌子底下去。

傳奇裏的傾國傾城的人大抵如此。

到處都是傳奇，可不見得有這麼圓滿的收場。胡琴咿咿啞啞拉著，在萬盞燈的夜晚，拉過來又拉過去，說不盡的蒼涼的故事——不問也罷！

——一九四三年九月

•初載於一九四三年九月、十月上海《雜誌》第十一卷第六期、第十二卷第一期。

白流蘇

白流蘇

薩黑荑妮

# 琉璃瓦

姚先生有一位多產的太太，生的又都是女兒。親友們根據著「弄瓦弄璋」的話，和姚先生打趣，喚他太太為「瓦窰」。姚先生並不以為忤，只微微一笑道：「我們的瓦，是美麗的瓦，不能跟尋常的瓦一概而論。我們的是琉璃瓦。」

果然，姚先生大大小小七個女兒，一個比一個美。說也奇怪，社會上流行著古典型的美，姚太太生下的小姐便是鵝蛋臉。鵝蛋臉過了時，俏麗的瓜子臉取而代之，姚太太新添的孩子便是瓜子臉。西方人對於大眼睛、長睫毛的崇拜傳入中土，姚太太便用忠實流利的譯筆照樣翻製了一下，毫不走樣。姚家的模範美人，永遠沒有落伍的危險，亦步亦趨。適合時代的需要，真是秀氣所鍾，天人感應。

女兒是家累，是賠錢貨，但是美麗的女兒向來不在此例。姚先生很明白其中的道理；可是要他靠女兒吃飯，他卻不是那種人。固然姚先生手頭並不寬裕。祖上遺下一點房產，他在一家印刷公司裏做廣告部主任，薪水只夠貼補一部份家用。支持這一個大家庭，實在是不容易的事。然而姚先生對於他的待嫁的千金，並不是一味的急於脫卸責任。關於她們的前途，他有極周到的計畫。

他把第一個女兒靜靜嫁給了印刷所大股東的獨生子，這一頭親事靜靜原不是十分滿意。她在大學裏讀了兩年書，交遊廣闊，暫時雖沒有一個人是她一心一意喜歡的，有可能性的卻不少。自己揀的和父母揀的即使是不相上下的兩個人，總是對自己揀的偏心一點。況且姚先生給她找的這一位，非但沒有出洋留過學，在學校裏的班級比她還低。她向姚先生有過很激烈的反對的表示，經姚先生再三敦勸，說得舌敝唇焦，又拍著胸脯担保：「以後你有半點不順心，你找我好了！」靜靜和對方會面過多次，也覺得沒有什麼地方可挑剔，只得委委曲曲答應了下來。姚先生依從了她的要求，一切都按照最新式的辦法，不替她置嫁妝，把錢折了現。對方既然是那麼富有的人家，少了實在拿不出手，姚先生也顧不得心疼那三萬元了。

結婚戒指、衣飾、新房的家具都是靜靜和她的未婚夫親自選擇的。報上登的：

熊致章　小兒啟奎
　　　為　　　　結婚啟事
姚源甫　長女靜靜

卻是姚先生精心撰製的一段花團錦簇的四六文章。為篇幅所限，他未能暢所欲言，因此又單獨登了一條「姚源甫為長女于歸山陰熊氏敬告親友」。啟奎嫌他嚕囌，怕他的同學看見了要笑，靜靜勸道：「你就隨他去罷！八十歲以下的人，誰都不注意他那一套。」

三朝回門，靜靜卸下了青狐大衣，裏面穿著泥金緞短袖旗袍。人像金瓶裏的一朵梔子花。淡白的鵝蛋臉；雖然是單眼皮，而且眼泡微微有點腫，卻是碧清的一雙妙目。夫婦倆向姚先生姚太太雙雙磕下頭去，姚先生姚太太連忙扶著。

才說了幾句話，傭人就來請用午餐。在筵席上，姚太太忙著敬菜，靜靜道：「媽，別管他了。他脾氣古怪得很，魚翅他不愛吃。」

姚太太道：「那麼這鴨子……」

靜靜道：「鴨子，紅燒的他倒無所謂。」

靜靜站起身來佈菜給妹妹們，姚先生道：「你自己吃罷！別儘張羅別人！」

靜靜替自己夾了一隻蝦子，半路上，啟奎伸出筷子來，攔住了她，從她的筷子上接了過去。筷子碰著了筷子，兩人相視一笑，竟發了一會獃。靜靜紅了臉，輕輕地抱怨道：「無緣無故搶我的東西！」

啟奎笑道：「我當你是夾菜給我呢！」

姚先生見他們這如膠似漆的情形，不覺眉開眼笑。只把胳膊去推他太太道：「你瞧這孩子氣，你瞧這孩子氣！」

舊例新夫婦回門，不能逗留到太陽下山之後。啟奎與靜靜，在姚家談得熱鬧，也就不去顧忌這些，一直玩到夜裏十點鐘方才告辭。兩人坐了一部三輪車。那時候正在年下，法租界僻靜的地段，因為冷，分外的顯得潔淨。霜濃月薄的銀藍的夜裏，惟有一兩家店舖點著強烈的電燈，晶亮的玻璃窗裏品字式堆著一堆一堆黃肥皂，像童話裏金磚砌成的堡壘。

啟奎吃多了幾杯酒，倦了，把十指交叉著，擱在靜靜肩上，又把下巴擱在手背上，閒閒的道：「你爸爸同媽媽，對我真是不搭長輩架子！」他一說話，熱風吹到靜靜的耳朵底下，有點癢。她含笑把頭偏了一偏，並不回答。

啟奎又道：「靜靜，有人說，你爸爸把你嫁到我家裏來，是為了他職業上的發展。」

靜靜詫異道：「這是什麼話？」

啟奎忙道：「這話可不是我說的！」

靜靜道：「你在哪兒聽來的？」

啟奎道：「你先告訴我……」

靜靜怒道：「我有什麼可告訴你的？我爸爸即使是老糊塗，我不至於這麼糊塗！我爸爸的職業是一時的事，我這可是終身大事，我會為了他芝麻大的前程犧牲我自己嗎？」

啟奎把頭靠在她肩上，她推開了他，大聲道：「你想我就死人似的讓他把我當禮物送人麼？你也太看不起我了！」

啟奎笑道：「沒敢看不起你呀！我以為你是個孝女。」

靜靜道：「我家裏雖然倒運，暫時還用不著我賣身葬父呢！」

啟奎連忙掩住她的嘴道：「別嚷了——冷風嚥到肚子裏去，仔細招涼。」

靜靜背過臉去，噗嗤一笑道：「叫我別嚷，你自己也用不著嚷呀！」

啟奎又湊過來問道：「那麼，你結婚，到底是為了什麼？」

靜靜恨一聲道：「到現在，你還不知道，為來為去是為了誰？」

啟奎柔聲道：「為了我？」

靜靜只管躲著他，半個身子掙到車外去，頭向後仰著，一頭的鬈髮，給風吹得亂飄，差上一點捲到車輪上去。啟奎伸手挽了她的頭髮，道：「仔細弄髒了！」靜靜猛把頭髮一甩，髮梢掃到他眼睛裏去，道：「要你管！」

啟奎噯唷了一聲，揉了揉眼，依舊探過身來，脫去了手套為她理頭髮。理了一會，把手伸進皮大衣裏面去，擱在她脖子後面。靜靜叫道：「別！別！冷哪！」

啟奎道：「給我渥一渥。」

靜靜扭了一會，也就安靜下來了。啟奎漸漸的把手移到前面，兩手扣住了她的咽喉，輕輕地撫弄著她的下頷。靜靜只是不動。啟奎把她向這面攬了一下，她就靠在他身上。

良久，靜靜問道：「你還是不相信？」

啟奎道：「不相信。」

靜靜咬著牙道：「你往後瞧罷！」

從此靜靜有意和娘家疏遠了。除了過年過節，等閑不肯上門。姚太太來看女兒，十次倒有八次叫人回說少奶奶陪老太太出門打牌去了。熊致章幾番要替親家公謀一個較優的位置，卻被兒媳婦三言兩語攔住了。姚先生消息靈通，探知其中情形，氣得暴跳如雷。不久，印刷所裏的廣告部與營業部合併了，姚先生改了副主任。老太爺賭氣就辭了職。

經過了這番失望，姚先生對於女兒們的婚事，早就把心灰透了，決定不聞不問，讓她們自由處置。他的次女曲曲，更不比靜靜容易控制。曲曲比靜靜高半個頭，體態豐艷，方圓臉盤兒，一雙寶光璀璨的長方形的大眼睛，美之中帶著點獷悍。姚先生自己知道絕對管束不住她，打算因勢利導，使她自動的走上正途。這也是做父母的一番苦心。

一向反對女子職業的他，竟把曲曲薦到某大機關去做女秘書。那裏，除了她的頭頂上司是個小小的要人之外，其餘的也都是少年新進。曲曲的眼界雖高，在這樣的人才濟濟中，也不難挑一個乘龍快婿。選擇是由她自己選擇！

然而曲曲不爭氣，偏看中了王俊業，一個三等書記。兩人過從甚密。在這生活程度奇高的時候，隨意在咖啡館舞場裏坐坐，數目也就可觀了。王俊業是靠薪水吃飯的人，勢不能天天帶她出去，因此也時常的登門拜訪她。姚先生起初不知底細，待他相當的客氣，一旦打聽明白了，不免冷言冷語，不給他好臉子看。王俊業卻一味的做小伏低，曲意逢迎。這一天晚上，他順著姚先生口氣，談到晚近的文風澆薄。曲曲笑道：「我大姐出嫁，我爸爸做的駢文啟事，你讀過沒有？我去找來給你看。」

王俊業道：「正要拜讀老伯的大作。」

姚先生搖搖頭道：「算了，算了，登在報上，錯字很多，你未必看得懂。」

王俊業道：「那是排字先生與校對的人太沒有知識的緣故。現在的一般人，對於純粹的美文，太缺乏理解力了。」

曲曲霍地站起身來道：「就在隔壁的舊報紙堆裏，我去找。」她一出門，王俊業便夾腳跟了出去。

姚先生端起宜興紫泥茶壺來，就著壺嘴呷了兩口茶。回想到那篇文章，不由得點頭播腦的背誦起來。他站起身來，一隻手抱著溫暖的茶壺，一隻手按在上面，悠悠地撫摸著，像農人抱著雞似的。身上穿著湖色熟羅對襟褂，拖著鐵灰排穗袴帶。搖搖晃晃在屋裏轉了幾個圈子，口裏低低吟哦著。背到末了，卻有兩句記不清楚了。他噓溜溜吸了一口氣，放下茶壺，就向隔壁的餐室裏走來。一面高聲問道：「找到了沒有？是十二月份的。」一語未完，只聽見隔壁的木器砰碰有聲，一個人逃，一個人追，笑成一片。姚先生這時候，卻不便進去了，只怕撞見了不好看相，急得只用手拍牆。

那邊彷彿是站住了腳。王俊業抱怨道：「你搽了什麼嘴唇膏！苦的！」

曲曲笑道：「是香料。我特為你這種人，揀了這種胭脂——越苦越有效力！」

王俊業道：「一點點苦，就嚇退了我？」說著，只聽見撒啦一聲，彷彿是報紙捲打在人身上。

姚先生沒法子，喚了小女兒瑟瑟過來，囑咐了幾句話，瑟瑟推門進去，只見王俊業面朝外，背著手立在窗前，舊報紙飛了一地，曲曲蹲在地上收拾著，嘴上油汪汪的杏黃胭脂，腮幫子上也抹了一搭，她穿著乳白冰紋縐的單袍子，黏在身上，像牛奶的薄膜。肩上也染了一點胭脂暈。

瑟瑟道：「二姐，媽叫你上樓去給她找五斗櫥的鑰匙。」曲曲一言不發，上樓去了。

這一去，姚太太便不放她下來。曲曲笑道：「急什麼！我又不打算嫁給姓王的，一時高興，開開玩笑是有的，讓你們搖鈴打鼓這一鬧，外頭人知道了，可別怪我！」

姚先生這時也上來了，接口冷笑道：「哦！原來還是我們的錯！」

曲曲掉過臉來向他道：「不，不，不，是我的錯，玩玩不打緊，我不該挑錯了玩伴。若是我陪著上司玩，那又是一說了！」

姚先生道：「你就是陪著皇帝老子，我也要罵你！」

曲曲聳肩笑道：「罵歸罵，歡喜歸歡喜，發財歸發財。我若是發達了，你們做皇親國戚；我若是把事情弄糟了，那是我自趨下流，敗壞你的清白家風，你罵我，比誰都罵在頭裏！你道我摸不清楚你彎彎扭扭的心腸！」

姚先生氣得身子軟了半截，倒在籐椅子上，一把揪住他太太，顫巍巍說道：「太太你看看你生出這樣的東西，你——你也不管管她！」

姚太太便揪住曲曲道：「你看你把你爸爸氣成這樣！」

曲曲笑道：「以後我不許小王上門就是了！免得氣壞爸爸。」

姚太太道：「這還像個話！」

曲曲接下去說道：「橫豎我們在外面，也是一樣的玩，丟醜便丟在外面，也不干我事。」

姚先生喝道：「你敢出去！」

曲曲從他身背後走過，用鮮紅的指甲尖在他耳朵根子上輕輕刮了一刮，笑道：「爸爸，你就少管我的事罷！別又讓人家議論你用女兒巴結人，又落一個話柄子！」

這兩個「又」字，直鑽到姚先生心裏去，他紫漲了臉，一時掙不出話來，眼看著曲曲對著鏡子掠了掠鬢髮，開櫥取出一件外套，翩然下樓去了。

從那天起，王俊業果然沒到姚家來過。可是常常有人告訴姚先生說看見二小姐在咖啡館裏和王俊業握著手，一坐坐上幾個鐘頭。姚先生的人緣素來不差，大家知道他是個守禮君子，另有些不入耳的話，也就略去不提了。然而他一轉背，依舊是人言籍籍。到了這個地步，即使曲曲堅持著不願嫁給王俊業，姚先生為了她底下的五個妹妹的未來的聲譽，也不能不強迫她和王俊業結婚。

曲曲倒也改變了口氣，聲言：「除了王俊業，也沒有人拿得住我。錢到底是假的，只有情感是真的——我也看穿了，天下沒有十全十美的事。」

她這一清高，抱了戀愛至上主義，別的不要緊，吃虧了姚先生，少不得替她料理一切瑣屑的俗事。王俊業手裏一個錢也沒有攢下來。家裏除了母親還有哥嫂弟妹，分租了人家樓上幾間屋子住著，委實再安插不下一位新少奶奶。姚先生只得替曲曲另找一間房子，買了一堂家具，又草草置備了幾件衣飾，也就所費不貲了。曲曲嫁了過去，生活費仍舊歸姚先生負担。姚先生只求她早日離了眼前，免得教壞了其他的孩子們，也不能計較這些了。

幸喜曲曲底下的幾個女兒，年紀都還小，只有三小姐心心，已經十八歲了，然而心心柔馴得出奇，絲毫沒染上時下的習氣。恪守閨範，一個男朋友也沒有。姚先生倒過了一陣安靜日子。

姚太太靜極思動，因為前頭兩個女兒一個嫁得不甚得意，一個得意的又太得意了，都於娘家面子有損。一心只想在心心身上爭回這一口氣，成天督促姚先生給心心物色一個出類拔萃的夫婿。姚先生深知心心不會自動地挑人，難得這麼一個聽話的女兒，不能讓她受委屈，因此勉強地打起精神，義不容辭地替她留心了一下。

做媒的雖多，合格的卻少。姚先生遠遠地注意到一個杭州富室嫡派單傳的青年，名喚陳良棟。姚先生有個老同事，和陳良棟的舅父是乾親家，姚先生費了大勁間接和那舅父接洽妥當，由舅父出面請客，給雙方一個見面的機會。姚先生預先叮囑過男方，心心特別的怕難為情，務必要多請幾個客，湊七八個人，免得僵得慌。還有最重要的一點，宴席的座位，別把陳良棟排在心心貼隔壁。初次見面吧，雙方多半有些窘，不如讓兩人對面坐著，看得既清晰，又沒有談話的必要。姚先生顧慮到這一切，無非是體諒他第三個女兒不善交際應酬，怕她過於羞人答答的，犯了小家子氣的嫌疑。並且心心的側影，因為下頷太尖了，有點單薄相，不如正面美。

到了介紹的那天晚上，姚先生放出手段來：把陳良棟的舅父敷衍得風雨不透，同時勻出一隻眼睛來看住陳良棟，一隻眼睛管住了心心，眼梢裏又帶住了他太太，惟恐姚太太沒見過大陣仗，有失儀的地方。散了席，他不免筋疲力盡。一回家便倒在籐椅上，褪去了長衫、襯衣，只剩下一件汗衫背心，還嚷熱。

姚太太不及卸妝，便趕到浴室裏逼著問心心：「你覺得怎麼樣？」

心心對著鏡子，把頭髮挑到前面來。漆黑地罩住了臉，左一梳，右一梳，只是不開口。隔著她那藕色鏤花紗旗袍，胸脯子上隱隱約約閃著一條絕細的金絲項圈。

姚太太發急道：「你說呀！有什麼不滿意的地方，儘管說！」

心心道：「我有什麼可說的！」

姚先生在那邊聽見了，撩起袴腳管，一拍膝蓋，呵呵笑了起來道：「可不是！他有什麼可批評的？家道又好，人又老實，人品又大方，打著燈籠都沒處找去！」

姚太太望著女兒，樂得不知說什麼才好，搭訕著伸出手來，摸摸心心的胳膊，嘴裏咕噥道：「偏趕著這兩天打防疫針！你瞧，還腫著這麼一塊！」

心心把頭髮往後一撩，露出她那尖尖的臉來，腮上也不知道是不是胭脂，一直紅到鬢角裏去。烏濃的笑眼，笑花濺到眼睛底下，凝成一個小酒渦。姚太太見她笑了，越發煞不住要笑。

心心低聲道：「媽，他也喜歡看話劇跟電影；他也不喜歡跳舞。」

姚太太道：「喜歡就喜歡，不喜歡就不喜歡，怎麼老是『也』呀『也』的！」

姚先生在那邊房裏接口道：「人家是志同道合呀！」

心心道：「他不贊成太新式的女人。」

姚太太笑道：「你們倒彷彿是說了不少的話！」

姚先生也笑道：「真的，我倒不知道我們三丫頭這麼鬼精靈，隔得老遠的，眉毛眼睛都會傳話！早知道她有這一手兒，我也不那麼提心吊膽的——白操了半天心！」

心心放下了桃紅賽璐珞梳子，掉過身來，倚在臉盆邊上，垂著頭，向姚太太笑道：「媽，只是有一層，他不久就要回北京去了，我……我……我怪捨不得您的！」

姚先生在脫汗衫，脫了一半，天靈蓋上打了個霹靂，汗衫套在頭上，就衝進浴室，叫道：「你見了鬼罷？胡說八道些什麼？陳良棟是杭州人，一輩子不在杭州就在上海，他到北京去做什麼？」

心心嚇怔住了，張口結舌答不出話來。

姚先生從汗衫領口裏露出一隻眼睛，亮晶晶地盯住他女兒，問道：「你說的，是坐在你對面的姓陳的麼？」

心心兩手護住了咽喉，沙聲答道：「姓陳，可是他坐在我隔壁。」

姚先生下死勁啐了她一口，不想全啐在他汗衫上。他的喉嚨也沙了，說道：「那是程惠蓀。給你介紹的是陳良棟，耳東陳。好不要臉的東西，一廂情願，居然到北京去定了，捨不得媽起來！我都替你害臊！」

姚太太見他把脖子都氣紫了，怕他動手打人，連忙把他往外推。他走了出去，一腳踢在門上，門「砰」的一聲關上了，震得心心索索亂抖，哭了起來。姚太太連忙拍著哄著，又道：「認錯人了，也是常事，都怪你爸爸沒把話說明白了，罰他請客就是了！本來他也應當回請一次。這一趟不要外人了，就是我們家裏幾個和陳家自己人。」

姚先生在隔壁聽得清楚，也覺得這話有理，自己的確莽撞了一點。因又走了回來，推浴室的門推不開，彷彿心心伏在門上嗚嗚咽咽哭著呢。便從另一扇門繞道進去。他那件汗衫已經從頭上扯了下來，可是依舊在頸上，像草裙舞的花圈。他向心心正色道：「別哭了，該歇歇了。我明天回報他們，就說你願意再進一步，做做朋友。明後天我邀大家看電影吃飯，就算回請。他們少爺那方面，我想絕對沒有問題。」

心心哭得越發嘹亮了，索性叫喊起來，道：「把我作弄得還不夠！我——我就是木頭人，我也受不住了哇！」

姚先生姚太太面面相覷。姚太太道：「也許她沒有看清楚陳良棟的相貌，不放心。」

心心蹬腳道：「沒有看清楚，倒又好了，那個人，椰子似的圓滾滾的頭。頭髮朝後梳，前面就是臉，頭髮朝前梳，後面就是臉——簡直沒有分別！」

姚先生指著她罵：「人家不靠臉子吃飯！人家再醜些，不論走到哪裏，一樣的有面子！你別以為你長得五官端正些，就有權利挑剔人家面長面短！你大姐枉為生得整齊，若不是我替她從中張羅，指不定嫁到什麼人家！你二姐就是個榜樣！」

心心雙手抓住了門上掛衣服的銅鈎子，身體全部的重量都吊在上面，只是號啕痛哭。背上的藕色紗衫全汗透了，更兼在門上揉來揉去，揉得稀縐。

姚太太扯了姚先生一把，耳語道：「看她這樣子，還是為了那程惠蓀。」

姚先生咬緊了牙關，道：「你要是把她嫁了程惠蓀哪！以後你再給我添女兒，養一個我淹死一個！還是鄉下人的辦法頂徹底！」

程惠蓀幾次拖了姚先生的熟人，一同上門來謁見，又造了無數的藉口，謀與姚家接近，都被姚先生擋住了。心心成天病懨懨的，臉色很不好看，想不到姚先生卻趕在她頭裏，先病倒了。中醫診斷就是鬱憤傷肝。

這一天，他發熱發得昏昏沉沉，一睜眼看見一個蓬頭女子，穿一身大紅衣裳，坐在他床沿上。他兩眼直瞪瞪望著她，耳朵裏嗡嗡亂響，一陣陣的輕飄飄朝上浮，差一點暈厥了過去。

姚太太叫道：「怎麼連靜靜也不認識了？」

他定睛一看，可不是靜靜！燙鬈的頭髮，多天沒有梳過，蟠結在頭上，像破草薦子似的。敞著衣領，大襟上鈕扣也沒有扣嚴，上面胡亂罩了一件紅色絨線衫，雙手捧著臉，哭道：「爸爸！爸爸！爸爸你得替我做主！你——若是一撒手去了，叫我怎麼好呢？」

姚太太站在床前，聽了這話，不由得生氣，罵道：「多大的人了，怎麼這張嘴，一點遮攔也沒有！就是我們不嫌忌諱，你也不能好端端的咒你爸爸死！」

靜靜道：「媽，你不看我急成這個模樣，你還挑我的眼兒！啟奎外頭有了人，成天不回來，他一家子一條心，齊打夥兒欺負我。我這一肚子冤，叫我往哪兒訴去！」

姚太太冷笑道：「原來你這個時候就記起娘家來了！我只道雀兒揀旺處飛，爬上高枝兒去了，就把我們撇下了。」

靜靜道：「什麼高枝兒矮枝兒，反正是你們把我送到那兒去的，活活的坑死了我！」

姚太太道：「送你去，也要你願意！難不成『牛不喝水強按頭』！當初的事你自己心裏有數。你但凡待你父親有一二分好處，這會子別說他還沒死，就是死了，停在棺材板上，只怕他也會一骨碌坐了起來，挺身出去替你調停！」

靜靜道：「叫我別咒他，這又是誰咒他了？」說著，放聲大哭起來，撲在姚先生身上道：「啊！爸爸！爸爸！你要有個三長兩短，可憐你這苦命的女兒，叫她往哪兒去投奔？我的事，都是爸爸給安排的，只怕爸爸九泉之下也放不下這條心！」

姚先生聽她們母女倆一遞一聲拌著嘴，心裏只恨他太太窩囊不濟事，辯不過靜靜。待要插進嘴去，狠狠的駁靜靜兩句，自己又有氣無力的，實在費勁，賭氣翻身朝裏睡了。

靜靜把頭枕在他腿上，一面哭，一面嚕嚕叨叨訴說著，口口聲聲咬定姚先生當初有過這話：她嫁到熊家去，有半點不順心，儘管來找爸爸，一切由爸爸負責任。姚先生被她絮聒得五中似沸，也不知過了多少時辰，好容易朦朧睡去。一覺醒來，靜靜不在了，褥單上被她哭濕了一大塊，冰涼的，像孩子溺髒了床。問姚太太靜靜到哪兒去了，姚太太道：「啟奎把她接回去了。」

姚先生這一場病，幸虧身體底子結實，支撐過去了，漸漸復了元，可是精神大不如前了。病後發現他太太曾經陪心心和程惠蓀一同去看過幾次電影，而且程惠蓀還到姚家來吃過便飯。姚先生也懶得查問這筆賬了，隨他們鬧去。

但是第四個女兒纖纖，還有再小一點的端端、簌簌、瑟瑟，都漸漸的長成了——一個比一個美。姚太太肚子又大了起來，想必又是一個女孩子。親戚都說：「來得好！姚先生明年五十大慶，正好湊一個八仙上壽！」可是姚先生只怕他等不及。

他想他活不長了。

——一九四三年十月

・初載於一九四三年十一月上海《萬象》第三年第五期。

靜靜

曲曲

# 金鎖記

三十年前的上海，一個有月亮的晚上……我們也許沒趕上看見三十年前的月亮。年青的人想著三十年前的月亮該是銅錢大的一個紅黃的濕暈，像朵雲軒信箋上落了一滴淚珠，陳舊而迷糊。老年人回憶中的三十年前的月亮是歡愉的，比眼前的月亮大、圓、白；然而隔著三十年的辛苦路望回看，再好的月色也不免帶點淒涼。

月光照到姜公館新娶的三奶奶的陪嫁丫頭鳳簫的枕邊。鳳簫睜眼看了一看，只見自己一隻青白色的手擱在半舊高麗棉的被面上，心中便道：「是月亮光麼？」鳳簫打地鋪睡在窗戶底下。那兩年正忙著換朝代，姜公館避兵到上海來，屋子不夠住的，因此這一間下房裏橫八七豎睡滿了底下人。

鳳簫恍惚聽見大床背後有窸窸窣窣的聲音，猜著有人起來解手，翻過身去，果見布簾子一掀，一個黑影趿著鞋出來了，約摸是伺候二奶奶的小雙，便輕輕叫了一聲「小雙姐姐。」小雙笑嘻嘻走來，踢了踢地上的褥子道：「吵醒了你了。」她把兩手抄在青蓮色舊綢夾襖裏。下面繫著明油綠袴子。鳳簫伸手捻了那袴腳，笑道：「現在顏色衣服不大有人穿了，下江人時興的都是素淨的。」小雙笑道：「你不知道，我們家哪比得旁人家？我們老太太古板，連奶奶小姐們尚且做不得主呢，何況我們丫頭？給什麼，穿什麼——一個個打扮得莊稼人似的！」她一蹲身坐在地舖上，揀起鳳簫腳頭一件小襖來，問道：「這是你們小姐出閣，給你們新添的？」鳳簫搖頭道：「三季衣裳，就只外場上看見的兩套是新製的，餘下的還不是拿上頭人穿剩下的貼補貼補！」小雙道：「這次辦喜事，偏趕著革命黨造反，可委屈了你們小姐！」鳳簫嘆道：「別提了。就說省些罷，總得有個譜子！也不能太看不上眼了。我們那一位，嘴裏不言語，心裏豈有不氣的？」小雙道：「也難怪三奶奶不樂意。你們那邊的嫁妝，也還湊付著，我們這邊的排場，可太凄慘了。就連那一年娶咱們二奶奶，也還比這一趟強些！」鳳簫楞了一楞道：「怎麼？你們二奶奶……」

小雙脫下了鞋，赤腳從鳳簫身上跨過去，走到窗戶跟前，笑道：「你也起來看看月亮。」鳳簫一骨碌爬起來，低聲問道：「我早就想問你了，你們二奶奶……」小雙彎腰拾起那件小襖來替她披上了，道：「仔細著了涼。」鳳簫一面扣鈕子，一面笑道：「不行，你得告訴我！」小雙笑道：「是我說話不留神，闖了禍！」鳳簫道：「咱們這都是自家人了，幹嘛這麼見外呀？」小雙道：「告訴你，你可別告訴你們小姐去！咱們二奶奶家裏是開麻油店的。」鳳簫喲了一聲道：「開麻油店！打哪兒想起的？像你們大奶奶，也是公侯人家小姐，我們那一位雖比不上大奶奶，也還不是低三下四的人——」小雙道：「這裏頭自然有個緣故。咱們二爺你也見過了，是個殘廢，做官人家的女兒誰肯給他？老太太沒奈何，打算替二爺置一房姨奶奶，做媒的給找了這曹家的，是七月裏生的，就叫七巧。」鳳簫道：「哦，是姨奶奶。」小雙道：「原來是姨奶奶的，後來老太太想著，既然不打算替二爺另娶了，二房裏沒個當家的媳婦，也不是事，索性聘了來做正頭奶奶，好教她死心塌地服侍二爺。」鳳簫把手扶著窗台，沉吟道：「怪道呢！我雖是初來，也瞧料了兩三分。」小雙道：「龍生龍，鳳生鳳，這話是有的。你還沒聽見她的談吐呢！當著姑娘們，一點忌諱也沒有。虧得我們家一向內言不出，外言不入，姑娘們什麼都不懂。饒是不懂，還臊得沒處躲！」鳳簫噗嗤一笑道：「真的？她這些村話，又是從哪兒聽來的？就連我們丫頭——」小雙抱著胳膊道：「麻油店的活招牌，站慣了櫃台，見多識廣的，我們拿什麼去比人家？」鳳簫道：「你是她陪嫁過來的麼？」小雙冷笑說：「她也配！我原是老太太跟前的人，二爺成天的吃藥，行動都離不了人，屋裏幾個丫頭不夠使，把我撥了過去。怎麼著？你冷哪？」鳳簫搖搖頭。小雙道：「瞧你縮著脖子這嬌模樣兒！」一語未完，鳳簫打了個噴嚏，小雙忙推她道：「睡罷！睡罷！快窩一窩。」鳳簫跪了下來脫襖子，笑道：「又不是冬天，哪兒就至於凍著了？」小雙道：「你別瞧這窗戶關著，窗戶眼兒裏吱溜溜的鑽風。」

兩人各自睡下，鳳簫悄悄的問道：「過來了也有四五年了罷？」小雙道：「誰？」鳳簫道：「還有誰？」小雙道：「哦，她，可不是有五年了。」鳳簫道：「也生男育女的——倒沒鬧出什麼話柄兒？」小雙道：「還說呢！話柄兒就多了！前年老太太領著合家上下到普陀山進香去，她坐月子沒去，留著她看家。舅爺腳步兒走得勤了些，就丟了一票東西。」鳳簫失驚道：「也沒查出個究竟來？」小雙道：「問得出什麼好的來？大家面子上下不去！那些首飾左不過將來是歸大爺二爺三爺的。大爺大奶奶礙著二爺，沒好說什麼。三爺自己在外頭流水似的花錢，欠了公賬上不少，也說不響嘴。」

她們倆隔著丈來遠交談。雖是極力的壓低了喉嚨，依舊有一句半句聲音大了些，驚醒了大床上睡著的趙嬤嬤。趙嬤嬤喚道：「小雙。」小雙不敢答應。趙嬤嬤道：「小雙，你再混說，讓人家聽見了，明兒仔細揭你的皮！」小雙還是不作聲。趙嬤嬤又道：「你別以為還是從前住的深堂大院哪，由得你瘋瘋癲癲！這兒可是擠鼻子擠眼睛的，什麼事瞞得了人？趁早別討打！」一屋裏頓時鴉雀無聲。趙嬤嬤害眼，枕頭裏塞著菊花葉子，據說是使人眼目清涼的。她欠起頭來按了一按髻上橫綰的銀簪，略一轉側，菊葉便沙沙作響。趙嬤嬤翻了個身，吱吱格格牽動了全身的骨節，她咳了一聲道：「你們懂得什麼！」小雙與鳳簫依舊不敢接嘴。久久沒有人開口，也就一個個的朦朧睡去了。

天就快亮了。那扁扁的下弦月，低一點，低一點，大一點，像赤金的臉盆，沉了下去。天是森冷的蟹殼青，天底下黑漆漆的只有些矮樓房，因此一望望得很遠。地平線上的曉色，一層綠、一層黃、又一層紅，如同切開的西瓜——是太陽要上來了。漸漸馬路上有了小車與塌車轆轆推動，馬車蹄聲得得。賣豆腐花的挑著担子悠悠吆喝著，只聽見那漫長的尾聲：「花……嘔！花……嘔！」再去遠些，就只聽見「哦……嘔！哦……嘔！」

屋子裏丫頭老媽子也起身了，亂著開房門、打臉水、疊鋪蓋、掛帳子、梳頭。鳳簫伺候三奶奶蘭仙穿了衣裳，蘭仙湊到鏡子前面仔細望了一望，從脓下抽出一條水綠洒花湖紡手帕，擦了擦鼻翅上的粉，背對著床上的三爺道：「我先去替老太太請安罷。等你，準得誤了事。」正說著大奶奶玳珍來了，站在門檻上笑道：「三妹妹，咱們一塊兒去。」蘭仙忙迎了出去道：「我正担心著怕晚了，大嫂原來還沒上去。二嫂呢？」玳珍笑道：「她還有一會兒耽擱呢。」蘭仙道：「打發二哥吃藥？」玳珍四顧無人，便笑道：「吃藥還在其次——」她把大拇指抵著嘴唇，中間的三個指頭握著拳頭，小指頭翹著，輕輕的「噓」了兩聲。蘭仙詫異道：「兩人都抽這個？」玳珍點頭道：「你二哥是過了明路的，她這可是瞞著老太太的，叫我們夾在中間為難，處處還得替她遮蓋遮蓋，其實老太太有什麼不知道？有意的裝不曉得，照常的派她差使，零零碎碎給她罪受，無非是不肯讓她抽個痛快罷了。其實也是的，年紀輕輕的婦道人家，有什麼了不得的心事，要抽這個解悶兒？」

玳珍蘭仙挽手一同上樓，各人後面跟著貼身丫鬟，來到老太太臥室隔壁的一間小小的起坐間裏。老太太的丫頭榴喜迎了出來，低聲道：「還沒醒呢。」玳珍抬頭望了望掛鐘，笑道：「今兒老太太也晚了。」榴喜道：「前兩天說是馬路上人聲太雜，睡不穩。這現在想是慣了，今兒補足了一覺。」

紫榆百齡小圓桌上鋪著紅毡條，二小姐姜雲澤一邊坐著，正拿著小鉗子磕核桃呢，因丟下了站起來相見。玳珍把手搭在雲澤肩上，笑道：「還是雲妹妹孝心，老太太昨兒一時高興，叫做糖核桃，你就記住了。」蘭仙玳珍便圍著桌子坐下了，幫著剝核桃衣子。雲澤手痠了，放下了鉗子，蘭仙接了過來。玳珍道：「當心你那水蔥似的指甲，養得這麼長了，斷了怪可惜的！」雲澤道：「叫人去拿金指甲套子去。」蘭仙笑道：「有這些麻煩的，倒不如叫他們拿到廚房裏去剝了！」

眾人低聲說笑著，榴喜打起簾子，報道：「二奶奶來了。」蘭仙雲澤起身讓坐，那曹七巧且不坐下，一隻手撐著門，一隻手撐住腰，窄窄的袖口裏垂下一條雪青洋縐手帕，身上穿著銀紅衫子，蔥白線鑲滾，雪青閃藍如意小腳袴子，瘦骨臉兒，朱口細牙，三角眼，小山眉，四下裏一看，笑道：「人都齊了，今兒想必我又晚了！怎怪我不遲到——摸著黑梳的頭！誰教我的窗戶衝著後院子呢？單單就派了那麼間房給我，橫豎我們那位眼看是活不長的，我們淨等著做孤兒寡婦了——不欺負我們，欺負誰？」玳珍淡淡的並不接口，蘭仙笑道：「二嫂住慣了北京的房子，怪不得嫌這兒憋悶得慌。」雲澤道：「大哥當初找房子的時候，原該找個寬敞些的，不過上海像這樣，只怕也算敞亮的了。」蘭仙道：「可不是！家裏人實在多，擠是擠了點——」七巧挽起袖口，把手帕子掖在翡翠鐲子裏，瞟了蘭仙一眼，笑道：「三妹妹原來也嫌人太多了。連我們都嫌人太多，像你們沒滿月的自然更嫌人多了！」蘭仙聽了這話，還沒有怎麼，玳珍先紅了臉，道：「玩是玩，笑是笑，也得有個分寸。三妹妹新來乍到的，你讓她想著咱們是什麼樣的人家？」七巧扯起手絹子的一角掩住了嘴唇道：「知道你們都是清門淨戶的小姐，你倒跟我換一換試試，只怕你一晚上也過不慣。」玳珍啐道：「不跟你說了，越說你越上頭上臉的。」七巧索性上前拉住玳珍的袖子道：「我可以賭得咒——這五年裏頭我可以賭得咒！你敢賭麼？你敢賭麼？」玳珍也撐不住噗嗤一笑，咕嚕了一句道：「怎麼你孩子也有了兩個？」七巧道：「真的，連我也不知道這孩子是怎麼生出來的！越想越不明白！」玳珍搖手道：「夠了，夠了，少說兩句罷。就算你拿三妹妹當自己人，沒有什麼背諱，現放著雲妹妹在這兒呢，待會兒老太太跟前一告訴，管叫你吃不了兜著走！」

雲澤早遠遠的走開了，背著手站在洋台上，撮尖了嘴逗芙蓉鳥。姜家住的雖然是早期的最新式洋房，堆花紅磚大柱支著巍峨的拱門，樓上洋台卻是木板鋪的地。黃楊木闌干裏面，放著一溜篾簍子，晾著筍乾。敝舊的太陽彌漫在空氣裏像金的灰塵，微微嗆人的金灰，揉進眼睛裏去，昏昏的。街上小販遙遙搖著博浪鼓，那懵懂的「不楞登……不楞登」裏面有著無數老去的孩子們的回憶。包車叮叮的跑過，偶爾也有一輛汽車叭叭叫兩聲。

七巧自己也知道這屋子裏的人都瞧不起她，因此和新來的人分外親熱些，倚在蘭仙的椅背上問長問短，攙著蘭仙的手左看右看，誇讚了一會她的指甲，又道：「我去年小拇指上養的比這個足足還長半寸呢，掐花給弄斷了。」蘭仙早看穿了七巧的為人和她在姜家的地位，微笑儘管微笑著，也不大答理她。七巧自覺無趣，踅到洋台上來，拾起雲澤的辮梢來抖了一抖，搭訕著笑道：「呦！小姐的頭髮怎麼這樣稀朗朗的？去年還是烏油油的一頭好頭髮，該掉了不少罷？」雲澤閃過身去護著辮子，笑道：「我掉兩根頭髮，也要你管！」七巧只顧端詳她，叫道：「大嫂你來看看，雲妹妹的確瘦多了，小姐莫不是有了心事了？」雲澤啪的一聲打掉了她的手，恨道：「你今兒個真的發了瘋了！平日還不夠討人嫌的？」七巧把兩手筒在袖子裏，笑嘻嘻的道：「小姐脾氣好大！」

玳珍探出頭來道：「雲妹妹，老太太起來了。」眾人連忙扯扯衣襟，摸摸鬢腳，打簾子進隔壁房裏去，請了安，伺候老太太吃早飯。婆子們端著托盤從起坐間穿了過去，裏面的丫頭接過碗碟，婆子們依舊退到外間來守候著。裏面靜悄悄的，難得有人說句把話，只聽見銀筷子頭上的細銀鍊條窸窣顫動。老太太信佛，飯後照例要做兩個時辰的功課，眾人退了出來，雲澤背地裏向玳珍道：「二嫂不忙著過癮去，還挨在裏面做什麼？」玳珍道：「想是有兩句私房話要說。」雲澤不由得笑了起來道：「她的話，老太太哪裏聽得進？」玳珍冷笑道：「那倒也說不定。老年人心思總是活動的，成天在耳邊聒絮著，十句裏頭相信一兩句，也未可知。」

蘭仙坐著磕核桃，玳珍和雲澤便順著腳走到洋台上，雖不是存心偷聽正房裏的談話，老太太上了年紀，有點聾，喉嚨特別高些，有意無意之間不免有好些話吹到洋台上的人的耳朵裏來。雲澤把臉氣得雪白，先是握緊了拳頭，又把兩隻手使勁一洒，便向走廊的另一頭跑去。跑了兩步，又站住了，身子向前傴僂著，捧著臉嗚嗚哭起來。玳珍趕上去扶著勸道：「妹妹快別這麼著！快別這麼著！不犯著跟她這樣的人計較！誰拿她的話當樁事！」雲澤甩開了她，一逕往自己屋裏奔去。玳珍回到起坐間裏來，一拍手道：「這可闖出禍來了！」蘭仙忙道：「怎麼了？」玳珍道：「你二嫂去告訴了老太太，說女大不中留，讓老太太寫信給彭家，叫他們早早把雲妹妹娶過去罷。你瞧，這算什麼話？」蘭仙也怔了一怔道：「女家說出這種話來，可不是自己打臉麼？」玳珍道：「姜家沒面子，還是一時的事，雲妹妹將來嫁了過去，叫人家怎麼瞧得起她？她這一輩子還要做人呢！」蘭仙道：「老太太是明白人——不見得跟那一位一樣的見識。」玳珍道：「老太太起先自然是不愛聽，說咱們家的孩子，決不會生這樣的心。她就說：『喲！您不知道現在的女子跟您從前做女孩子時候的女孩子，哪兒能夠打比呀？時世變了，要不怎麼天下大亂呢？』你知道，年歲大的人就愛聽這一套，說得老太太也有點疑疑惑惑起來。」蘭仙嘆道：「好端端怎麼想起來的，造這樣的謠言！」玳珍兩肘支在桌子上，伸著小指剔眉毛，沉吟了一會，嗤的一笑道：「她自己以為她是特別的體貼雲妹妹呢！要她這樣體貼我，我可受不了！」蘭仙拉了她一把道：「你聽——不能是雲妹妹罷？」後房似乎有人在那裏大放悲聲，蹬得銅床柱子一片響，嘈嘈雜雜還有人在那裏解勸，只是勸不住。玳珍站起身來道：「我去看看，別瞧這位小姐好性兒，逼急了她，也不是好惹的。」

玳珍出去了，那姜三爺姜季澤卻一路打著呵欠進來了。季澤是個結實小伙子，偏於胖的一方面，腦後拖一根三股油鬆大辮，生得天圓地方，鮮紅的腮頰，往下墜著一點，青濕眉毛，水汪汪的黑眼睛裏永遠透著三分不耐煩，穿一件竹根青窄袖長袍，醬紫芝蔴地一字襟珠扣小坎肩，問蘭仙道：「誰在裏頭吱吱喳喳跟老太太說話？」蘭仙道：「二嫂。」季澤抿著嘴搖搖頭，蘭仙笑道：「你也怕了她？」季澤一聲兒不言語，拖過一把椅子，將椅背抵著桌緣，把袍子高高的一撩，騎著椅子坐下來，下巴擱在椅背上，手裏只管把核桃仁一個一個拈來吃，蘭仙睞了他一眼道：「人家剝了這一晌午，是專誠孝敬你的麼？」正說著，七巧掀著簾子出來了，一眼看見了季澤，身不由主的就走了過來，繞到蘭仙椅子背後，兩手兜在蘭仙脖子上，把臉湊了下去，笑道：「這麼一個人才出眾的新娘子！三弟你還沒謝謝我哪！要不是我催著他們早早替你辦了這件事，這一耽擱，等打完了仗，指不定要十年八年呢！可不把你急壞了！」蘭仙生平最大的憾事便是出閣的日子正趕著非常時期，潦草成了家，諸事都欠齊全，因此一聽見這不入耳的話，她那小長掛子臉便往下一沉。季澤望了蘭仙一眼，微笑道：「二嫂，自古好心沒有好報，誰都不承你的情！」七巧道：「不承情也罷！我也慣了。我進了你們姜家的門，別的不說，單只守著你二哥這些年，衣不解帶的服侍他，也就是個有功無過的人——誰見我的情來？誰有半點好處到我頭上？」季澤道：「你一開口就是滿肚子的牢騷！」七巧長長的吁了一口氣，只管撥弄蘭仙衣襟上扣著的金三事兒和鑰匙。半晌，忽道：「總算你這一個來月沒出去胡鬧過。真虧了新娘子留住了你。旁人跪下地來求你也留不住！」季澤笑道：「是嗎？嫂子並沒有留過我，怎見得留不住？」一面笑，一面向蘭仙使了個眼色。七巧笑得直不起腰道：「三妹，你也不管管他！這麼個猴兒崽子，我眼看他長大的，他倒佔起我的便宜來了！」

她嘴裏說笑著，心裏發煩，一雙手也不肯閒著，把蘭仙揣著捏著，搥著打著，恨不得把她擠得走了樣才好。蘭仙縱然有涵養，也忍不住要惱了；一性急，磕核桃使差了勁，把那二寸多長的指甲齊根折斷，七巧喲了一聲道：「快拿剪刀來修一修。我記得這屋裏有一把小剪子的。」便喚：「小雙！榴喜！來人哪！」蘭仙立起身來道：「二嫂不用費事，我上我屋裏鉸去。」便抽身出去。七巧就在蘭仙的椅子上坐下了，一手托著腮，抬高了眉毛，斜瞅著季澤道：「她跟我生了氣麼？」季澤笑道：「她幹嘛生你的氣？」七巧道：「我正要問呀！我難道說錯了話不成？留你在家倒不好？她倒願意你上外頭逛去？」季澤笑道：「這一家子從大哥大嫂起，齊了心管教我，無非是怕我花了公賬上的錢罷了。」七巧道：「阿彌陀佛，我保不定別人不安著這個心，我可不那麼想。你就是鬧了虧空，押了房子賣了田，我若皺一皺眉頭，我也不是你二嫂了。誰叫咱們是骨肉至親呢？我不過是要你當心你的身子。」季澤嗤的一笑道：「我當心我的身子，要你操心？」七巧顫聲道：「一個人，身子第一要緊。你瞧你二哥弄得那樣兒，還成個人嗎？還能拿他當個人看？」季澤正色道：「二哥比不得我，他一下地就是那樣兒，並不是自己作踐的。他是個可憐的人，一切全仗二嫂照護他了。」七巧直挺挺的站了起來，兩手扶著桌子，垂著眼皮，臉龐的下半部抖得像嘴裏含著滾燙的蠟燭油似的，用尖細的聲音逼出兩句話道：「你去挨著你二哥坐坐！你去挨著你二哥坐坐！」她試著在季澤身邊坐下，只搭著他的椅子的一角，她將手貼在他腿上，道：「你碰過他的肉沒有？是軟的、重的，就像人的腳有時發麻了，摸上去那感覺……」季澤臉上也變了色，然而他仍舊輕佻地笑了一聲，俯下腰，伸手去捏她的腳道：「倒要瞧瞧你的腳現在麻不麻？」七巧道：「天哪，你沒挨著他的肉，你不知道沒病的身子是多好的……多好的……」她順著椅子溜下去，蹲在地上，臉枕著袖子，聽不見她哭，只看見髮髻上插的風涼針，針頭上的一粒鑽石的光，閃閃掣動著。髮髻的心子裏紮著一小截粉紅絲線，反映在金剛鑽微紅的光焰裏。她的背影一挫一挫，俯伏了下去。她不像在哭，簡直像在翻腸攪胃地嘔吐。

季澤先是楞住了，隨後就立起來道：「我走就是了。你不怕人，我還怕人呢。也得給二哥留點面子！」七巧扶著椅子站了起來，嗚咽道：「我走。」她扯著衫袖裏的手帕子搵了搵臉，忽然微微一笑道：「你這樣護衛二哥！」季澤冷笑道：「我不護衛他，還有誰護衛他？」七巧向門走去，哼了一聲道：「你又是什麼好人？趁早不用在我跟前假撇清！且不提你在外頭怎樣荒唐，只單在這屋裏……老娘眼睛裏揉不下沙子去！別說我是你嫂子了，就是我是你奶媽，只怕你也不在乎。」季澤笑道：「我原是個隨隨便便的人，哪禁得起你挑眼兒？」七巧待要出去，又把背心貼在門下，低聲道：「我就不懂，我什麼地方不如人？我有什麼地方不好……」季澤笑道：「好嫂子，你有什麼不好？」七巧笑了一聲道：「難不成我跟了個殘廢的人，就過上了殘廢的氣，沾都沾不得？」她睜著眼直勾勾朝前望著，耳朵上的實心小金墜子像兩隻銅釘把她釘在門上——玻璃匣子裏蝴蝶的標本，鮮艷而悽愴。

季澤看著她，心裏也動了一動。可是那不行，玩儘管玩，他早抱定了宗旨不惹自己家裏人，一時的興致過去了，躲也躲不掉，踢也踢不開，成天在面前，是個累贅。何況七巧的嘴這樣敞，脾氣這樣躁，如何瞞得了人？何況她的人緣這樣壞，上上下下誰肯代她包涵一點，她也許是豁出去了，鬧穿了也滿不在乎。他可是年紀輕輕的，憑什麼要冒那個險，他侃侃說道：「二嫂，我雖年紀小，並不是一味胡來的人。」

彷彿有腳步聲，季澤一撩袍子，鑽到老太太屋子裏去了，臨走還抓了一大把核桃仁。七巧神志還不很清楚，直到有人推門，她方才醒了過來，只得將計就計，藏在門背後，見玳珍走了進來，她便夾腳跟出來，在玳珍背上打了一下。玳珍勉強一笑道：「你的興致越發好了！」又望了望桌上道：「咦？那麼些個核桃，吃得差不多了。再也沒有別人，準是三弟。」七巧倚著桌子，面向洋台立著，只是不言語。玳珍坐了下來，嘟囔道：「害人家剝了一早上，便宜他享現成的！」七巧捏著一片鋒利的胡桃殼，在紅毡條上狠命刮著，左一刮，右一刮，看看那毡子起了毛，就要破了。她咬著牙道：「錢上頭何嘗不是一樣？一味的叫咱們省，省下來讓人家拿出去大把的花！我就不伏這口氣！」玳珍看了她一眼，冷冷的道：「那可沒辦法了。人多了，明裏不去，暗裏也不見得不去。管得了這個，管不了那個。」七巧覺得她話中有刺，正待反脣相譏，小雙進來了，鬼鬼祟祟走到七巧跟前，囁嚅道：「奶奶，舅爺來了。」七巧罵道：「舅爺來了，又不是背人的事，你嗓子眼裏長了疔是怎麼著？蚊子哼哼似的！」小雙倒退了一步，不敢言語。玳珍道：「你們舅爺原來也到上海來了，咱們這兒親戚倒都全了。」七巧移步出房道：「不許他到上海來？內地兵荒馬亂的，窮人也一樣的要命呀！」她在門檻子上站住了，問小雙道：「回過老太太沒有？」小雙道：「還沒呢。」七巧想了一想，畢竟不敢去告訴一聲，只得悄悄下樓去了。

玳珍問小雙道：「舅爺一個人來的？」小雙道：「還有舅奶奶，攜著四隻提籃盒。」玳珍格的一笑道：「倒破費了他們。」小雙道：「大奶奶不用替他們心疼。裝得滿滿的進來，一樣裝得滿滿的出去。別說金的銀的圓的扁的，就連零頭鞋面兒袴腰都是好的！」玳珍笑道：「別那麼缺德了！你下去罷。她娘家人難得上門，伺候不周到，又該大鬧了。」

小雙趕了出去，七巧正在樓梯口盤問榴喜老太太可知道這件事。榴喜道：「老太太念佛呢，三爺爬在窗口看野景，說大門口來了客。老太太問是誰，三爺仔細看了看，說不知是不是曹家舅爺，老太太就沒追問下去。」七巧聽了，心頭火起，跺了跺腳，喃喃吶吶罵道：「敢情你裝不知道就算了！皇帝還有草鞋親呢！這會子有這麼勢利的，當初何必三媒六聘的把我抬過來？快刀斬不斷的親戚，別說你今兒是裝死，就是你真死了，他也不能不到你的靈前磕三個頭，你也不能不受著他的！」一面說，一面下去了。

她那間房，一進門便有一堆金漆箱籠迎面攔住，只隔開幾步見方的空地。她一掀簾子，只見她嫂子蹲下身去將提籃盒上面的一屜盒子卸了下來，檢視下面一屜裏的菜可曾潑出來。她哥哥曹大年背著手彎著腰看著。七巧止不住一陣心酸，倚著箱籠，把臉偎在那沙藍棉套子上，紛紛落下淚來。她嫂子慌忙站直了身子，搶步上前，兩隻手捧住她一隻手，連連叫著姑娘。曹大年也不免抬起袖子來擦眼睛。七巧把那隻空著的手去解箱套子上的鈕扣，解了又扣上，只是開不得口。

她嫂子回過頭去睃了她哥哥一眼道：「你也說句話呀！成日家唸叨著，見了妹妹的面，又像鋸了嘴的葫蘆似的！」七巧顫聲道：「也不怪他沒有話——他哪兒有臉來見我！」又向她哥哥道：「我只道你這一輩子不打算上門了！你害得我好！你扔崩一走，我可走不了。你也不顧我的死活。」曹大年道：「這是什麼話？旁人這麼說還罷了，你也這麼說！你不替我遮蓋遮蓋，你自己臉上也不見得光鮮。」七巧道：「我不說，我可禁不住人家不說。就為你，我氣出了一身病在這裏。今日之下，虧你還拿這話來堵我！」她嫂子忙道：「是他的不是！是他的不是！姑娘受了委屈了。姑娘受委屈也不止這一件，好歹忍著罷，總有個出頭之日。」她嫂子那句「姑娘受的委屈也不止這一件」的話卻深深打進她心坎兒裏去。七巧哀哀哭了起來，急得她嫂子直搖手道：「看吵醒了姑爺。」房那邊暗昏昏的紫楠大床上，寂寂弔著珠羅紗帳子。七巧的嫂子又道：「姑爺睡著了罷？驚動了他，該生氣了。」七巧高聲叫道：「他要有點人氣，倒又好了。」她嫂子嚇得掩住她的嘴道：「姑奶奶別！病人聽見了，心裏不好受！」七巧道：「他心裏不好受，我心裏好受嗎？」她嫂子道：「姑爺還是那軟骨症？」七巧道：「就這一件還不夠受了，還禁得起添什麼？這兒一家子都忌諱癆病這兩個字，其實還不就是骨癆！」她嫂子道：「整天躺著，有時候也坐起來一會兒麼？」七巧嚇嚇的笑了起來道：「坐起來，脊梁骨直溜下去，看上去還沒有我那三歲的孩子高哪！」她嫂子一時想不出勸慰的話，三個人都楞住了。七巧猛的蹬腳道：「走罷，走罷，你們！你們來一趟，就害得我把前因後果重新在心裏過一過。我禁不起這麼掀騰！你快給我走！」

曹大年道：「妹妹你聽我一句話。別說你現在心裏不舒坦，有個娘家走動著，多少好些，就是你有了出頭之日了，姜家是個大族，長輩動不動就拿大帽子壓人，平輩小輩一個個如狼似虎的，哪一個是好惹的？替你打算，也得要個幫手。將來你用得著你哥哥你姪兒的時候多著呢。」七巧啐了一聲道：「我靠你幫忙，我也倒了楣了！我早把你看得透裏透——鬥得過他們，你到我跟前來邀功要錢，鬥不過他們，你往那邊一倒。本來見了做官的就魂都沒有了，頭一縮，死活隨我去。」大年漲紅了臉冷笑道：「等錢到了你手裏，你再防著你哥哥分你的，也還不遲。」七巧道：「你既然知道錢還沒到我手裏，你來纏我做什麼？」大年道：「路遠迢迢趕來看你，倒是我們的不是了！走！我們這就走！憑良心說，我就用你兩個錢，也是該的，當初我若貪圖財禮，問姜家多要幾百兩銀子，把你賣給他們做姨太太，也就賣了。」七巧道：「奶奶不勝似姨奶奶嗎？長線放遠鷂，指望大著呢！」大年待要回嘴，他媳婦攔住他道：「你就少說一句罷！以後還有見面的日子呢。將來姑奶奶想到你的時候，才知道她就只這一個親哥哥了！」大年督促他媳婦整理了提籃盒，撿起就待走。七巧道：「我希罕你？等我有了錢了，我不愁你不來，只愁打發你不開。」嘴裏雖然硬著，熬不住那嗚咽的聲音，一聲響似一聲，憋了一上午的滿腔幽恨，借著這因由盡情發洩了出來。

她嫂子見她分明有些留戀之意，便做好做歹勸住了她哥哥，一面半攙半擁把她引到花梨炕上坐下了，百般譬解，七巧漸漸收了淚。兄妹姑嫂敘了些家常。北方情形還算平靖，曹家的麻油鋪還照常營業著。大年夫婦此番到上海來，卻是因為他家沒過門的女婿在人家當賬房，光復的時候恰巧在湖北，後來輾轉跟主人到上海來了，因此大年親自送了女兒來完婚，順便探望妹子。大年問候了姜家闔宅上下，又要參見老太太，七巧道：「不見也罷了，我正跟她嘔氣呢。」大年夫婦都吃了一驚，七巧道：「怎麼不嘔氣呢？一家子都往我頭上踩，我若是好欺負的，早給作踐死了，饒是這麼著，還氣得我七病八痛的！」她嫂子道：「姑娘近來還抽烟不抽，倒是鴉片烟，平肝導氣，比什麼藥都強。姑娘自己千萬保重，我們又不在跟前，誰是個知疼著熱的人？」

七巧翻箱子取出幾件新款尺頭送與她嫂子，又是一副四兩重的金鐲子，一對披霞蓮蓬簪，一床絲棉被胎，姪女們每人一隻金挖耳，姪兒們或是一隻金錁子，或是一頂貂皮暖帽，另送了她哥哥一隻琺藍金蟬打簧錶，她哥嫂道謝不迭。七巧道：「你們來得不巧，若是在北京，我們正要上路的時候，帶不了的東西，分了幾箱給丫頭老媽子，白便宜了他們。」說得她哥嫂訕訕的。臨行的時候，她嫂子道：「忙完了閨女，再來瞧姑奶奶。」七巧笑道：「不來也罷，我應酬不起！」

大年夫婦出了姜家的門，她嫂子便道：「我們這位姑奶奶怎麼換了個人？沒出嫁的時候不過要強些，嘴頭上瑣碎些，就連後來我們去瞧她，雖是比前暴躁些，也還有個分寸，不似如今瘋瘋傻傻，說話有一句沒一句，就沒一點兒得人心的地方。」

七巧立在房裏，抱著胳膊看小雙祥雲兩個丫頭把箱子抬回原處，一隻一隻疊了上去。從前的事又回來了：臨著碎石子街的馨香的麻油店，黑膩的櫃台，芝麻醬桶裏豎著木匙子，油缸上吊著大大小小的鐵匙子。漏斗插在打油的人的瓶裏，一大匙再加上兩小匙正好裝滿一瓶，——一斤半。熟人呢，算一斤四兩。有時她也上街買菜，藍夏布衫袴，鏡面烏綾鑲滾。隔著密密層層的一排吊著豬肉的銅鈎，她看見肉舖裏的朝祿。朝祿趕著她叫曹大姑娘。難得叫聲巧姐兒，她就一巴掌打在鈎子背上，無數的空鈎子盪過去錐他的眼睛，朝祿從鈎子上摘下尺來寬的一片生豬油，重重的向肉案一拋，一陣溫風撲到她臉上，膩滯的死去的肉體的氣味……她皺緊了眉毛。床上睡著的她的丈夫，那沒有生命的肉體……

風從窗子裏進來，對面掛著的回文雕漆長鏡被吹得搖搖晃晃，磕托磕托敲著牆。七巧雙手按住了鏡子。鏡子裏反映著的翠竹簾子和一副金綠山水屏條依舊在風中來回盪漾著，望久了，便有一種暈船的感覺。再定睛看時，翠竹簾子已經褪了色，金綠山水換為一張她丈夫的遺像，鏡子裏的人也老了十年。

去年她戴了丈夫的孝，今年婆婆又過世了。現在正式挽了叔公九老太爺出來為他們分家，今天是她嫁到姜家來之後一切幻想的集中點。這些年了，她戴著黃金的枷鎖，可是連金子的邊都啃不到，這以後就不同了。七巧穿著白香雲紗衫，黑裙子，然而她臉上像抹了胭脂似的，從那揉紅了的眼圈兒到燒熱的顴骨。她抬起手來揾了一揾臉，臉上燙，身子卻冷得打顫。她叫祥雲倒了杯茶來。（小雙早已嫁了，祥雲也配了個小廝。）茶給喝了下去，沉重地往腔子裏流，一顆心便在熱茶裏撲通撲通跳。她背向著鏡子坐下了，問祥雲道：「九老太爺來了這一下午，就在堂屋裏跟馬師爺查賬？」祥雲應了一聲是。七巧又道：「大爺大奶奶三爺三奶奶都不在跟前？」祥雲又應了聲是。七巧道：「還到誰的屋裏去過？」祥雲道：「就到哥兒們的書房裏兜了一兜。」七巧道：「好在咱們白哥兒的書倒不怕他查考……今年這孩子就吃虧在他爸爸他奶奶接連著出了事，他若還有心念書，他也不是人養的！」她把茶吃完了，吩咐祥雲下去看看堂屋裏大房三房的人可都齊了，免得自己去早了，顯得性急，被人恥笑。恰巧大房裏也差了一個丫頭出來探看，和祥雲打了個照面。

七巧終於款款下樓來了。堂屋裏臨時佈置了一張鏡面烏木大餐檯，九老太爺獨當一面坐了，面前亂堆著青布面，梅紅簽的賬簿，又擱著一隻瓜楞茶碗。四周除了馬師爺之外，又有特地邀請的「公親」，近於陪審員的性質。各房只派了一個男子做代表，大房是大爺，二房二爺沒了，是二奶奶，三房是三爺。季澤很知道這總清算的日子於他沒有什麼好處，因此他到得最遲。然而來既來了，他決不願意露出焦灼懊喪的神氣。腮幫子上依舊是他那點豐肥的，紅色的笑。眼睛裏依舊是他那點瀟洒的不耐煩。

九老太爺咳嗽了一聲，把姜家的經濟狀況約略報告了一遍，又翻著賬簿子讀出重要的田地房產的所在與按年的收入。七巧兩手緊緊扣在肚子上，身子向前傾著，努力向她自己解釋他的每一句話，與她往日調查所得一一印證。青島的房子、天津的房子、北京城外的地、上海的房子……三爺在公賬上拖欠過鉅，他的一部份遺產被抵銷了之後，還淨欠六萬，然而大房二房也只得就此算了，因為他是一無所有的人。他僅有的那一幢花園洋房，他為一個姨太太買了，也已經抵押了出去。其餘只有女太太陪嫁過來的首飾，由兄弟三人均分，季澤的那一份也不便充公，因為是母親留下的一點紀念。七巧突然叫了起來道：「九老太爺，那我們太吃虧了！」

堂屋裏本就肅靜無聲，現在這肅靜卻是沙沙有聲，直鋸進耳朵裏去，像電影配音機器損壞之後的銹軋。九老太爺睜了眼望著她道：「怎麼？你連他娘丟下的幾件首飾也捨不得給他？」七巧道：「親兄弟，明算賬，大哥大嫂不言語，我可不能不老著臉開口說句話。我須比不得大哥大嫂——我們死掉的那個若是有能耐出去做兩任官，手頭活便些，我也樂得放大方些，哪怕把從前的舊賬一筆勾銷呢？可憐我們那一個病病哼哼一輩子，何嘗有過一文半文進賬，丟下我們孤兒寡婦，就指著這兩個死錢過活。我是個沒腳蟹，長白還不滿十四歲，往後苦日子有得過呢！」說著，流下淚來。九老太爺道：「依你便怎樣？」七巧嗚咽道：「哪兒由得我出主意呢？只求九老太爺替我們做主！」季澤冷著臉只不作聲，滿屋子的人都覺不便開口。九老太爺按捺不住一肚子的火，哼了一聲道：「我倒想替你出主意呢，只怕你不愛聽！二房裏有田地沒人照管，三房裏有人沒有地，我待要叫三爺替你照管，你多少貼他些，又怕你不要他！」七巧冷笑道：「我倒想依你呢，只怕死掉的那個不依！來人哪！祥雲你把白哥兒給我找來！長白，你爹好苦呀！一下地就是一身的病，為人一場，一天舒坦日子也沒過著，臨了丟下你這點骨血，人家還看不得你，千方百計圖謀你的東西！長白誰叫你爹拖著一身病，活著人家欺負他，死了人家欺負他的孤兒寡婦！我還不打緊，我還能活個幾十年麼？至多我到老太太靈前把話說明白了，把這條命跟人拼了。長白你可是年紀小著呢，就是喝西北風你也得活下去呀！」九老太爺氣得把桌子一拍道：「我不管了！是你們求爹爹拜奶奶邀了我來的，你道我喜歡自找麻煩麼？」站起來一腳踢翻了椅子，也不等人攙扶，一陣風走得無影無蹤，眾人面面相覷，一個個悄沒聲兒溜走了。惟有那馬師爺忙著拾掇賬簿子，落後了一步，看看屋裏人全走光了，單剩下二奶奶一個人在那裏搥著胸脯號啕大哭，自己若無其事的走了，似乎不好意思，只得走上前去，打躬作揖叫道：「二太太！二太太！……二太太！」七巧只顧把袖子遮住臉，馬師爺又不便把她的手拿開，急得把瓜皮帽摘下來搧著汗。

維持了幾天的僵局，到底還是無聲無息照原定計畫分了家。孤兒寡婦還是被欺負了。

七巧帶著兒子長白，女兒長安另租了一幢屋子住下了，和姜家各房很少來往。隔了幾個月，姜季澤忽然上門來了。老媽子通報上來，七巧懷著鬼胎，想著分家的那一天得罪了他，不知他有什麼手段對付。可是兵來將擋，她憑什麼要怕他？她家常穿著佛青實地紗襖子，特地繫上一條玄色鐵線紗裙，走下樓來。季澤卻是滿面春風的站起來問二嫂好，又問白哥兒可是在書房裏，安姐兒的濕氣可大好了。七巧心裏便疑惑他是來借錢的，加意防備著，坐下笑道：「三弟你近來又發福了。」季澤笑道：「看我像一點心事都沒有的人。」七巧笑道：「有福之人不在忙嗎！你一向就是無牽無掛的。」季澤笑道：「等我把房子賣了，我還要無牽無掛呢！」七巧道：「就是你做了押款的那房子，你要賣？」季澤道：「當初造它的時候，很費了點心思，有許多裝置都是自己心愛的，當然不願意脫手。後來你是知道的，那塊地皮值錢了，前年把它翻造了弄堂房子，一家一家收租，跟那些住小家的打交道，我實在嫌麻煩，索性打算賣了它，圖個清淨。」七巧暗地裏說道：「口氣好大！我是知道你的底細的，你在我跟前充什麼闊大爺！」

雖然他不向她哭窮，但凡談到銀錢交易，她總覺得有點危險，便岔了開去道：「三妹妹好麼？腰子病近來發過沒有？」季澤笑道：「我也有許久沒見過她的面了。」七巧道：「這是什麼話？你們吵了嘴麼？」季澤笑道：「這些時我們倒也沒吵過嘴。不得已在一起說兩句話，也是難得的，也沒那閒情逸致吵嘴。」七巧道：「何至於這樣？我就不相信！」季澤兩肘撐在籐椅的扶手上，交叉十指，手搭涼棚，影子落在眼睛上，深深的唉了一聲。七巧笑道：「沒有別的，要不就是你在外頭玩得太厲害了。自己做錯了事，還唉聲嘆氣的彷彿誰害了你似的。你們姜家就沒有一個好人！」說著，舉起白團扇，作勢要打。季澤把那交叉著的十指往下移了一移，兩隻大拇指按在嘴唇上，兩隻食指緩緩撫摸著鼻梁，露出一雙水汪汪的眼睛來。那眼珠卻是水仙花缸底的黑石子，上面汪著水，下面冷冷的沒有表情。看不出他在想什麼。七巧道：「我非打你不可！」季澤的眼睛裏突然冒出一點笑泡兒，道：「你打，你打！」七巧待要打，又掣回手去，重新一鼓作氣道：「我真打！」抬高了手，一扇子劈下來，又在半空中停住了，吃吃笑起來，季澤帶笑將肩膀聳了一聳，湊了上去道：「你倒是打我一下罷！害得我渾身骨頭癢著，不得勁兒！」七巧把扇子向背後一藏，越發笑得格格的。

季澤把椅子換了個方向，面朝牆坐著，人向椅背上一靠，雙手蒙住了眼睛，又是長長的嘆了口氣。七巧啃著扇子柄，斜瞟著他道：「你今兒是怎麼了？受了暑嗎？」季澤道：「你哪裏知道？」半晌，他低低的一個字一個字說道：「你知道我為什麼跟家裏的那個不好，為什麼我拚命的在外頭玩，把產業都敗光了？你知道這都是為了誰？」七巧不知不覺有點膽寒，走得遠遠的，倚在爐台上，臉色慢慢的變了。季澤跟了過來。七巧垂著頭，肘彎撐在爐台上，手裏擎著團扇，扇子上的杏黃穗子順著她的額角拖下來。季澤在她對面站住了，小聲道：「二嫂！……七巧！」

七巧背過臉去淡淡笑道：「我要相信你才怪呢！」季澤便也走開了，道：「不錯。你怎麼能夠相信我？自從你到我家來，我在家一刻也待不住，只想出去。你沒來的時候我並沒有那麼荒唐過，後來那都是為了躲你。娶了蘭仙來，我更玩得兇了，為了躲你之外又要躲她。見了你，說不了兩句話我就要發脾氣——你哪兒知道我心裏的苦楚？你對我好，我心裏更難受——我得管著我自己——我不能平白的坑壞了你，家裏人多眼雜，讓人知道了，我是個男子漢，還不打緊。你可了不得！」七巧的手直打顫，扇柄上的杏黃鬚子在她額上蘇蘇摩擦著。季澤道：「你信也罷！不信也罷！信了又怎樣？橫豎我們半輩子已經過去了，說也是白說。我只求你原諒我這一片心。我為你吃了這些苦，也就不算冤枉了。」

七巧低著頭，沐浴在光輝裏，細細的音樂，細細的喜悅……這些年了，她跟他捉迷藏似的，只是近不得身，原來還有今天！可不是，這半輩子已經完了——花一般的年紀已經過去了。人生就是這樣的錯綜複雜，不講理。當初她為什麼嫁到姜家來？為了錢麼？不是的，為了要遇見季澤，為了命中注定她要和季澤相愛。她微微抬起臉來，季澤立在她跟前，兩手合在她扇子上，面頰貼在她扇子上。他也老了十年了，然而人究竟還是那個人呵！他難道是哄她麼？他想她的錢——她賣掉她的一生換來的幾個錢？僅僅這一轉念便使她暴怒起來。就算她錯怪了他，他為她吃的苦抵得過她為他吃的苦麼？好容易她死了心了，他又來撩撥她，她恨他。他還在看著她。他的眼睛——雖然隔了十年，人還是那個人呵！就算他是騙她的，遲一點兒發現不好麼？即使明知是騙人的，他太會演戲了，也跟真的差不多罷？

不行！她不能有把柄落在這廝手裏。姜家的人是厲害的，她的錢只怕保不住。她得先證明他是真心不是。七巧定了一定神，向門外瞧了一瞧，輕輕驚叫道：「有人！」便三腳兩步趕出門去，到下房裏吩咐潘媽替三爺弄點心去，快些端了來，順便帶芭蕉扇進來替三爺打扇。七巧回到屋裏來，故意皺著眉道：「真可惡，老媽子在門口探頭探腦的，見了我抹過頭去就跑，被我趕上去喝住了。若是關上了門說兩句話，指不定造出什麼謠言來呢！饒是獨門獨戶住了，還沒個清淨。」潘媽送了點心與酸梅湯進來，七巧親自拿筷子替季澤揀掉了蜜層糕上的玫瑰與青梅，道：「我記得你是不愛吃紅綠絲的。」有人在跟前，季澤不便說什麼，只是微笑。七巧似乎沒話找話說似的，問道：「你賣房子，接洽得怎樣了？」季澤一面吃，一面答道：「有人出八萬五，我還沒打定主意呢。」七巧沉吟道：「地段倒是好的。」季澤道：「誰都不贊成我脫手，說還要漲呢。」七巧又問了些詳細情形，便道：「可惜我手頭沒有這一筆現款，不然我倒想買。」季澤道：「其實呢，我這房子倒不急，倒是咱們鄉下你那些田，早早脫手的好。自從改了民國，接二連三的打仗，何嘗有一年閒過，把地面上糟蹋得不成樣子，中間還被收租的、師爺、地頭蛇一層一層勒啃著，莫說這兩年不是水就是旱，就遇著了豐年，也沒有多少進賬輪到我們頭上。」七巧尋思著，道：「我也盤算過來，一直挨著沒有辦。先曉得把它賣了，這會子想買房子，也不至於錢不湊手了。」季澤道：「你那田要賣趁現在就得賣，聽說直魯又要開仗了。」七巧道：「急切間你叫我賣給誰去？」季澤頓了一頓道：「我去替你打聽打聽，也成。」七巧聳了聳眉毛笑道：「得了，你那些狐羣狗黨裏頭，又有誰是靠得住的？」季澤把咬開的餃子在小碟裏蘸了點醋，閒閒說出兩個靠得住的人名，七巧便認真仔細盤問他起來，他果然回答得有條不紊，顯然他是籌之已熟的。

七巧雖是笑吟吟的，嘴裏發乾，上嘴唇黏在牙仁上，放不下來。她端起蓋碗來吸了一口茶，舐了舐嘴唇，突然把臉一沉，跳起身來，將手裏的扇子向季澤頭上滴溜溜擲過去，季澤向左偏了一偏，那團扇敲在他肩膀上，打翻了玻璃杯，酸梅湯淋淋漓漓濺了他一身。七巧罵道：「你要我賣了田去買你的房子？你要我賣田？錢一經你的手，還有得說麼？你哄我——你拿那樣的話來哄我——你拿我當傻子——」她隔著一張桌子探身過去打他，然而她被潘媽下死勁抱住了。潘媽叫喚起來，祥雲等人都奔了來，七手八腳按住了她，七嘴八舌求告著。七巧一頭掙扎，一頭叱喝著，然而她的一顆心直往下墜——她很明白她這舉動太蠢——太蠢——她在這兒丟人出醜。

季澤脫下了他那濕濡的白雲紗長衫，潘媽絞了毛巾來代他揩擦，他理也不理，把衣服夾在手臂上，竟自揚長出門去了，臨行的時候向祥雲道：「等白哥兒下了學，叫他替他母親請個醫生來看看。」祥雲嚇糊塗了，連聲答應著，被七巧兜臉給她一個耳刮子。

季澤走了。丫頭老媽子也給七巧罵跑了。酸梅湯沿著桌子一滴一滴朝下滴，像遲遲的夜漏——一滴，一滴……一更，二更……一年，一百年。真長，這寂寂的一剎那。七巧扶著頭站著。倏地掉轉身來上樓去，提著裙子，性急慌忙，跌跌蹌蹌，不住的撞到那陰暗的綠粉牆上，佛青襖子上沾了大塊的淡色的灰。她要在樓上的窗戶裏再看他一眼。無論如何，她從前愛過他。她的愛給了她無窮的痛苦。單只是這一點，就使她值得留戀。多少回了，為了要按捺她自己，她迸得全身的筋骨與牙根都酸楚了。今天完全是她的錯。他不是個好人，她又不是不知道。她要他，就得裝糊塗，就得容忍他的壞。她為什麼要戳穿他？人生在世，還不就是那麼一回事？歸根究底，什麼是真的？什麼是假的？

她到了窗前，揭開了那邊上綴有小絨球的墨綠洋式窗簾，季澤正在弄堂裏望外走，長衫搭在臂上，晴天的風像一羣白鴿子鑽進他的紡綢袴褂裏去，哪兒都鑽到了，飄飄拍著翅子。

七巧眼前彷彿掛了冰冷的珍珠簾，一陣熱風來了，把那簾子緊緊貼在她臉上，風去了，又把簾子吸了回去，氣還沒透過來，風又來了，沒頭沒臉包住她——一陣涼一陣熱，她只是流著眼淚。

玻璃窗的上角隱隱約約反映出弄堂裏一個巡警的縮小的影子，晃著膀子踱過去。一輛黃包車靜靜在巡警身上輾過。小孩把袍子掖在袴腰裏，一路踢著球，奔出玻璃的邊緣。綠色的郵差騎著自行車，複印在巡警身上，一溜烟掠過。都是些鬼，多年前的鬼，多年後的沒投胎的鬼……什麼是真的？什麼是假的？

過了秋天又是冬天，七巧與現實失去了接觸。雖然一樣的使性子，打丫頭，換廚子，總有些失魂落魄的。她哥哥嫂子到上海來探望了她兩次，住不上十來天，末了永遠是給她絮叨得站不住腳，然而臨走的時候她也沒有少給他們東西。她姪子曹春熹上城來找事，耽擱在她家裏。那春熹雖是個渾頭渾腦的年青人，卻也本本分分的。七巧的兒子長白，女兒長安，年紀到了十三四歲，只因身材瘦小，看上去才只七八歲的光景。在年下，一個穿著品藍摹本緞棉袍，一個穿著蔥綠遍地錦棉袍，衣服太厚了，直挺挺撐開了兩臂，一般都是薄薄的兩張白臉，並排站著，紙糊的人兒似的。這一天午飯後，七巧還沒起身，那曹春熹陪著他兄妹倆擲骰子，長安把壓歲錢輸光了，還不肯歇手。長白把桌上的銅板一擄，笑道：「不跟你來了。」長安道：「我們用糖蓮子來賭。」春熹道：「糖蓮子揣在口袋裏，看髒了衣服。」長安道：「用瓜子也好，櫃頂上就有一罐。」便搬過一張茶几來，踩了椅子爬上去拿。慌得春熹叫道：「安姐兒你可別摔交，回頭我担不了這干係！」正說著，只見長安猛可裏向後一仰，若不是春熹扶住了，早是個倒栽蔥。長白在旁拍手大笑，春熹嘟嘟囔囔罵著，也撐不住要笑，三人笑成一片。春熹將她抱下地來，忽然從那紅木大櫥的穿衣鏡裏瞥見七巧蓬著頭扠著腰站在門口，不覺一怔，連忙放下了長安，回身道：「姑媽起來了。」七巧洶洶奔了過來，將長安向自己身後一推，長安立腳不穩，跌了一交。七巧只顧將身子擋住了她，向春熹厲聲道：「我把你這狼心狗肺的東西！我三茶六飯款待你這狼心狗肺的東西，什麼地方虧待了你，你欺負我女兒？你那狼心狗肺，你道我揣摩不出麼？你別以為你教壞了我女兒，我就不能不捏著鼻子把她許配給你，你好霸佔我們的家產！我看你這渾蛋，也還想不出這等主意來，敢情是你爹娘把著手兒教的！那兩個狼心狗肺忘恩負義的老渾蛋！齊了心想我的錢，一計不成，又生一計！」春熹氣得白瞪眼，欲待分辯，七巧道：「你還有臉頂撞我！你還不給我快滾，別等我亂棒打出去！」說著，把兒女們推推搡搡送了出去，自己也喘吁吁扶著個丫頭走了。春熹究竟年紀輕火性大，賭氣捲了舖蓋，頓時離了姜家的門。

七巧回到起坐間裏，在烟榻上躺下了。屋裏暗昏昏的，拉上了絲絨窗簾。時而窗戶縫裏漏了風進來，簾子動了，方在那墨綠小絨球底下毛茸茸地看見一點天色，除此只有烟燈和燒紅的火爐的微光。長安吃了嚇，呆呆坐在火爐邊一張小凳上。七巧道：「你過來。」長安只道是要打，只是延挨著，搭訕把火爐邊的洋鐵圍屏上晾著的小紅格子法布襯衫翻了一翻，道：「快烤糊了。」襯衫發出熱烘烘的毛氣。

七巧卻不像要責打她的光景，只數落了一番，道：「你今年過了年也有十三歲了，也該放明白些。表哥雖不是外人，天下的男子都是一樣混賬。你自己要曉得當心，誰不想你的錢？」一陣風過，窗簾上的絨球與絨球之間露出白色的寒天，屋子裏暖熱的黑暗給打上了一排小洞。烟燈的火燄往下一挫，七巧臉上的影子髣髴更深了一層。她突然坐起身來，低聲道：「男人……碰都碰不得！誰不想你的錢？你娘這幾個錢不是容易得來的，也不是容易守得住。輪到你們手裏，我可不能眼睜睜看著你們上人的當——叫你以後提防著些，你聽見了沒有？」長安垂著頭道：「聽見了。」

七巧的一隻腳有點麻，她探身去捏一捏她的腳。僅僅是一剎那，她眼睛裏蠢動著一點溫柔的回憶。她記起了想她的錢的一個男人。

她的腳是纏過的，尖尖的緞鞋裏塞了棉花，裝成半大的文明腳。她瞧著那雙腳，心裏一動，冷笑一聲道：「你嘴裏儘管答應著，我怎麼知道你心裏是明白還是糊塗？你人也有這麼大了，又是一雙大腳，哪裏去不得？我就是管得住你，也沒那個精神成天看著你。按說你今年十三了，裹腳已經嫌晚了，原怪我耽誤了你。馬上這就替你裹起來，也還來得及。」長安一時答不出話來，倒是旁邊的老媽子們笑道：「如今小腳不時興了，只怕將來給姐兒定親的時候麻煩。」七巧道：「沒有扯淡！我不愁我的女兒沒人要，不勞你們替我担心！真沒人要，養活她一輩子，我也養得起！」當真替長安裹起腳來，痛得長安鬼哭神號的。這時連姜家這樣守舊的人家，纏過腳的也都已經放了腳了，別說是沒纏過的，因此都拿長安的腳傳作笑話奇談。裹了一年多，七巧一時的興致過去了，又經親戚們勸著，也就漸漸放鬆了，然而長安的腳可不能完全恢復原狀了。

姜家大房三房裏的兒女都進了洋學堂讀書，七巧處處存心跟他們比賽著，便也要送長白去投考。長白除了打小牌之外，只喜歡跑跑票房，正在那裏朝夕用功吊嗓子，只怕進學校要耽擱了他的功課，便不肯去。七巧無奈，只得把長安送到滬範女中，託人說了情，插班進去。長安換上了藍愛國布的校服，不上半年，臉色也紅潤了，胳膊腿腕也粗了一圈。住讀的學生洗換衣服，照例是送到學校裏包著的洗衣作裏去的。長安記不清自己的號碼，往往失落了枕套手帕種種零件，七巧便鬧著說要去找校長說話。這一天放假回家，檢點了一下，又發現有一條褥單是丟了。七巧暴跳如雷，準備明天親自上學校去大興問罪之師。長安著了急，攔阻了一聲，七巧便罵道：「天生的敗家精，拿你的錢不當錢。你娘的錢是容易得來的？——將來你出嫁，你看我有什麼陪送給你！——給也是白給！」長安不敢作聲，卻哭了一晚上。她不能在她的同學跟前丟這個臉。對於十四歲的人，那似乎有天大的重要。她母親去鬧一場，她以後拿什麼臉去見人？她寧死也不到學校裏去了。她的朋友們，她所喜歡的音樂教員，不久就會忘記了有這麼一個女孩子，來了半年，又無緣無故悄悄的走了。走得乾淨。她覺得她這犧牲是一個美麗的，蒼涼的手勢。

半夜裏她爬下床來，伸手到窗外試試，漆黑的，是下了雨麼？沒有雨點。她從枕頭邊摸出一隻口琴，半蹲半坐在地上，偷偷吹了起來。猶疑地，Long Long Ago的細小的調子在龐大的夜裏裊裊漾開，不能讓人聽見了。為了竭力按捺著，那嗚嗚的口琴忽斷忽續，如同嬰兒的哭泣。她接不上氣來，歇了半晌。窗格子裏，月亮從雲裏出來了。墨灰的天，幾點疎星，模糊的狀月，像石印的圖畫，下面白雲蒸騰，樹頂上透出街燈淡淡的圓光。長安又吹起口琴。「告訴我那故事，往日我最心愛的那故事，許久以前，許久以前……」

第二天她大著膽子告訴她母親：「娘，我不想念下去了。」七巧睜著眼道：「為什麼？」長安道：「功課跟不上，吃的太苦了，我過不慣。」七巧脫下一隻鞋來，順手將鞋底抽了她一下，恨道：「你爹不如人，你也不如人？養下你來又不是個十不全，就不肯替我爭口氣！」長安反剪著一雙手，垂著眼睛，只是不言語。旁邊老媽子們便勸道：「姐兒也大了，學堂裏人雜，的確有些不方便。其實不去也罷了。」七巧沉吟道：「學費總得想法子拿回來。白便宜了他們不成？」便要領了長安一同去索討，長安抵死不肯去，七巧帶著兩個老媽子去了一趟回來了，據她自己補敘，錢雖然沒收回來，卻也著實羞辱了那校長一場。長安以後在街上遇著了同學，臉上紅一陣白一陣，無地自容，只得裝做不看見，急急走了過去。朋友寄了信來，她拆也不敢拆，原封退了回去，她的學校生活就此告一結束。

有時她也覺得犧牲得有點不值得，暗自懊悔著，然而也來不及挽回了。她漸漸放棄了一切上進的思想，安分守己起來。她學會了挑是非，使小壞，干涉家裏的行政。她不時的跟母親嘔氣，可是她的言談舉止越來越像她母親了。每逢她單叉著袴子，揸開了兩腿坐著，兩隻手按在胯間露出的櫈子上，歪著頭，下巴擱在心口上淒淒慘慘瞅住了對面的人說道：「一家有一家的苦處呀，表嫂——一家有一家的苦處！」——誰都說她是活脫的一個七巧。她打了一根辮子，眉眼的緊俏有似當年的七巧，可是她的小小的嘴過於癟進去，彷彿顯老一點。她再年青些也不過是一棵較嫩的雪裏紅——鹽醃過的。

也有人來替她做媒。若是家境推扳一點的，七巧總疑心人家是貪他們的錢。若是那有財有勢的，對方卻又不十分熱心，長安不過是中等姿色，她母親出身既低，又有個不賢慧的名聲，想必沒有什麼家教。因此高不成，低不就，一年一年耽擱了下去。那長白的婚事卻不容耽擱。長白在外面賭錢，捧女戲子，七巧還沒甚話說，後來漸漸跟著他三叔姜季澤逛起窰子來，七巧方才著了慌，手忙腳亂替他定親，娶了一個袁家的小姐，小名芝壽。

行的是半新式的婚禮，紅色蓋頭是蠲免了，新娘戴著藍眼鏡，粉紅喜紗，穿著粉紅彩繡裙襖，進了洞房，除去了眼鏡，低著頭坐在湖色帳幔裏。鬧新房的人圍著打趣，七巧只看了一看便出來了。長安在門口趕上了她，悄悄笑道：「皮色倒還白淨，就是嘴唇太厚了些。」七巧把手撐著門，拔下一隻金挖耳來搔搔頭，冷笑道：「還說呢！你新嫂子這兩片嘴唇，切切倒有一大碟子。」旁邊一個太太便道：「說是嘴唇厚的人天性厚哇！」七巧哼了一聲，將金挖耳指住了那太太，倒剔起一隻眉毛，歪著嘴微微一笑道：「天性厚，並不是什麼好話。當著姑娘們，我也不便多說——但願咱們白哥兒這條命別送在她手裏！」七巧天生著一副高爽的喉嚨，現在因為蒼老了些，不那麼尖了，可是扁扁的依舊四面刮得人疼痛，像剃刀片。這兩句話，說響不響，說輕也不輕。人叢裏的新娘子的平板的臉與胸震了一震——多半是龍鳳燭的火光的跳動。

三朝過後，七巧嫌新娘子笨，諸事不如意，每每向親戚們訴說著。便有人勸道：「少奶奶年紀輕，二嫂少不得要費點心教導教導她。誰叫這孩子沒心眼兒呢！」七巧啐道：「你們瞧咱們新少奶奶老實呀——一見了白哥兒，她就得去上馬桶！真的！你信不信？」這話傳到芝壽耳朵裏，急得芝壽只待尋死。然而這還是沒滿月的時候，七巧還顧些臉面，後來索性這一類的話當著芝壽的面也說了起來，芝壽哭也不是，笑也不是，若是木著臉裝不聽見，七巧便一拍桌子嗟嘆起來道：「在兒子媳婦手裏吃口飯，可真不容易！動不動就給人臉子看！」

這天晚上，七巧躺著抽烟，長白盤踞在烟舖跟前的一張沙發椅上嗑瓜子，無線電裏正唱著一齣冷戲，他捧著戲考，一個字一個字跟著哼，哼上了勁，甩過一條腿去騎在椅背上，來回搖著打拍子。七巧伸過腳去踢他一下道：「白哥兒你來替我裝兩筒。」長白道：「現放著燒烟的，偏要支使我！我手上有蜜是怎麼著？」說著，伸了個懶腰，慢騰騰移身坐到烟燈前的小凳上，捲起了袖子。七巧笑道：「我把你這不孝的奴才！支使你，是抬舉你！」她瞇縫著眼望著他。這些年來她的生命裏只有這一個男人。只有他，她不怕他想她的錢——橫豎錢都是他的。可是，因為他是她的兒子，他這一個人還抵不了半個……現在，就連這半個人她也保留不住——他娶了親。他是個瘦小白皙的年青人，背有點駝，戴著金絲眼鏡，有著工細的五官，時常茫然地微笑著，張著嘴，嘴裏閃閃發著光的不知道是太多的唾沫水還是他的金牙。他敞著衣領，露出裏面的珠羔裏子和白小褂。七巧把一隻腳擱在他肩膀上，不住的輕輕踢著他的脖子，低聲道：「我把你這不孝的奴才！打幾時起變得這麼不孝了？」長安在旁答道：「娶了媳婦忘了娘嗎！」七巧道：「少胡說！我們白哥兒倒不是那門樣的人！我也養不出那門樣的兒子！」長白只是笑。七巧斜著眼看定了他，笑道：「你若還是我從前的白哥兒，你今兒替我燒一夜的烟！」長白笑道：「那可難不倒我！」七巧道：「盹著了，看我搥你！」

起坐間的簾子撤下送去洗濯了。隔著玻璃窗望出去，影影綽綽烏雲裏有個月亮，一搭黑，一搭白，像個戲劇化的猙獰的臉譜。一點，一點，月亮緩緩的從雲裏出來了，黑雲底下透出一線炯炯的光，是面具底下的眼睛。天是無底洞的深青色。久已過了午夜了。長安早去睡了，長白打著烟泡，也前仰後合起來。七巧斟了杯濃茶給他，兩人吃著蜜餞糖果，討論著東鄰西舍的隱私。七巧忽然含笑問道：「白哥兒你說，你媳婦兒好不好？」長白說道：「這有什麼可說的？」七巧道：「沒有可批評的，想必是好的了？」長白笑著不作聲。七巧道：「好，也有個怎麼個好呀！」長白道：「誰說她好來著？」七巧道：「她不好？哪一點不好？說給娘聽。」長白起初只是含糊對答，禁不起七巧再三盤問，只得吐露一二。旁邊遞茶遞水的老媽子們都背過臉去笑得格格的，丫頭們都掩著嘴忍著笑迴避出去了。七巧又是咬牙，又是笑，又是喃喃咒罵，卸下烟斗來狠命磕裏面的灰，敲得托托一片響，長白說溜了嘴，止不住要說下去，足足說了一夜。

次日清晨，七巧吩咐老媽子取過兩床毯子來打發哥兒在烟榻上睡覺。這時芝壽也已經起了身，過來請安。七巧一夜沒合眼，卻是精神百倍，邀了幾家女眷來打牌，親家母也在內。在麻將桌上一五一十將她兒子親口招供的她媳婦的秘密宣佈了出來，略加渲染，越發有聲有色。眾人竭力的打岔，然而說不出兩句閒話，七巧笑嘻嘻的轉了個彎，又回到她媳婦身上來了。逼得芝壽的母親臉皮紫漲，也無顏再見女兒，放下牌，乘了包車回去了。

七巧接連著要長白為她燒了兩晚上的烟。芝壽直挺挺躺在床上，擱在肋骨上的兩隻手蜷曲著像死去的雞的腳爪。她知道她婆婆又在那裏盤問她丈夫，她知道她丈夫又在那裏敘述一些什麼事，可是天知道他還有什麼新鮮的可說！明天他又該涎著臉到她跟前來了。也許他早料到她會把滿腔怨毒都結在他身上，就算她沒本領跟他拼命，最不濟也得質問他幾句，鬧上一場。多半他準備先聲奪人，借酒蓋住了臉，找點岔子，摔上兩件東西。她知道他的脾氣。末後他會坐到床沿上來，聳起肩膀，伸手到白綢小褂裏面去抓癢，出人意料之外地一笑。他的金絲眼鏡上抖動著一點光，他嘴裏抖動著一點光，不知道是唾沫還是金牙。他摘去了他的眼鏡。……芝壽猛然坐起身來，嘩喇揭開了帳子。這是個瘋狂的世界，丈夫不像個丈夫，婆婆也不像個婆婆。不是他們瘋了，就是她瘋了。今天晚上的月亮比哪一天都好，高高的一輪滿月，萬里無雲，像是黑漆的天上一個白太陽。遍地的藍影子，帳頂上也是藍影子，她的一雙腳也在那死寂的影子裏。

芝壽待要掛起帳子來，伸手去摸索帳鉤，一隻手臂吊在那銅鉤上，臉偎住了肩膀，不由得就抽噎起來。帳子自動的放了下來。昏暗的帳子裏除了她之外沒有別人，然而她還是吃了一驚，倉皇地再度掛起了帳子。窗外還是那使人汗毛凜凜的反常的明月——漆黑的天上一個灼灼的小而白的太陽。屋裏看得分明那玫瑰紫綉花椅披桌布，大紅平金五鳳齊飛的圍屏，水紅軟緞對聯，綉著盤花篆字。梳妝檯上紅綠絲網絡著銀粉缸、銀漱盂、銀花瓶，裏面滿滿盛著喜菓，帳簷上垂下五彩攢金繞絨花球、花盆、如意、粽子，下面滴溜溜墜著指頭大的琉璃珠和尺來長的桃紅穗子。偌大一間房裏充塞著箱籠、被褥、鋪陳，不見得她就找不出一條汗巾子來上吊，她又倒到床上去。月光裏，她腳沒有一點血色——青、綠、紫、冷去的屍身的顏色。她想死，她想死。她怕這月亮光，又不敢開燈。明天她婆婆會說：「白哥兒給我多燒了兩口烟，害得我們少奶奶一宿沒睡覺，半夜三更點著燈等著他回來——少不了他嗎！」芝壽的眼淚順著枕頭不停的流。她不用手帕去擦眼睛，擦腫了，她婆婆又該說了：「白哥兒一晚上沒回房去睡，少奶奶就把眼睛哭得桃兒似的！」

七巧雖然把兒子媳婦描摹成這樣熱情的一對，長白對於芝壽卻不甚中意，芝壽也把長白恨得牙癢癢的。夫妻不和，長白漸漸又往花街柳巷裏走動。七巧把一個丫頭絹兒給了他做小，還是牢籠不住他。七巧又變著方兒哄他吃烟。長白一向就喜歡玩兩口，只是沒上癮，現在吸得多了，也就收了心不大往外跑了，只在家守著母親和新姨太太。

他妹子長安二十四歲那年生了痢疾，七巧不替她延醫服藥，只勸她抽兩筒鴉片，果然減輕

又累不得，比尋常似乎多享了一些福，自己一賭氣便也病了。起初不過是氣虛血虧，卻也將闔家支使得團團轉，哪兒還能夠兼顧到芝壽？後來七巧認真得了病，臥床不起，越發雞犬不寧。長安乘亂裏便走開了，把裁縫喚到她三叔家裏，由長馨出主意替她製了新裝。赴宴的那天晚上，長馨先陪她到理髮店去用鉗子燙了頭髮，從天庭到鬢角一路密密的貼著細小的髮圈，耳朵上戴了二寸來長的玻璃翡翠寶塔墜子，又換上了蘋果綠喬琪紗旗袍，高領圈，荷葉邊袖子，腰以下是半西式的百摺裙。一個小大姐蹲在地上為她扣撳鈕，長安在穿衣鏡裏端詳著自己，忍不住將兩臂虛虛的一伸，裙子一踢，擺了個葡萄仙子的姿勢，一扭頭笑了起來道：「把我打扮得天女散花似的！」長馨在鏡子裏向那小大姐做了個眉眼，兩人不約而同也都笑了起來。長安妝罷，便向高椅上端端正正坐下了。長馨道：「我去打電話叫車。」長安道：「還早呢！」長馨看了看錶道：「約的是八點，已經八點過五分了。」長安道：「晚個半個鐘頭，想必也不礙事。」長馨猜她是存心要搭點架子，心中又好氣又好笑，打開銀絲手提皮包來檢點了一下，藉口說忘了帶粉鏡子，逕自走到她母親屋裏來，如此這般告訴了一遍，又道：「今兒又不是姓童的請客，她這架子是衝著誰搭的？我也懶得去勸她，由她挨到明兒早上去，也不干我事。」蘭仙道：「瞧你這糊塗！人是你約的，媒是你做的，你怎麼卸得了這干係？我埋怨過你多少回了——你早該知道了，安姐兒就跟她娘一樣的小家子氣，不上台盤。待會兒出乖露醜的，說起來是你姐姐，你丟人也是活該，誰叫你把這些是是非非，攬上身來，敢是閒瘋了？」長馨噘著嘴在她母親屋裏坐了半晌。蘭仙笑道：「看這情形，你姐姐是等著人催請呢。」長馨道：

「我才不去催她呢！」蘭仙道：「傻丫頭，要你催，中甚麼用？她等著那邊來電話哪！」長馨失聲笑道：「又不是新娘子，要三請四催的，逼著上轎！」蘭仙道：「好歹你打個電話到飯店裏去，叫他們打個電話來，不就結了？快九點了，再挨下去，事情可真要崩了！」長馨只得依言做去，這邊方才動了身。

長安在汽車裏還是興興頭頭，談笑風生的，到了菜館子裏，突然矜持起來，跟在長馨後面，悄悄掩進了房間，怯怯的褪去了蘋果綠鴕鳥毛斗篷，低頭端坐，拈了一隻杏仁，每隔兩分鐘輕輕啃去了十分之一，緩緩咀嚼著。她是為了被看而來的。她覺得她渾身的裝束，無懈可擊，任憑人家多看兩眼也不妨事，可是她的身體完全是多餘的，縮也沒處縮，她始終緘默著，吃完了一頓飯。等著上甜菜的時候，長馨把她拉到窗子跟前去觀看街景，又托故走開了，那童世舫便踱到窗前，問道：「姜小姐這兒來過麼？」長安細聲道：「沒有。」童世舫道：「我也是第一次，菜倒是不壞，可是我還是吃不大慣。」長安道：「吃不慣？」世舫道：「可不是！外國菜比較清淡些，中國菜要油膩得多。剛回來，連著幾天親戚朋友們接風，很容易的就吃壞了肚子。」長安反覆地看她的手指，彷彿一心一意要數數一共有幾個指紋是螺形的，幾個是簸箕……

玻璃窗上面，沒來由開了小小的一朵霓虹燈的花——對過一家店面裏反映過來的，綠心紅瓣，是尼羅河祀神的蓮花，又是法國王室的百合徽章……

世舫多年沒見過故國的姑娘，覺得長安很有點楚楚可憐的韻致，倒有幾分歡喜。他留學以前早就定了親，只因他愛上了一個女同學，抵死反對家裏的親事，路遠迢迢，打了無數的筆墨官司，幾乎鬧翻了臉，他父母曾經一度斷絕了他的接濟，使他吃了不少的苦，方才依了他，解了約。不幸他的女同學別有所戀，抛下了他，他失意之餘，倒埋頭讀了七八年的書。他深信妻子還是舊式的好，也是由於反應作用。

和長安見了這一面之後，兩下裏都有了意。長馨想著送佛送到西天，自己再熱心些，也沒有資格出來向長安的母親說話，只得央及蘭仙。蘭仙執意不肯道：「你又不是不知道，你爹跟你二媽仇人似的，向來是不見面的。我雖然沒有跟她紅過臉，再好些也有限，何苦去自討沒趣？」長安見了蘭仙，只是垂淚，蘭仙卻不過情面，只得答應去走一遭。妯娌相見，問候了一番，蘭仙便說明了來意。七巧初聽見了，倒也欣然，因道：「那就拜託三妹妹罷！我病病哼哼的，也管不得了，偏勞了三妹妹。這丫頭就是我的一塊心病。我做娘的也不能說是對不起她了，行的是老法規矩，我替她裹腳；行的是新派規矩，我送她上學堂——還要怎麼著？照我這樣扒心扒肝調理出來的人，只要她不疤不麻不瞎，還會沒人要嗎？怎奈這丫頭天生的是扶不起的阿斗，恨得我只嚷嚷；多是我眼閉一去了，男婚女嫁，聽天由命罷！」

當下議妥了，由蘭仙請客，兩方面相親。長安與童世舫只做沒見過面模樣，只會晤了一次。七巧病在床上，沒有出場，因此長安便風平浪靜的訂了婚。在筵席上，蘭仙與長馨強拉著長安的手，遞到童世舫手裏，世舫當眾替她套上了戒指。女家也回了禮，文房四寶雖然免了，卻用新式的絲絨文具盒來代替，又添上了一隻手錶。

訂婚之後，長安遮遮掩掩竟和世舫獨出去了幾次。晒著秋天的太陽，兩人並排在公園裏走，很少說話，眼角裏帶著一點對方的衣服與移動著的腳，女子的粉香，男子的淡巴菰氣，這單純而可愛的印象便是他們身邊的闌干，闌干把他們與眾人隔開了。空曠的綠草地上，許多人跑著、笑著、談著，可是他們走的是寂寂的綺麗的迴廊——走不完的寂寂的迴廊。不說話，長安並不感到任何缺陷。她以為新式的男女間的交際也就「盡於此矣」。童世舫呢，因為過去的痛苦的經驗，對於思想的交換根本抱著懷疑的態度。有個人在身邊，他也就滿足了。從前，他頂討厭小說上的男人，向女人要求同居的時候，只說：「請給我一點安慰。」安慰是純粹精神上的，這裏卻做了肉慾的代名詞。但是他現在知道精神與物質的界限不能分得這麼清。言語究竟沒有用。久久的握手，就是妥協的安慰，因為會說話的人很少，真正有話說的人還要少。

有時在公園裏遇著了雨，長安撐起了傘，世舫為她擎著。隔著半透明的藍綢傘，千萬粒雨珠閃著光，像一天的星。一天的星到處跟著他們，在水珠銀爛的車窗上，汽車馳過了紅燈、綠燈，窗子外營營飛著一窠紅的星，又是一窠綠的星？

長安帶了點星光下的亂夢回家來，人變得異常沉默了。時時微笑著。七巧見了，不由得有氣，便冷言冷語道：「這些年來，多多怠慢了姑娘，不怪姑娘難得開個笑臉。這下子跳出了姜家的門，稱了心願了，再快活些，可也別這麼擺在臉上呀——叫人寒心！」依著長安素日的性子，就要回嘴，無如長安近來像換了個人似的，聽了也不計較，自顧自努力去戒烟。七巧也奈何她不得。

長安訂婚那天，大奶奶玳珍沒去，隔了些天來補道喜。七巧悄悄喚了聲大嫂，道：「我看咱們還是在外頭打聽打聽哩，這事可冒失不得！前天我耳朵裏彷彿刮著一點，說是鄉下有太太，外洋還有一個。」玳珍道：「鄉下的那個沒過門就退了親。外洋那個也是這樣，說是做了幾年的朋友了，不知怎麼又沒成功。」七巧道：「那還有個為什麼？男人的心，說聲變，就變了，他連三媒六聘的還不認賬，何況那不三不四的歪辣貨？知道他在外洋還有旁人沒有？我就只這一個女兒，可不能糊裏糊塗斷送了她的終身，我自己是吃過媒人的苦的！」

長安坐在一旁用指甲去掐手掌心，手掌心掐紅了，指甲卻掙得雪白。七巧一抬眼望見了她，便罵道：「死不要臉的丫頭，豎著耳朵聽呢！這話是你聽得的嗎？我們做姑娘的時候，一聲提起婆婆家，來不迭的躲開了。你姜家枉為世代書香，只怕你還要到你開麻油店的外婆家去學點規矩哩！」長安一頭哭一頭奔了出去。七巧拍著枕頭噯了一聲道：「姑娘急著要嫁，叫我也沒法子。腥的臭的往家裏拉。名為是她三嬸給找的人，其實不過是拿她三嬸做個幌子。多半是生米煮成了熟飯了，這才挽了三嬸出來做媒。大家齊打夥兒糊弄我一個人……糊弄著也好！說穿了，叫做娘的做哥哥的臉往哪兒放？」

又一天，長安托辭溜了出去，回來的時候，不等七巧查問，待要報告自己的行蹤，七巧叱道：「得了，得了，少說兩句罷！在我前面糊什麼鬼？有朝一日你讓我抓著了真憑實據——哼！別以為你大了，訂了親了，我打不得你了！」長安急了道：「我給馨妹妹送鞋樣子去，犯了法了？娘不信，娘問三嬸去！」七巧道：「你三嬸替你尋了個漢子來，就是你的重生父母，再養爹娘！也沒見你這樣的輕骨頭！……一轉眼就不見你的人了。你家裏供養了你這些年，就只差買個小廝伺候你，哪一處對你不住了，你在家裏一刻也坐不穩？」長安紅了臉，眼淚直掉下來。七巧緩過一口氣來，又道：「當初多少好的都不要，這會子去嫁個不成器的，人家揀剩下來的，豈不是自己打嘴？他若是個人，怎麼活到三十來幾，飄洋過海的，跑上十萬里地，一房老婆還沒弄到手？」

然而長安一味的執迷不悟。因為雙方的年紀都不小了，訂了婚不上幾月，男方便託了蘭仙來議定婚期。七巧指著長安道：「早不嫁，遲不嫁，偏趕著這兩年錢不湊手！明年若是田上收成好些，嫁妝也還整齊些。」蘭仙道：「如今新式結婚，倒也不講究這些了。就照新派辦法，省著點也好。」七巧道：「什麼新派舊派？舊派無非排場大些，新派實惠些，一樣還是娘家的晦氣！」蘭仙道：「二嫂看著辦就是了，難道安姐兒還會爭多論少不成？」一屋子的人全笑了，長安也不覺微微一笑。七巧破口罵道：「不害臊！你是肚子裏有了擱不住的東西是怎麼著？火燒眉毛，等不及的要過門！嫁妝也不要了——你情願，人家倒許不情願呢？你就拿準了他是圖你的人？你好不自量。你有哪一點叫人看得上眼？趁早別自騙自了！姓童的還不是看中了姜家的門第！別瞧你們家轟轟烈烈，公侯將相的，其實全不是那麼回事！早就是外強中乾，這兩年連空架子也撐不起了。人呢，一代壞似一代，眼裏哪兒還有天地君親？少爺們是什麼都不懂，小姐們就知道霸錢要男人——豬狗都不如！我娘家當初千不該萬不該跟姜家結了親，坑了我一世，我待要告訴那姓童的趁早別像我似的上了當！」

自從吵鬧過這一番，蘭仙對於這頭親事便洗手不管了。七巧的病漸漸痊癒，略略下床走動，便逐日騎著門坐著，遙遙向長安屋裏叫喊道：「你要野男人你儘管去找，只別把他帶上門來認我做丈母娘，活活的氣死了我！我只圖個眼不見，心不煩。能夠容我多活兩年，便是姑娘的恩典了！」顛來倒去幾句話，嚷得一條街上都聽得見。親戚叢中自然更將這事沸沸揚揚傳了開去。

七巧又把長安喚到跟前，忽然滴下淚來道：「我的兒，你知道外頭人把你怎麼長怎麼短糟蹋得一個錢也不值！你娘自從嫁到姜家來，上上下下誰不是勢利的，狗眼看人低，明裏暗裏我不知受了他們多少氣。就連你爹，他有什麼好處到我身上，我要替他守寡？我千辛萬苦守了這二十年，無非是指望你姐兒倆長大成人，替我爭回一點面子來。不承望今日之下，只落得這等的收場！」說著，嗚咽起來。

長安聽了這話，如同轟雷掣頂一般。她娘儘管把她說得不成人，外頭人儘管把她說得不成人，她管不了這許多。唯有童世舫——他——他該怎麼想？他還要她麼？上次見面的時候，他的態度有點改變嗎？很難說……她太快樂了，小小的不同的地方她不會注意到……被戒烟期間身體上的痛苦與種種刺激兩面夾攻著，長安早就有點受不了，可是硬撐著也就撐了過去，現在她突然覺得渾身的骨骼都脫了節，向他解釋麼？他不比她的哥哥，他不是她母親的兒女，他決不能徹底明白她母親的為人。他果真一輩子見不到她母親，倒也罷了，可是他遲早要認識七巧。這是天長地久的事，只有千年做賊的，沒有千年防賊的——她知道她母親會放出什麼手段來？遲早要出亂子，遲早要決裂。這是她的生命裏頂完美的一段，與其讓別人給它加上一個不堪的尾巴，不如她自己早早結束了它。一個美麗而蒼涼的手勢……她知道她會懊悔的，她知道她會懊悔的，然而她抬了抬眉毛，做出不介意的樣子，說道：「既然娘不願意結這個親，我去回掉他們就是了。」七巧正哭著，忽然住了聲，停了一停，又抽答抽答哭了起來。

長安定了一定神，就去打了個電話給童世舫。世舫當天沒有空，約了明天下午。長安所最怕的就是中間隔的這一晚，一分鐘，一刻、一刻，啃進她心裏去。次日，在公園裏的老地方，世舫微笑著迎上前來，沒跟她打招呼——這在他是一種親暱的表示。他今天彷彿是特別的注意她，並肩走著的時候，屢屢的望著她的臉。太陽煌煌的照著，長安越發覺得眼皮腫得抬不起來了。趁他不在看她的時候把話說了罷。她用哭啞了的喉嚨輕輕喚了一聲「童先生」，世舫沒聽見。那麼，趁他看她的時候把話說了罷。她詫異她臉上還帶著點笑，小聲道：「童先生，我想——我們的事也許還是——還是再說罷。對不起得很。」她褪下戒指來塞在他手裏，冷澀的戒指，冷濕的手。她放快了步子走去，他楞了一會，便追上來，問道：「為什麼呢？對於我有不滿意的地方麼？」長安畢直向前望著，搖了搖頭。世舫道：「那麼，為什麼呢？」長安道：「我母親……」世舫道：「你母親並沒有看見過我。」長安道：「我告訴過你了，不是因為你。跟你完全沒有關係。我母親……」世舫站定了腳。這在中國是很充分的理由了罷？他這麼略一躊躇，她已經走遠了。

園子在深秋的日頭裏晒了一上午又一下午，像爛熟的水果一般，往下墜著，墜著，發出香味來。長安悠悠忽忽聽見了口琴的聲音，遲鈍地吹出了Long Long Ago——「告訴我那故事，往日我最心愛的那故事。許久以前，許久以前……」這是現在，一轉眼也就變了許久以前了，什麼都完了。長安著了魔似的，去找那吹口琴的人——去找她自己。迎著陽光走著，走到樹底下，一個穿著黃短袴的男孩騎在樹椏枝上顛顛著，吹著口琴，可是他吹的是另一個調子，她從來沒聽見過的。不大的一棵樹，稀稀朗朗的梧桐葉在太陽裏搖著像金的鈴鐺。長安仰面看著，眼前一陣黑，像驟雨似的，淚珠一串串的披了一臉，世舫找到了她，在她身邊悄悄站了半晌，方道：「我尊重你的意見。」長安舉起了她的皮包來遮住了臉上的陽光。

他們繼續來往了一些時。世舫要表示新人物交女朋友的目的不僅限於擇偶，因此雖然與長安解除了婚約，依舊常常的邀她出去。至於長安呢，她是抱著什麼樣的矛盾的希望跟著他出去，她自己也不知道——知道了也不肯承認。訂著婚的時候，光明正大的一同出去，尚且要瞞了家裏，如今更成了幽期密約了。世舫的態度始終是坦然的。固然，她略略傷害了他的自尊心，同時他對於她多少也有點惋惜，然而「大丈夫何患無妻？」男子對於女子最隆重的讚美是求婚。他割捨了他的自由，送了她這一份厚禮，雖然她是「心領璧還」了，他可是盡了他的心。這是惠而不費的事。

無論兩人之間的關係是怎樣的微妙而尷尬，他們認真的做起朋友來了。他們甚至談起話來。長安的沒見過世面的話每每使世舫笑起來，說道：「你這人真有意思！」長安漸漸的也發現了她自己原來是個「很有意思」的人。這樣下去，事情會發展到什麼地步，連世舫自己也會驚奇。

然而風聲吹到了七巧的耳朵裏。七巧背著長安吩咐長白下帖子請童世舫吃便飯。世舫猜著姜家許是要警告他一聲，不准他和他們小姐藕斷絲連，可是他同長白在那陰森高敞的餐室裏吃了兩盅酒，說了一會話，天氣、時局、風土人情，並沒有一個字沾到長安身上。冷盤撤了下去，長白突然手按著桌子站了起來。世舫回過頭去，只見門口背著光立著一個小身材的老太太，臉看不清楚，穿一件青灰團龍宮織緞袍，雙手捧著大紅熱水袋，身邊夾峙著兩個高大的女僕。門外日色昏黃，樓梯上鋪著湖綠花格子漆布地衣，一級一級上去，通入沒有光的所在。世舫直覺地感到那是個瘋子——無緣無故的，他只是毛骨悚然，長白介紹道：「這就是家母。」

世舫挪開椅子站起來，鞠了一躬。七巧將手搭在一個傭婦的胳膊上，款款走了進來，客套了幾句，坐下來便敬酒讓菜。長白道：「妹妹呢？來了客，也不幫著張羅張羅。」七巧道：「她再抽兩筒就下來了。」世舫吃了一驚，睜眼望著她。七巧忙解釋道：「這孩子就苦在先天不足，下地就得給她噴烟。後來也是為了病，抽上了這東西。小姐家，夠多不方便哪！也不是沒戒過，身子又嬌，又是由著性兒慣了的，說丟，哪兒丟得掉呢！戒戒抽抽，這也有十年了。」世舫不由得變了色，七巧有一個瘋子的審愼與機智。她知道，一不留心，人們就會用嘲笑的，不信任的眼光截斷了她的話鋒，她已經習慣了那種痛苦。她怕話說多了要被人看穿了。因此及早止住了自己，忙著添酒佈菜。隔了些時，再提起長安的時候，她還是輕描淡寫的把那幾句話重複了一遍。她那平扁而尖利的喉嚨四面割著人像剃刀片。

長安悄悄的走下樓來，玄色花綉鞋與白絲襪停留在日色昏黃的樓梯上。停了一會，又上去了，一級一級，走進沒有光的所在。

七巧道：「長白你陪童先生多喝兩杯，我先上去了。」傭人端上一品鍋來，又換上了新燙的竹葉青。一個丫頭慌裏慌張站在門口將席上伺候的小廝喚了出去，嘰咕了一會，那小廝又進來向長白附耳說了幾句，長白倉皇起身，向世舫連連道歉，說：「暫且失陪，我去去就來，」三腳兩步也上樓去了，只剩世舫一人獨酌。那小廝也覺過意不去，低低的告訴了他：「我們絹姑娘要生了。」世舫道：「絹姑娘是誰？」小廝道：「是少爺的姨奶奶。」

世舫拿上飯來胡亂吃了兩口，不便放下碗來就走，只得坐在花梨炕上等著，酒酣耳熱，忽然覺得異常的委頓，便躺了下來。捲著雲頭的花梨炕，冰涼的黃籐心子，柚子的寒香……姨奶奶添了孩子了。這就是他所懷念著的古中國……他的幽嫻貞靜的中國閨秀是抽鴉片的！他坐了起來，雙手托著頭，感到了難堪的落寞。

他取了帽子出門，向那個小廝道：「待會兒請你對上頭說一聲，改天我再面謝罷！」他穿過磚砌的天井，院子正中生著樹，一樹的枯枝高高印在淡青的天上，像磁上的冰紋。長安靜靜的跟在他後面送了出來，她的藏青長袖旗袍上有著淡黃的雛菊。她兩手交握著，臉上顯出稀有的柔和。世舫回過身來道：「姜小姐……」她隔得遠遠的站定了，只是垂著頭。世舫微微鞠了一躬，轉身就走了。長安覺得她是隔了相當的距離看這太陽裏的庭院，從高樓上望下來，明晰、親切，然而沒有能力干涉，天井、樹、曳著蕭條的影子的兩個人，沒有話——不多的一點回憶，將來是要裝在水晶瓶裏雙手捧著看的——她的最初也是最後的愛。

芝壽直挺挺躺在床上，擱在肋骨上的兩隻手蜷曲著像宰了的雞的腳爪。帳子吊起了一半。不分晝夜她不讓他們給她放下帳子來，她怕。

外面傳進來說絹姑娘生了個小少爺。丫頭丟下了熱氣騰騰的藥罐子跑出去湊熱鬧。敞著房門，一陣風吹了進來，帳鈎豁朗朗亂搖，帳子自動的放了下來，然而芝壽不再抗議了。她的頭向右一歪，滾到枕頭外面去。她並沒有死——又挨了半個月光景才死的。

絹姑娘扶了正，做了芝壽的替身。扶了正不上一年就吞了生鴉片自殺了。長白不敢再娶了，只在妓院裏走走。長安更是早就斷了結婚的念頭。

七巧似睡非睡橫在烟鋪上。三十年來她戴著黃金的枷。她用那沉重的枷角劈殺了幾個人，沒死的也送了半條命。她知道她兒子女兒恨毒了她，她婆家的人恨她，她娘家的人恨她。她摸索著腕上的翠玉鐲子，徐徐將那鐲子順著骨瘦如柴的手臂往上推，一直推到腋下。她自己也不能相信她年青的時候有過滾圓的胳膊。就連出了嫁之後幾年，鐲子裏也只塞得進一條洋縐手帕。十八九歲做姑娘的時候，高高挽起了大鑲大滾的藍夏布衫袖，露出一雙雪白的手腕，上街買菜去。喜歡她的有肉店裏的朝祿，她哥哥的結拜弟兄丁玉根、張少泉，還有沈裁縫的兒子。喜歡她，也許只是喜歡跟她開開玩笑。然而如果她挑中了他們之中的一個，往後日子久了，生了孩子，男人多少對她有點真心。七巧挪了挪頭底下的荷葉邊小洋枕，湊上臉去揉擦了一下，那一面的一滴眼淚她就懶怠去揩拭，由它掛在腮上，漸漸自己乾了。

七巧過世以後，長安和長白分了家搬出來住。七巧的女兒是不難解決她自己的問題的，謠言說她和一個男子在街上一同走，停在攤子跟前，他為她買了一雙吊襪帶。也許她用的是她自己的錢，可是無論如何是由男子的袋裏掏出來的。……當然這不過是謠言。

三十年前的月亮早已沉下去，三十年前的人也死了，然而三十年前的故事還沒完——完不了。

——一九四三年十月

・初載於一九四三年十一月、十二月上海《雜誌》第十二卷第二期、第三期。

姜長安

曹七巧

芝壽

姜季澤

國家圖書館出版品預行編目資料

傾城之戀：短篇小說集. 一, 一九四三年 / 張愛玲著. -- 二版. -- 臺北市：皇冠, 2020.02
面； 公分. -- (皇冠叢書；第4823種)(張愛玲典藏；1)
ISBN 978-957-33-3513-9(平裝)

857.63 109000883

皇冠叢書第4823種
張愛玲典藏 1
傾城之戀
短篇小說集一 一九四三年
【張愛玲百歲誕辰紀念版】

作　　者—張愛玲
發 行 人—平　雲
出版發行—皇冠文化出版有限公司
台北市敦化北路120巷50號
電話◎02-2716-8888
郵撥帳號◎15261516號
皇冠出版社(香港)有限公司
香港銅鑼灣道180號百樂商業中心
19字樓1903室
電話◎2529-1778　傳真◎2527-0904
總 編 輯—許婷婷
美術設計—王瓊瑤
著作完成日期—1969年
張愛玲典藏二版一刷日期—2020年2月
張愛玲典藏二版八刷日期—2024年7月
法律顧問—王惠光律師

讀者服務傳真專線◎02-27150507
電腦編號◎001201
ISBN◎978-957-33-3513-9
Printed in Taiwan
本書定價◎新台幣320元　港幣107元